Corine Hartman

Hels verlangen

Karakter Uitgevers B.V.

© 2011 Corine Hartman
© 2011 Karakter Uitgevers B.V., Uithoorn
Opmaak binnenwerk: ZetSpiegel, Best
Omslagontwerp: Wil Immink Design
Omslagbeeld: © Kamil Vojnar/Trevillion Images

ISBN 978 90 452 0053 8
NUR 305

I

De vrouw stond met de boodschappentas in haar hand, klaar om het zebrapad over te steken. Er scheen een felle voorjaars- zon. Later dacht ze dat de chauffeur verblind was en het meis- je te laat opmerkte. Het gebeurde nauwelijks tien meter bij haar vandaan. Ze hoorde een doffe klap. Een auto slingerde en belandde met een oorverdovende knal tegen een boom, vlak voor de supermarkt, waar ze net vandaan kwam. Tegelijker- tijd vloog het meisje een paar meter door de lucht, om met een doodsmak op het trottoir te belanden.

Een fractie van een seconde stond ze verkrampt van schrik, al leek dat moment in haar beleving langer te duren. Veel lan- ger. Het ergst was het geluid. Ze had het nooit eerder meege- maakt, nooit daadwerkelijk van zo dichtbij gehoord, dat gru- welijke geluid van versplinterende botten. De tas viel uit haar hand, sinaasappels rolden over de stoep. Als versteend keek ze om zich heen. Remmende auto's, een man in een grijs streep- jespak die naar de verongelukte auto rende, een meisje dat in paniek wegspurtte op haar fiets. En daarna stilte. Doodse stilte.

Ze haalde diep adem en met een tegenwoordigheid van

geest waarvan ze achteraf versteld stond, liep ze naar het slacht-offer, dat niet meer bewoog. Haar oog viel op de zwarte gymp, tussen de struiken. Gejaagd graaide ze met trillende vingers naar de mobiele telefoon in haar zak en belde het alarmnum-mer. 'Zamenhofplein,' zei ze, 'een ongeluk... er moet...'

Een vrouwenstem onderbrak haar en zei dat de aanrijding al was gemeld en dat er hulp onderweg was.

Ze knielde naast het meisje en haalde haar onderbeen open aan een scherp takje. Een dun straaltje bloed liep langs haar rechterkuit, maar het drong amper tot haar door. Ze pakte voorzichtig de hand van het meisje. Het viel haar op hoe mager ze was. Even was ze bang dat het leven er al niet meer doorheen stroomde, maar toen hoorde ze een zacht gereutel. Behoedzaam, bevreesd voor wat ze zou zien, ging haar blik naar het hoofd van het kind. Er sijpelde bloed uit een gapende wond aan de zijkant, dik donkerrood vocht dat traag over het grijze beton vloeide.

'Lieve kind toch, ik ben bij je,' fluisterde ze, terwijl ze de koude hand streelde. 'Je bent gevallen en je bent gewond, er is hulp onderweg.'

Ze hoorde het schrille geluid van een ambulance. Ze voelde vaag een opkomende ergernis over al die nieuwsgierigen die kwamen aanlopen en ongegeneerd met elkaar gingen staan kletsen. Ze wilde niet horen wat ze zeiden en concentreerde zich op het meisje. Ze leek nog erg jong, hooguit zeventien, schatte ze. Een kind in de volle groei, een en al armen en benen. Een verfijnd gezichtje, spierwit, omkranst met lang, zwart haar. Als in een waas zag ze het linkerbeen en ze werd misselijk toen ze zich realiseerde dat het een bot was dat uit de open wond stak. Snel richtte ze haar blik weer op het doods-bleke gezicht en zei: 'Wees niet bang, ze komen je helpen.'

Ze streek een haarlok opzij en zag hoe de ogen even opengingen, om daarna langzaam weer dicht te vallen. Ze hadden nog niet die starre blik van de eeuwigheid, en de vrouw moest de neiging onderdrukken het doodsbleke meisje in haar armen te nemen. Haar hart ging naar haar uit. Hoe vaak had ze niet verlangd naar een kind van zichzelf, om 's avonds voor te lezen, in te stoppen, alle dagen te verwennen? Ze kreeg het plotseling benauwd bij de gedachte aan het verdriet dat de moeder te wachten stond. Gisteren zou ze jaloers zijn geweest als ze diezelfde moeder met haar dochter arm in arm had zien lopen. Nu voelde ze een diep medelijden, terwijl ze, hevig aangedaan, de koude hand bleef strelen.

'Ik houd je vast, lieverd, ik blijf bij je. Alles komt goed.'

Ze wist het nog niet, maar dat was absoluut niet waar.

2

Eduard viste zijn zonnebril op sterkte uit het dashboardkastje en poetste de glazen met de punt van zijn zijden stropdas, en met een half oog hield hij het verkeerslicht in de gaten. Er zat een kras op een van de glazen en hij smeet het ding ontstemd op de passagierszitting.

Groen!

Hij trok op, maar moest acuut op de rem trappen omdat de wagen voor hem bleef stilstaan. Op een haar na raakte hij het glimmende staal van de bumper. Hij claxonneerde, impulsief, eenmaal, tweemaal.

De man voor hem stapte uit de auto. Hij schrok toen de minstens twee meter lange, breedgeschouderde kerel voor hem oprees, met een blik die er geen twijfel over liet bestaan hoe hij dacht over achter hem toeterende automobilisten of misschien wel over stervelingen in het algemeen. Alsof hij een geschikt radioprogramma zocht, draaide Eduard verwoed aan de zenderknop, maar toen er op de autoruit werd getikt, moest hij het raampje wel naar beneden draaien.

'Wat is er, ouwe?' vroeg de reus.

'O, niets, ik zocht een cd en drukte per ongeluk op de claxon.' Hij probeerde nonchalant te lachen. 'Foutje.'

De spierbundel stak zijn hoofd door het raampje en boorde een paar hardblauwe ogen in de zijne. 'Je stinkt naar zweet,' zei hij, 'angstzweet.'

Hij verstijfde toen de onbekende naar hem knipoogde, met een vinger over zijn wang aaide en terugliep naar zijn auto. Toen de bedreiger wegreed, haalde hij opgelucht adem. Wat een poeha van zo'n achterlijke gladiool, dacht hij. Goeie genade. Iedereen kon zo zien dat die gek alles getraind had behalve zijn schaarse hersencellen.

Op de radio hield iemand een vurig pleidooi om Nederlanders ervan te weerhouden wolfshonden in huis te halen, beesten die zich te veel laten leiden door hun aangeboren driften. 'Een stuk vlees in je handen of in de keuken moet en zal hij te pakken krijgen,' beweerde de wolfshonddeskundige. Net toen Eduard voor zich zag hoe het dier zijn scherpe tanden in moeders sukadelapje zette, was daar plotseling het besef dat er vlak voor zijn auto iets bewoog.

Hij rukte aan het stuur. Weerstand. Een doffe bons, krakend staal. Zijn ademhaling stokte. Een moment vreesde hij de glimmende bumper van de bodybuilder te hebben geraakt, maar er vloog iets zwarts door de lucht. Op datzelfde moment realiseerde hij zich dat het een mens was. Armen, benen, lang, wapperend haar. De gedaante had iets bekends, flitste het door zijn hoofd. Er klonk een geluid. Een gil waar hij het koud van kreeg. Was dat zijn eigen stem? Hij probeerde te sturen, zijn auto onder controle te krijgen. Tevergeefs. Hij zette zich schrap voor de klap. En toen was er niets meer, alleen een onheilspellende stilte.

Zijn ademhaling is onregelmatig, het zweet staat in zijn handen. Het dringt langzaam tot hem door. Een ongeluk. Niet in zijn fantasie, geen hersenspinsels. Een realiteit, die hem opnieuw dreigt te verlaten als hij zich wil bewegen en er voor zijn ogen grijze vlekken zweven. De pijn in zijn rechterbeen is fel en trekt door elke zenuw in zijn lijf. Hij kreunt. Op datzelfde moment hoort hij het gillen van sirenes, en dan is hij weer bij de les. Ambulance. Politie? Waarom hapert zijn ademhaling bij de gedachte aan blauwe uniformen? Hij heeft tijd nodig om na te denken, zijn gedachten te ordenen. Hij herinnert zich plotseling een gezicht in doodsangst. Vluchtig. Het meisje? Uitpuilende ogen, een wijd opengesperde mond, een beeld dat in schril contrast staat met haar vrolijk wapperende jurk. O god. Een duister vermoeden dat deze klap zijn ongecompliceerde leven voorgoed zal veranderen, welt in hem op. Nog afgezien van zijn been, dat waarschijnlijk is gebroken. Ergens beseft hij dat hij er beter aan had gedaan tegen de glimmend gepoetste bumper van die kolos te botsen. Veel beter.

Hij probeert zichzelf geruststellend toe te spreken en veegt met een hand langs zijn bezwete voorhoofd.

3

Het had aardedonker moeten worden. Er had een gure storm moeten woeden. Tegelijk met het geluid van de telefoon had ik ineen moeten krimpen bij een bliksemschicht met direct erna een krakende donderslag. Maar de zon schijnt uitbundig, als voorbode van een zomer die de mooiste van de eeuw moet worden, ook al is het voorjaar nog maar nauwelijks begonnen.

'Een ongeluk, Emma,' hoorde ik Paul hijgen. Zijn stem klonk hoog, nerveus.

Ik dacht meteen aan Thijs, zijn kinderlijke onbezonnenheid, zijn aanleg om zelfs over een stoeprand te struikelen. Ik zag hem al met een gebroken arm op de eerste hulp.

'Het is Sophie. Een auto-ongeluk, ze ligt in het ziekenhuis, Em, ze is buiten bewustzijn. We moeten er onmiddellijk naartoe. Wacht op me, ik ben onderweg en ik haal je op. Misschien moet je wat toiletspullen en een pyjama inpakken.'

Het kan niet. Sophie heeft tot gisteravond laat ergens buitenaf een klasgenoot geholpen bij de paddentrek, voor zover ik weet althans. Bij haar weet ik het nooit. Maar vanmorgen heb ik haar met eigen ogen op haar fiets zien vertrekken. Het kan niet waar zijn. Sophie. Ik moet naar haar toe. Nu! Waar blijft Paul? Wacht, ik moet toiletspullen voor haar inpakken. Als een kip zonder kop loop ik van het raam naar haar bed. Ik moet wat meenemen. Inpakken. Raam. Bed. Haar zwart-katoenen dekbed met de opdruk van een levensgroot, wit ske-let. Als ze eronder ligt, kan ik er niet naar kijken. Het oogt als een tafereel uit een horrorfilm, al heb ik dat nooit hardop gezegd. Ze heeft niet eens een pyjama. Ze slaapt in een T-shirt waar ze vier keer in past. Zwart, natuurlijk. Zwart dragen in een ziekenhuis? Is dat niet de goden verzoeken?

Ik laat me op haar bed zakken. Sophie in het ziekenhuis. Een ongeluk, zei Paul. Iets met een auto. Vaag ben ik me be-wust van het bordje VERBODEN TOEGANG op de deur. De pos-ters aan de muur van bands als Combichrist en Suicide Com-mando. Een figuur grijnst naar me, zijn handen klauwend uitgestoken. SEE YOU IN HELL, lees ik, in letters waar het bloed vanaf druipt. De kamer oogt netjes. Meer chaos had ik ver-wacht, maar ze heeft haar kleren en schoolboeken keurig ge-ordend. Ik weet dat ze hard werkt voor haar examen. Ze is slimmer dan ze denkt, ze zal met glans slagen. Als ze examen kán doen, sist een venijnige stem in mijn hoofd. Ik herinner me haar babygeur, en hoe onhandig ik was met haar tere lijfje in mijn armen. Mijn Sophietje, al mag ik dat niet hardop zeg-gen. Ik verberg mijn gezicht in mijn handen en haal diep adem. Naast me hoor ik gekras. Instinctief schuif ik mijn voe-ten verder weg van de kooi op de vloer. Een ingenieus bui-zenstelsel vormt het onderkomen van haar twee ratten, grijze monsters met een afzichtelijk dikke staart. Een ervan steekt een griezelige neus uit een berg zaagsel. Hopelijk besluit het beest niet zijn leefwereld te vergroten zolang Sophie hier niet is. Sophie in het ziekenhuis. Een ongeluk. Geschept door een auto, heeft hij dat gezegd? Welke schoft zat daar te bellen of aan zijn cd-speler te prutsen? In gedachten zie ik hem voor me, een opgeschoten knul, de jeugdpuisten amper ontgroeid, in een gepimpte bak met brede banden, terwijl hij een dreunende bas door de straten laat bonken.

De rat ritselt door de kunststofgangen van zijn kooi.

'Ga weg, engerd, verdwijn in je hol,' sneer ik en ik geef een schop tegen de buizendoolhof.

Een ongeluk. Waar is ze nu? Op de operatietafel? Waarom zie ik bij Sophie en een ongeluk niet gewoon een gebroken arm? Ik weiger verder te denken dan schaafwonden en kneuzingen en maak mezelf wijs dat buiten bewustzijn niets anders inhoudt dan dat ze is flauwgevallen bij de eerste druppel bloed. Ik herinner me nog toen ze van haar fiets was gevallen. Ik zette haar op een keukenstoel om haar geschaafde, bloedende knie te verzorgen. Ze zei dapper: 'Het doet niet zeer, hoor, ik ben geen klein kind meer.' Maar daarna keek ze naar het bloed en viel zo om.

Over een uur is ze weer thuis, haar lippen nog trillend van de schrik, maar zonder noemenswaardig letsel. Ik kan dat beeld niet vasthouden en er dringt zich een ander tafereel aan me op. Ik zie vingers, die beschuldigend in mijn richting wijzen, op het moment dat Sophie langzaam van me wegglijdt.

Ik hoor Pauls auto en dwing mezelf op te staan, ook al willen mijn benen me nauwelijks dragen. In een opwelling gris ik de iPod van Sophies bureau en haar shirt van het bed. Ik haast me naar beneden. Ik zie haar ineens voor me. Haar toegetakelde lichaam, waar een auto zo hard tegenaan is gereden dat ik mijn eigen dochter straks nauwelijks herken. Ik hoor mijn eigen stem. Een schreeuw, een wanhopige kreet. Ik krijg geen lucht. In paniek zoek ik naar een zakje, ik moet er altijd een bij me hebben. Ik graai in de achterzak van mijn broek, voel het ritselende plastic. Vingers eromheen, een opening, mond en neus erin. Rustig, langzaam ademhalen. In, uit. In, uit.

4

In mijn hoofd woedt een sneeuwstorm van onscherpe beelden en vervormde geluiden die door elkaar heen buitelen en dan in het niets oplossen. Flitsen, rondtollende lichtjes. Ik ploeter door rode vlekken, glijd weg, kruip omhoog, zie Ron en Har, die door de felgekleurde buizen van hun kooi rennen. Ze lachen naar me. Kom maar. Warmte. Leven. Ik stuiter de diepte in. Het diepe niets. Is dit de dood? Gevoelloos, maar niet gedachteloos? Zwart, ja, zwart is het tegenovergestelde van alle kleuren samen en dus ook niets. Kan ik dood zijn en me de klap herinneren? Kabbelen, suizen, een zwaar, regelmatig bonzen. Ben ik dood? See you in hell. Tussen grijze vlekken golven woorden die me bekend voorkomen.

'Sophie? Sophie?'

Ja! Wie roept mij daar? Ik hoor je wel. Als je het voorzegt, is er niets aan. Je kunt me ook vragen wat Julia zegt, wanneer de voedster haar vraagt of ze zichzelf kan voorstellen als Paris' vrouw. Geen pijl schiet mijn oog feller door de lucht, dan dat uw wil hem kracht geeft op zijn vlucht.

'Sophie? Kun je me horen? Zeg eens wat?'

Dat deed ik net, gestoorde engel. Heb je soms een hekel aan Romeo en Julia, of zitten je oren verstopt? Ik moet repeteren, naar huis.

Een onderzoekende blik maakt me duizelig. Alsof ik door een bril op foute sterkte kijk. Opeens een fel licht. Gek! Weg met je rare lampje. Wie ben jij met je witte jas?

'Geen reactie, het spijt me.'

Hoezo geen reactie? Ik praat tegen je, hallo!

Ze horen me niet. Ik ben hier niet. Verdwenen. Vreemd. Geen idee waarheen. Het echte niets. Verlichting. Verlossing zelfs. Hang ik tussen leven en dood in, als een koorddanser die halverwege aarzelt? Terug is geen optie, verder is doodeng. Maar stilstaan betekent onherroepelijk vallen. Ik hoor iets, soms, maar ook weer niet. Een stem. Donkere geluiden. Duizelingwekkend. Mijn hart slaat op hol van de koorddanser. En van de messenwerper. De halfnaakte dame wordt doorboord met een vlijmscherp mes. Fsssjt. Ik verwacht een doordringende gil als gevolg van een misser en wil op mijn nagels bijten. Geen beweging. Er is iets raars. Het is donker. Eng. Ik zweef. De voorstelling moet allang voorbij zijn, want ik hoor geen wegstervend applaus. Niets. Nirvana. Compleet verlicht. Onsterfelijk zelfs.

Een angstig gevoel bekruipt me, en dan zie ik het. Zwart-geel gevlekte slangen, dikke monsters die over de smetteloze lakens glibberen. Ze komen onder mijn lichaam vandaan in eindeloze kronkels. Driehoekige koppen, ze wiegen in de lucht, en hun gladde lijven schuiven over mijn buik. Ze kijken me fel aan. Dan weer zie ik menselijke wezens om me heen, fraai uitgedost in middeleeuwse kledij. Ze declameren teksten die in geen enkel toneelstuk thuishoren. Ze voeren hun act speciaal op voor mij, maar als ze uiteindelijk buigen, kan ik ze niet belonen met een staande ovatie en verdwijnen ze met beledigde blikken in het plafond.

Ik ben Julia. In mijn maagdelijke jurk. Mijn hart gruwt. Dood is mijn arm hart, om een verwant in pijn.

Iemand roept me, met een onaardse, dreigende stem. 'Sophie, kom!' De m wordt oneindig lang gerekt. Kommmmm. See you in hell. *Alles*

is stervensdonker en ik ben onderweg naar de hel. Als dit de dood is,
dan is die zo gek nog niet. Denken en niets voelen. Niets voelen. O,
dat verlangen naar niets voelen.

5

De dagen rijgen zich aaneen tot een kleurloze keten van weken. Eten, slapen en aan Sophies bed zitten, de schakels tussen hoop en angst. Ik ben in een schemerwereld terechtgekomen, waarin bekenden met een boog om me heen lopen en de enkeling die me niet op tijd kan ontwijken, hakkelend een onzinnig onderwerp aansnijdt. Dan moet ik me inhouden om niet ontzettend kwaad te worden.

Ik dek de ontbijttafel nog steeds voor vijf. Vijf bordjes, vijf messen, vijf bekers voor melk of koffie. Wanneer Thijs na mij als eerste beneden is, plaagt hij me met mijn vooruitlopen op Sophies thuiskomst. Als rasoptimist, gezegend met een gen dat hij van zijn vader heeft geërfd, gelooft hij daar onvoorwaardelijk in. Lonneke is hem meestal voor, en zij bergt het overbodige setje zwijgend op. Ze kan me dan aankijken met een gepijnigde blik die niet bij haar leeftijd past. Ze mist haar oudere zus meer dan ze laat merken.

En Paul? Paul lijkt het niet eens te beseffen. Hij gaat naast Sophies bed zitten als ik het daar niet meer uithoud, als ik bang ben dat ik haar door elkaar zal gaan schudden en tegen haar zal schreeuwen dat ze wakker moet worden.

Soms hoor ik hem 's morgens zuchten, een enkele keer vloekt hij in de badkamer, maar er komt geen negatief woord over Sophies toestand over zijn lippen. Hij zegt dat alles vanzelfsprekend goed komt, maar ik merk dat hij daar zelf niet in gelooft, en dat het aan hem vreet. De rust die hij altijd uitstraalde, is verdwenen, de onmacht druipt van zijn gezicht.

'Het is razend druk op school,' zegt hij, alsof hij daar voor het eerst in zijn loopbaan mee wordt geconfronteerd, terwijl hij al jarenlang biologieleraar is op het Etty Hillesum Lyceum, waar ook onze dochters naartoe gaan. De examentijd staat voor de deur. Examentijd is zijn toverwoord, en ik moet me beheersen om hem niet te slaan. Rot op met je examens, zou ik willen gillen, om daarna alle papieren uit zijn tas te graaien en met een woest gebaar de lucht in te smijten. Zo belangrijk vind ik dat werk van je. Waarom kijk je weg als ik het over Sophie heb, en vooral over het mogelijke scenario van haar dood?

Hij stort zich op de school, en ik dek voor vijf. Ingesleten gewoontes laten zich blijkbaar slecht afleren, nieuwe gewoontes schikken zich naar mijn ritme.

's Nachts schiet ik regelmatig overeind, nat van het zweet, gewekt uit een nachtmerrie waarin het verband om Sophies hoofd langzaam wordt afgewikkeld en haar halve schedel verdwenen blijkt. Dan sta ik op en ga wandelen. Vroeger had ik last van slaapwandelen, nu doe ik het in bewuste, wakkere staat. Ik haast me door de straten, weg uit de benauwende opeenhoping van woningen, naar de IJssel. Ik probeer rust te vinden in het ritme van het klotsende water, vaker krijs ik mijn wanhopige kreten de nacht in. Overdag leer ik ongewild en met grote tegenzin steeds meer over neuronen, fases van bewustzijn en kunstmatige voeding. Ik wil het allemaal niet weten. Ik wil mijn dochter terug, met haar nukken, haar afkeurende blikken en haar onbegrijpelijke keuzes. Ik wil haar terug.

Elke keer als ik het ziekenhuis binnen loop verschijnt de tekst IN GOEDE HANDEN voor mijn ogen, in zachtgroene letters die over de muur dansen. Geprojecteerde woorden, die na enkele seconden verdwijnen in het niets en dan kijk ik tegen een kale muur aan. De belofte is een kortstondige illusie.

De botbreuken herstellen goed. Haar been, hoe verbrijzeld dat ook leek, was maar bijzaak. Een ongemak waar chirurgen raad mee weten en dat ze netjes repareren. Het is haar hoofd dat zorgt voor gefronste wenkbrauwen en wanhopige stiltes.

We hebben haar achttiende verjaardag aan haar bed gevierd. Hoewel 'gevierd' een fout woord is, maar ik weet niet hoe je het moet noemen als je dochter niets merkt, je andere dochter met de minuut bleker wegtrekt, je zoontje vraagt of de tv aan mag en jijzelf met elke hap taart misselijker wordt. We hebben het ondergaan, misschien is dat een beter woord. Alleen Paul leek min of meer te slagen in zijn pogingen te doen alsof er geen vuiltje aan de lucht was.

Vanaf de eerste dag heb ik muziek voor haar gedraaid en me afgevraagd of teksten als '*Dead inside never leaves my way*' en '*See you in hell*' haar herstel bevorderen. Maar volgens de specialist moet ik Sophies favoriete muziek voor haar opzetten, liefst regelmatig. En dus laat ik haar luisteren naar elektronische klanken met een harde beat, staccato bastonen en soms schokkende liedteksten. Ik luister mee, mijn hoofd dicht bij het hare, één helft van de koptelefoon tegen mijn oor gedrukt. Het went niet, zelfs niet als ik hier en daar enkele dramatische melodieën uit de herrie weet te filteren. Intussen probeer ik leven in haar te ontdekken. Een trillende wimper, een bewegende mondhoek, wat dan ook.

Ze heeft geen pijn, volgens de arts. Of ze verdriet of angst voelt, weet hij niet, de meeste aspecten van een coma behoren nog tot de grote mysteries van het menselijk brein.

'U moet haar laten voelen dat u er bent,' zei hij. 'Hou haar hand vast, praat tegen haar. Breng spulletjes van haar mee. En praat niet met anderen alsof ze er niet bij is, het is niet ondenkbaar dat ze u kan horen.'

Instructies hoe met mijn dochter om te gaan. Makkelijker gezegd dan gedaan. Als u dan de vent die haar aanreed een spuitje met cyaankali kunt geven, wilde ik hem toesnauwen.

Ik praat met Sophie. Vertel haar hoe het gaat in huize Korteling, over Coco, onze papegaai, die 's morgens haar naam krast. Vertel haar dat de klasgenootjes van Thijs in de aula kaarsjes voor haar branden, dat Lonneke de ratten verzorgt en dat haar vader heeft geregeld dat ze later alsnog examen mag doen. En ik zeg haar tien keer per dag dat het tijd wordt dat ze wakker wordt. Of er ook maar iets werkelijk tot haar doordringt? Ik weet het niet. Sophie geeft geen krimp, op muziek noch op woorden. Ze ademt sinds enkele dagen zelfstandig, maar er is geen enkele aanwijzing dat ze ook maar iets opvangt van mijn pogingen tot communicatie. Ze beweegt niet en is onbereikbaar ver weg.

Tot ik op een warme maar regenachtige middag haar ogen zie opengaan. En weer dicht.

Ik stond uit het raam te kijken terwijl ik Sophie haar dagelijkse portie muziek aanbood, en verbaasde me over al het groen buiten. Het was voorjaar geworden zonder dat ik er erg in had gehad. Ik overwoog of ik zou gaan kijken waar de chauffeur van de aanrijding woonde. Het lukte me niet hem uit mijn hoofd te bannen, en ik wilde weten in wat voor soort huis hij woonde. Hoe zijn auto eruitzag, de auto die Sophie die middag niet had zien aankomen. De klamme regen nodigde me uit naar buiten te gaan, iets anders te voelen dan hoop die begint te verschralen. Ik wilde het Sophie vertellen, draaide me om, ging naast haar zitten en legde mijn hand op haar magere arm. Ik streelde de bleke huid. Ze voelt misschien dat ik haar aanraak, dacht ik, en in dat geval zal ze weten dat ik van haar houd, dat het een liefkozing is.

'Lieverd,' zei ik, 'wat zou je ervan zeggen…'

Toen zag ik het. Even dacht ik dat ik het me verbeeldde, maar toen drukte ik gehaast op de alarmknop.

'Een automatische reflex,' zegt de arts nadat hij enkele zichtbaar routineuze controles heeft uitgevoerd.

Ik denk een aarzeling bij hem te bespeuren als hij met een fel lampje in Sophies ogen schijnt, maar dat zal mijn wishful thinking wel zijn.

'Het is geen bewuste beweging die ze maakt als ik erom vraag,' legt hij uit. 'Ze kan gaan slikken, gapen, ongecontroleerde bewegingen maken, maar dat is allemaal niet een teken dat ze u of haar omgeving herkent. U kunt geen gesprek met haar voeren, en ze voert geen opdrachten uit. Ik begrijp dat dit voor u moeilijk is om te accepteren, u ziet haar immers bewegen, maar het gaat om een reflex van het lichaam, het betekent geen positieve verandering in haar bewustzijn.'

'Nu doet u het zelf,' zeg ik.

'Pardon?'

'Met haar praten alsof ze er niet bij is.'

Hij glimlacht en komt dicht bij me staan. 'Ik mag dat af en toe,' zegt hij op zachte toon. 'Ik doe het expres, om haar uit te dagen. Als ze me hoort, zal ze hopelijk mijn ongelijk willen bewijzen.'

Met een wanhopig gevoel verlaat ik het ziekenhuis. Ik fiets zo hard ik kan, woest op de pedalen stampend alsof ik door het hoge tempo alles achter me kan laten. Dat lukt me niet. Ik blijf continu Sophie voor me zien. Sophie, die haar ogen opent en weer sluit.

6

Een van de eerste dagen na het ongeluk heb ik de man gesproken die mijn dochter heeft aangereden. Wanneer het precies was, weet ik niet meer, ik had zelfs amper besef van dag
en nacht. Ik herinner me vooral de schok van het zien van
Sophies lichaam, onherkenbaar, met slangen gekoppeld aan
machines die hoge pieptonen en futuristisch aandoende lichtjes produceerden, en haar in wit verband gewikkelde hoofd.
Haar gezicht, dat zonder de zwarte randen rond haar ogen en
zonder de stuurse trekjes weer zo kinderlijk onschuldig leek,
zo fijn getekend en schijnbaar ongeschonden. Af en toe zweven nog steeds warrige beelden van die eerste dagen door mijn
hoofd, maar de ontmoeting met die... die blinde smeerlap
staat me zo helder voor de geest dat ik hem in een drukke
winkelstraat er zo uit zou pikken.

Ik hoefde de confrontatie niet aan te gaan, zei een van de
artsen. Maar toen ik hoorde dat de man diezelfde dag al zou
worden ontslagen uit het ziekenhuis, wist ik dat ik hem
moest zien.

'Uw man weigerde toen ik hem vroeg of hij de bestuurder

wilde spreken,' zei de arts. 'Ik kan er niet over oordelen, ik tref voor- en tegenstanders en ik durf u niet te zeggen wat het beste is. Als u wilt, blijf ik erbij.'

Hij begeleidde me naar de kamer van meneer Beelaerts tot Rijckeland. Toe maar. Van adel? Een nazaat van oud geld die denkt dat hij de aarde en iedereen erop bezit?

'Ik red me wel,' zei ik toen hij me de kamer wees waar ik moest zijn.

'Het bed links achterin.' Ik hoorde de aarzeling in zijn stem, en hij bleef staan.

'Maakt u zich geen zorgen, ik zal uw patiënt geen haar krenken; hij kan vanmiddag gewoon naar huis.' Ik forceerde een glimlach. Naar huis, ja, hij wel, dacht ik, terwijl ik Sophie voor me zag, bewegingloos in haar te grote ziekenhuisbed.

Hij knikte, licht buigend, mijn woorden kennelijk respecterend, en draaide zich op zijn rechterhiel soepel om. Toen hij wegliep, maakten zijn schoenen bij elke stap een piepend geluid.

Ik haalde diep adem en hield mijn hand voor de sensor, waarop de brede deur openschoof.

Hij stelde zich voor als Eduard Beelaerts, waarbij zijn mondhoek trilde. De onderste helft van zijn lichaam ging verscholen onder een vaalgele deken, maar aan de contouren zag ik dat hij niet groot kon zijn en dat het zijn rechterbeen moest zijn dat gebroken was. Zijn enige letsel, volgens de arts, naast een lichte shock, die hij alweer te boven was, en wat blauwe plekken en schaafwonden. De te verwaarlozen kwetsuren die ik voor mijn dochter had gewild.

Beelaerts leek op geen enkele manier op de puisterige etter die ik tot dat moment voor ogen had gehad. Integendeel. Zijn uiterst voorkomende en verzorgde uiterlijk schokte me. Zou hij zijn waardigheid behouden als ik hem pijn deed, of zou hij gaan gillen als een klein kind?

Hij zette een bril op. Een zwart, rond montuur dat zijn gezicht compleet maakte en iets artistieks gaf, iets jeugdigs. Passend bij zijn zwarte krullen, waarin ik een enkele grijze lok ontwaarde. Donkere ogen. Ik registreerde het, alsof ik hem later feilloos moest kunnen uittekenen.

Ik weigerde hem mijn klamme hand toe te steken. Hij mocht niet merken dat hij de oorzaak was van welke emotie bij mij dan ook, die eer gunde ik hem niet. Of misschien moet ik toegeven dat ik als verstijfd naar hem staarde, dat ik me die eerste minuten niet kon bewegen.

Het is maar goed, bedenk ik nu, dat ik niet eens wist dat hij zo dichtbij was, slechts één verdieping, honderdnegenentachtig passen en zesentwintig traptreden bij me vandaan, al die uren dat ik naast Sophies bed zat. Dan was ik misschien wel 's nachts naar zijn kamer en zijn bed geslopen om het morfine-infuus dat hij ongetwijfeld had gekregen, dicht te draaien.

'Ik ben blij dat u me wilde ontmoeten,' zei hij. 'Het... u... ik heb haar niet gezien. Een fractie van een seconde, een flits, en het was gebeurd. Ik zou er alles voor geven om het ongedaan te kunnen maken.'

Een accentloze stem, beschaafd, maar zonder adellijke aardappel in zijn keel. Ik vermoedde dat hij de zinnen had geoefend, alleen net niet vaak genoeg, omdat hij tussendoor haperde. Het klonk zo... zo kéúrig, zo verantwoord. Het leken precies de juiste woorden waarop ik zat te wachten.

Hij had iets bekends. Ik pijnigde mijn hersens om dat vage besef concreter te maken, er een beeld bij te schetsen. Deed hij me denken aan mijn vader? En waarom dan, toch niet omdat die destijds ook in een ziekenhuis lag? Dat leek me onzin. Ik had vaker mannen van tegen de vijftig in het ziekenhuis zien liggen, en gedachten aan mijn veel te vroeg overleden vader waren altijd op afstand gebleven. Misschien was ik er door de situatie met Sophie nu hypergevoelig voor. Of het was pure angst, angst dat ook mijn dochter zou sterven in een ziekenhuisbed, terwijl ik alleen maar kon toekijken hoe het leven me te grazen nam.

'Zegt u alstublieft iets.' De man schoof iets hoger op in het bed.

'Wat had u in gedachten?' vroeg ik. 'Excuses omdat ik geen fruitmand bij me heb? Of een schouderklop, ter geruststelling dat alles wel goed zal komen?'

'Maar... maar ik... het spijt me, ik...'

Heel even had ik medelijden met hem, maar dat gevoel zette ik snel opzij. Hij mocht niet denken dat hij er met een simpel excuus van afkwam, ik wilde dat hij zich schuldig zou voelen! 'En daarmee zijn we klaar? U zegt sorry en dan geven we elkaar een hand om de vriendschap te bezegelen? Ah, u wacht natuurlijk op de uitnodiging, om het er onder het genot van een goed glas nog eens over te hebben.'

Hij kromp ineen.

Ik wilde hem zien, maar had me vooraf geen voorstelling gemaakt van deze ontmoeting. Toen ik hem zag, leek het alsof ik een klap in mijn gezicht kreeg. Tot ik hier binnen liep, leek het allemaal zo onrealistisch. Confrontatie, had de arts het genoemd, een woord dat ik nu begrijp.

'Wilt u niet even gaan zitten?' vroeg hij.

Ik negeerde zijn vraag. 'U had voorrang, volgens de politieagent die het rapport opmaakte. Reed u te hard? Als u had opgelet, had u haar toch eerder gezien, had u toch kunnen remmen, uitwijken?'

Hij schudde zijn hoofd.

'U was niet aan het bellen, met een mobieltje tegen uw oor?'

'Nee,' fluisterde hij.

Hij keek van me weg, maar ik zag het. Rode vlekken in zijn nek, op zijn wangen. Hij was wel degelijk van alles aan het doen, behalve opletten! Die politieagent had ook al mijn schuldvraag ontweken, was niet verder gekomen dan 'meneer had voorrang'. Zelfs Paul wimpelde mijn wantrouwen weg, maar ik stond op scherp.

'U mag vanmiddag toch naar huis?' vroeg ik. 'Die rolstoel in de hoek, is die voor u? Wat denkt u, zullen we een klein ritje gaan maken? Zal ik u voorstellen aan Sophie, kijken of ze daar wakker van wordt? Ze ligt in coma, wist u dat?'

Ik wachtte zijn reactie niet af, liep naar de rolstoel en reed hem tot naast zijn bed. Met een ongeduldig gebaar pakte ik de deken en sloeg die terug, zodat ik zijn blote benen zag, het rechterbeen grotendeels in het gips. Het linker stak er donker bij af. Donker en harig.

'Alstublieft,' smeekte hij.

Ik boog me voorover en boorde mijn ogen in de zijne.

'Ik kon er niets aan doen,' zei hij. Hij probeerde afstand te creëren door zich dieper in de kussens te drukken. 'Pech, het was gewoon pech...'

Pech? Wat zegt hij nu?

'Ik had een glaasje gedronken, begrijpt u, twee eigenlijk, maar niet meer dan toegestaan. Dat kan iedereen overkomen, nietwaar? Ik vind het zo vervelend...'

Ik hapte naar adem. 'Vervelend is als je vingers onder de verf zitten en de deurbel gaat. Vervelend... vervelend is als je te horen krijgt dat je kind spijbelt,' zei ik verbijsterd. 'Maar dit, dit behoort tot een heel andere categorie.'

Ik wankelde op mijn benen en zocht steun bij de buis van

een radiator. Een dronken automobilist. Mijn oren suisden. Vervelend. Ik wilde het kussen onder hem wegtrekken en op zijn gezicht drukken. Erop stampen.

Uiteindelijk kwam ik in beweging. Langzaam. Ik zag dat hij naar de alarmknop reikte. Ik griste het snoer voor hem weg en trok het kapot. Mijn hoofd tolde, ik wilde hem verzekeren dat ik ervoor zou zorgen dat hij spijt, onvoorstelbaar veel spijt zou krijgen van zijn roekeloze daad, maar ik kreeg geen woord over mijn lippen.

Toen ik de kamer uit liep, knipperde het alarm boven de deur. Ik keek naar rechts. Daar lag een kamergenoot met ingevallen wangen, in een streepjespyjama, die overduidelijk deed alsof hij las.

7

Kleine Emma stond buiten, met haar blote voeten in het gras. Haar nachtpon was te dun om haar warm te houden in de koude herfstnacht. Het leek haar niet te deren. Ze zag er ontheemd uit, doof voor de lawaaiige zwerm overvliegende kraaien en blind voor de dode, zwarte kat. De kleine, rode vlek op zijn snuit wees erop dat het beest geen natuurlijke dood was gestorven, maar een zoveelste slachtoffer was van het stadsverkeer. Als ze het verstijfde kreng wel had gezien, had ze het zeker aan de kant geschoven om te voorkomen dat zijn ingewanden door haastige autobanden over het wegdek zouden worden uitgesmeerd zodra het ochtendverkeer op gang kwam. Ze was slaapwandelend in de voortuin beland, en ze ontwaakte langzaam. Haar wijd opengesperde ogen staarden onafgebroken naar het huis. De kou moest onderhand tot in haar botten zijn doorgedrongen, want ze bibberde over haar hele lichaam. Toch maakte ze geen aanstalten om naar binnen te gaan. En dat was maar goed ook.

Op het moment dat ze bijna door haar benen zakte, maakte haar wezenloze blik plaats voor paniek.

Na het eerste moment van totale ontreddering duurde het altijd even voor ze weer bij haar positieven was. Dan volgde de opluchting, behalve dan die keer dat ze bijna uit haar slaapkamerraam was gesprongen. Ook ditmaal was er geen sprake van opluchting. Ze was wakker geschrokken van iets waarvan ze hoopte dat het niet waar was, ze hoopte dat ze nog steeds slaapwandelde, droomde. Maar ze verbeeldde het zich niet. Achter de ramen flikkerde een oranjegeel vuur. Ze zag immense vlammen, die woest om zich heen grepen.

Ineens was er de explosie. Een allesoverheersend lawaai dat haar ineen deed krimpen. Haar hartslag versnelde. Ze rende naar het huis, haar blote voeten over het scherpe grind. De pijn drong nauwelijks tot haar door, leek niet bij haar te horen. Toen ze de deur wilde openen, deed een tweede explosie haar oren suizen. In een reflex drukte ze haar lichaam tegen de muur. Ze wilde schreeuwen, maar haar stembanden leken verlamd. De angst gierde door haar keel. Stukjes glas glinsterden voor haar blote voeten. Boven, besefte ze, het kwam van boven. Daar sliepen ze. De vreselijke gedachte die ze tot dat moment op afstand had weten te houden, denderde plotseling met volle kracht haar hoofd binnen. Met trillende handen deed ze de achterdeur open en ze botste in de keuken tegen haar moeder.

'Emma… jij… waar was je?' Ze greep het kind bij een arm en dwong haar terug, richting de achterdeur. 'Naar buiten, snel,' gilde ze. 'O lieve hemel, ik dacht echt dat jij ook nog boven was.'

'Papa?' stamelde het meisje terwijl ze zich losrukte. 'En… en waar… waar is…'

'Boven.' Haar moeders blik verstrakte.

8

Gevangen. Help me, of ik word gillend gek. Het is vreselijk. Gevangen in mijn lijf. Ik hoopte nog wel dat ik onderweg was naar de hemel. Geloof ik. Zeker weten doe ik het niet meer, zodra ik probeer de herinneringen dichterbij te halen, vliegen ze juist van me weg. Ongrijpbaar.

Soms twijfel ik aan waar ik ben. Een wirwar van kleuren. Ik herinner me dikke, over mijn buik glibberende slangen, en middeleeuwse toneelspelers die verdwijnen in het plafond. Onwerkelijk. Kronkels in mijn hoofd. Misschien blijven die wel. Net was ik er nog van overtuigd mee te spelen in een futuristisch toneelstuk waarin ik een mummie was, en woedend werd toen met bloed besmeurde handen me betastten zonder dat ik iets mocht zeggen. Net zoals ik er soms van overtuigd ben dat ik me kan bewegen en weg zal kunnen lopen uit deze naargeestige kamer. Te licht, veel te licht, en te warm.

Weg. Ik wil weg. Alleen, zodra ik overeind wil komen, verandert er niets. Niemand reageert. Intussen weet ik wel dat ik niet hoef te hopen dat ik wakker word uit een enge droom. Dit is echt. Echt. Enger dan een droom. Het enige wat me lukt, is mijn ogen openen. Kijken. Staren *naar het plafond. Mijn blikveld is beperkt tot vochtplekken, en als ik mijn ogen heen en weer beweeg, meen ik iets van apparaten te zien. Flikkerende lampjes, in groen en rood. Verder alleen stukken kale, witte muur. Ik hoor voetstappen, stemmen, vervormd, alsof er een vreemd filter zit tussen de geluiden en mijn oren. Mensen. Ik wil ze niet zien, ik wil hier niet zijn, ik wil weg.*

Ik moet de touwtjes van mijn gedachten stevig in handen houden, anders raak ik volledig in paniek. Dat geldt nog sterker als zij er is.

Wie roept mij daar? Dat is de stem van mijn moeder. Zo laat nog niet naar bed, of zo vroeg op? Waarom is ze hier?

Ik hoor haar komen, haar nerveuze kuchjes, haar typische voetstappen. Lange benen in laarzen met lawaaiige hakken. Op die momenten houd ik mijn ogen dicht. Mijn moeder praat met me alsof er niets aan de hand is. Alsof alles goed komt. Niets, niets komt ooit nog goed. Waarom wil ze me nu opeens wel aanraken? Ik wil het niet, ik wil dat iedereen met te koude, warme of zweterige tengels van me af blijft.

Soms hijsen ze me uit mijn bed. Dan zie ik de kille kamer, de wenskaarten aan de wand, de bloemen op de tafel. Ik schreeuw dat ze me terug moeten leggen, van me af moeten blijven, maar er komt geen geluid uit mijn keel.

O kut, wat als dit zo blijft? Ik kan toch niet eeuwig in deze toestand hier liggen, wegrottend als een zombie? Ik heb de arts gehoord, die ene met de zware stem. Hij rookt, ik ruik het, ik voel het. Een rokende arts, moet die over mij beslissen? Ik hoor hem heus wel praten, op gedempte toon, met de hogere vrouwenstemmen. Orders uitdelen, af en toe een woord ertussendoor dat ik niet begrijp. Maar 'coma' versta ik echt wel. Coma, het woord is allang niet meer nieuw voor me. Coma. Coma. Ze geven me vloeibaar eten via slangen. Daar kan ik ook iets van zien, die slangen, en de ijzeren stang naast mijn bed, met bovenin haakjes, tandartshaakjes in reuzenformaat. Daar hangen zakjes aan. Met doorzichtige vloeistof, en met bruine drab. Ik haat het lelijke voedsel en ik haat dat zij bepalen wat ik krijg en hoeveel, maar ik kan er niets aan doen. Ik droom van cola, zoete cola light.

Ik probeer uit alle macht te gillen. Ik weet hoe het moet, diep ademhalen en dan de strot opentrekken. Maar er gebeurt niets. Geen voetstappen, geen geruststellende woorden.

Ze moeten me met rust laten, ik wil weg, ik wil dit niet, laat me gaan, terug naar waar ik was, of waarnaar ik op weg was. Naar de hemel of de hel, ik weet het niet, maar het was er in ieder geval stiller. Zwarter. Geef me mijn muziek. Dan hoef ik niet te denken. Ik word gek, ik word geheid gek als dit nog veel langer duurt.

9

Elke keer als Eduard zijn gedachten de vrije loop laat, verschijnt ze op zijn netvlies. Sophie. O, Sophie, Sophie, waarom? Hij is onschuldig, waarom valt ze hem nog steeds lastig? Midden in de nacht ziet hij haar starende ogen op het plafond, op straat ziet hij haar lopen. In een te vaak terugkerende nachtmerrie beleeft hij het ongeluk telkens opnieuw, huivert hij bij het lawaai van krakend staal, en verschijnt Sophie, met een duivelse lach en in een bloedrode jurk. Natuurlijk, ze was mooi. De gedachte aan haar lippen, hoe ze erlangs kon likken, het was genoeg om hem gek te krijgen.

'Eduard!'

'Hè?' Hij schrikt op.

'Kom op, word eens wakker, zeg er iets van! Ze vergeet gewoon complete stukken tekst.'

Hij kijkt in het opgewonden gezicht van Rutger, een getalenteerde maar ongeduldige Romeo.

'Ik zeg: "Met de lichte vleugels van de liefde vloog ik hier, geen stenen grens die me ooit zal stoppen; en al wat liefde kan, dat zet zij door. Daarom vrees ik ook je verwanten niet." Ja? En dan moet zij zeggen: "Als zij je zien, dan zul je hier vermoord worden", maar ze gaat verder met: "Ik hoop, bij God, dat ze je hier niet zien", ik bedoel maar. Dan mis ik "haar ogen die meer gevaar bergen dan twintig zwaarden", dat mooie stukje, weet je wel? En het haalt mij uit mijn concentratie.'

Het is warm in de aula, hij voelt zijn overhemd aan zijn rug plakken.

'Eduard?'

'Ja, eh, Rutger, je hebt gelijk, maar geef Annerieke een beetje de ruimte, oké? Je weet zelf hoeveel tijd en energie het kost om je een dergelijke tekst eigen te maken, en acteren betekent ook improvisatie, elkaars fouten opvangen. We willen de liefde en de wanhoop zien, en of je dan letterlijk je tekst aanhoudt, vind ik van minder belang.'

'Je moet er iets van zéggen, dat bedoel ik, daar zijn repetities voor, toch?'

Hij knikt. Annerieke alias Julia is ondertussen van het podium verdwenen, en hij zucht. Waarom wilde hij deze Shakespeare in vredesnaam op de planken brengen, terwijl hij niets anders doet dan terugdenken aan de vorige Julia? Pure zelfkastijding, dat is het. Misschien moet hij kappen met dit stuk, dan kan hij meteen deze verdomde school vaarwel zeggen. Maar de directie drong aan, wil dat hij de afgelaste voorstelling alsnog brengt, nu niet langer als studieopdracht, maar als aanmoediging voor Sophie. Alsof ze er iets van zal merken…

Maar goed: hij zal respect afdwingen met deze poëtische tragedie en ze zullen zijn naam weer met toneel verbinden in plaats van met een ongeluk. Veel keuze heeft hij trouwens niet, de opdrachten liggen niet voor het oprapen. Hij moet reëel zijn, het zien als werk, zich niet laten meesleuren door onzinnige schuldgevoelens. Het was zijn fout niet, punt. Het leven gaat door, met *Romeo en Julia* in de herkansing als bewijs. Hij heeft mazzel dat Rutger graag wil. Zo graag zelfs dat de leerling in zijn vakantie uren opoffert om te repeteren. Sophie zat in haar examenjaar toen ze de rol kreeg, maar zij leerde met twee vingers in haar neus. En o, de prachtig dramatische manier waarop ze kon doodgaan, gewoonweg adembenemend! Verdorie, nu is hij alweer met zijn gedachten bij Sophie.

'Eduard!'

'Hè? Ja, wat is er?'

'Als het zo moet, gebruik ik mijn vrije tijd liever om wat bij te verdienen. Je zoekt maar een andere Romeo als je ze weer allemaal op een rijtje hebt. De mazzel.'

Hij hoort Rutgers stampende voetstappen, en even later een deur die dichtslaat. Als ze maar niet denken dat hij dit laatste uur niet zal declareren. Klotevak. Niets is meer zoals het was. Kloteongeluk. Niet zijn schuld.

De conciërge loopt door de aula en bekijkt hem met een afkeurende blik. Wat zou er nu weer zijn? Heeft hij te veel rommel gemaakt, is de man bang dat hij niet om vijf uur naar huis kan?

Hij staat op. Snel zijn spullen bij elkaar zoeken en verdwijnen, voordat Paul hem aanklampt en hij weer voor psycholoog moet spelen. Ook Paul is vaker dan normaal op school te vinden. Een teken aan de wand? Paul loopt op zijn laatste benen, en als hij instort, moet híj hem opvangen, of juist ver uit de buurt zijn. Dat laatste heeft zijn voorkeur. Hij moet dat hele gedoe met Sophie uit zijn hoofd zetten.

Onlangs wilde hij haar bezoeken, bloemen brengen in het verpleeghuis, maar ze lieten hem niet bij haar. Instructies van de moeder. Als hij nog terugdenkt aan dat enge mens... Hij heeft haar maar één keer ontmoet. Twee dagen na het ongeluk, op de dag dat hij naar huis mocht, met zijn been in het gips. De angst dat ze onverwacht op zijn schouder tikt en hij in de loop van een pistool kijkt, is hij nu wel kwijt. Maar hij heeft 'm behoorlijk geknepen. De blik in die donkere ogen toen ze dat snoer kapottrok! Als hij haar had verteld dat hij Sophie kende, al voor het ongeluk, zou ze het snoer dan om zijn nek hebben gewikkeld om hem te wurgen?

Ze had hoog boven hem uitgetorend. Een cynische lach om haar mond, alsof ze hem met een simpele beweging zou kunnen uitschakelen. Zo had hij het ook gevoeld. Hij zag haar voor zich op het toneel, in de rol van Julia, nou ja, een oudere Julia, die met een gekwelde blik in de ogen beseft dat Romeo dood is en zonder aarzelen besluit de dolk in haar hart te steken. Hij schudt zijn hoofd, woelt met zijn handen door zijn haren. Gaan en leven, moet hij, blijven is dood, om het met zijn vrij vertaalde Shakespeare te zeggen. Hij kijkt om zich heen om te controleren of hij alle rekwisieten heeft opgeruimd en knikt tevreden.

Hij wrijft over zijn rechterbovenbeen, dat nog steeds dunner is dan het linker. Hopelijk trekt het nu snel bij, zodat hij straks weer toonbaar is in korte broek.

10

Ik moet boodschappen doen. De melk is op, en ik heb eten nodig voor vanavond. Maar ik zit op een bankje met kromgetrokken, versleten planken. Mijn bankje. Terwijl Paul denkt dat ik in het verpleeghuis vertoef en onze dochter op de hoogte houd van het nieuws, haar spieren masseer of tegen haar praat, in de al dan niet ijdele hoop ons laatste beetje gezinsleven met haar te delen, slijt ik de uren op mijn gammele bankje. Gisteravond vroeg hij weer eens hoe het was, en bijna had ik hem toegesnauwd of hij enig idee heeft hoe het voelt om dag in dag uit te praten tegen een lichaam dat nergens op reageert. Een levend lijk. Maar ik hield mijn mond. Sophie krijgt fysiotherapie, de behandeling wordt ook hier voortgezet, maar desondanks zullen haar spieren verkrampen. Soms herken ik mijn dochter niet eens in dat verstijvende lijf. Ik haat het hier, ik durf geen kamer meer in te kijken behalve de hare. Er is hier zelfs een hospice, en ik vrees de dag dat ik Sophie daar zal moeten bezoeken. Ik word onpasselijk van al die holle ogen en van de verschrompelde lichamen waaruit het leven zich zo pijnlijk zichtbaar terugtrekt.

Vanmorgen naast haar bed bedacht ik tot mijn schrik dat ze dood beter af zou zijn. Ik probeerde het goed te maken met een streling over haar wang en een gefluisterd 'ik hou van je'. Ik wil je terug, o lieve Sophie, vergeef me mijn vreselijke gedachte. Ik meen het. Ik wil haar terug, zelfs als ze nooit meer zal lopen. Als ik haar maar kan vertellen hoeveel ik van haar houd, als ze dat maar hoort, begrijpt. Ik zal voor haar zorgen. Mijn Sophietje.

Het klopt niet. Eduard Beelaerts tot Rijckeland had in haar plaats langzaam maar zeker moeten wegteren in die muffe kamer, zich iedere seconde bewust van zijn grove nalatigheid, van zijn onvergeeflijke schuld. Dat was het enige juiste en rechtvaardige scenario geweest.

Meneer woont vlak bij de watertoren, niet eens zo gek ver van ons huis vandaan. Aan de Lokersdijk. Een voor auto's doodlopende weg, die uittorent boven de Klinkenbeltskolk aan de rechterkant, met links enkele huizen. Er staan hier verder geen bankjes in de buurt. Vanaf het mijne kijk ik voortdurend naar zijn huis. Het is indrukwekkend van vorm en formaat, vast en zeker ontworpen door een architect. Er is sprake van achterstallig onderhoud, het schilderwerk ziet er niet fris uit, het hekwerk heeft duidelijk betere tijden gekend en ook de rieten kap oogt verwaarloosd. De voortuin is dor, doods en geel. De achtertuin biedt eenzelfde troosteloze indruk, stelde ik onlangs vast. Door de schuifpui in de achtergevel zag ik dat de woonkamer immens groot is. Wat moet hij met die zee van ruimte, hij heeft niet eens een gezin.

Ik schuif heen en weer op mijn bankje, ik heb kramp in mijn benen gekregen, en de mouwen van mijn shirt plakken aan mijn armen door de vochtige hitte. Dagenlang heb ik gepiekerd over de vraag hoe ik het moest aanpakken, hoe ik de arts kon verleiden me Beelaerts' adres te geven. Tot ik ontdekte dat hij gewoon in het telefoonboek staat. Een angstaanjagende gedachte dat ik hem zelfs nu, op ditzelfde moment, kan bellen, zijn stem kan horen. In dat huis leeft iemand alsof er door zijn toedoen niet vijf levens zijn verwoest. Ik wissel. Linkerbeen over het rechter, rechts over links.

Vier uur alweer. Ik moet ijsbergsla, tomaten en feta kopen, maar zit hier te hopen op een glimp van Eduard. Wat doet hij nu? Hij is vaak thuis en hij ziet er niet uit alsof hij vakantie viert. Misschien is hij werkloos. Ontslagen, omdat hij met een zatte kop een jong meisje heeft aangereden. Zouden zijn vrienden nu anders naar hem kijken, gaan ze hem uit de weg? Net als ik wil opstaan en weggaan, slaat mijn hart een slag over. Onze auto die Eduards oprit in rijdt, Paul die uitstapt. Hij krabt met zijn vingers op zijn achterhoofd, wat hij doet als hij nerveus is. Kennen ze elkaar?

Het duurt voor mijn gevoel uren voordat Paul weer naar buiten komt. Wat hebben die twee gedaan? Ze geven elkaar in de deuropening een hand en ik zie Eduard bemoedigend lachen. Hand geven? Lachen? Mijn lieve hemel. Paul zou die man met zijn vuisten moeten bewerken tot hij niet meer beweegt! Ik draai me snel een kwartslag om als Paul naar onze auto loopt, buig me voorover alsof ik mijn veters strik.

Hij rijdt weg en heeft me, denk ik, niet gezien. Even later komt Eduard naar buiten. De lichtjes van zijn auto flikkeren. Een antracietkleurige wagen, een andere dan die van het ongeluk, dat moet wel, want volgens het politierapport zat de auto die Sophie heeft geraakt flink in elkaar. Hij trekt nog steeds iets met zijn rechterbeen. Ach gut. Vanuit mijn ooghoeken volg ik hem, al weet ik inmiddels dat hij zijn omgeving nooit een blik waardig keurt. Hij stapt in de auto en rijdt weg, en ik sta op. Paul en Eduard. Geen onbekenden. Wat doen die twee samen? Is er iets wat ik niet mag weten?

Onderzoek gesloten. Geen rechtsvervolging. Geen woord over concentratieverlies door het gebruik van alcohol. Meneer Beelaerts tot Rijckeland heeft vriendjes hoog op maatschappelijke ladders, vriendjes die hem goed van pas komen. Of ons rechtssysteem kraakt. Wetten, regels, mazen. In mijn nachtmerries maakt het beeld van Sophies openliggende hersenpan steeds vaker plaats voor scenario's waarin Eduard voorkomt. Ik durf ze tegen niemand hardop te beschrijven, en ben wel eens bang dat ik mijn moeder achterna ga.

Ik loop door Eduards tuin, langs de zijkant van het huis. In de winter kun je hiervandaan de flats zien opdoemen, maar nu wordt het zicht op die lelijkheid beperkt door bomen. Een ijzeren reiger houdt statig toezicht. 'Moet jij je baas straks maar vertellen wie er op bezoek is geweest,' zeg ik tegen het verroeste beest. De afgelopen nacht droomde ik over die film met Dustin Hoffman waarin hij in een tandartsstoel zit en de oude nazi zo meedogenloos door zijn kiezen en zenuwen boort dat je de handen voor je oren houdt om het gegil niet te horen. In mijn droom veranderde Hoffmans gezicht langzaam in dat van Eduard.

Gisteren bladerde ik door een van Sophies plakboeken. Ze verzamelt bijzondere nieuwsberichten. Nou ja, verzamelde, moet ik eigenlijk zeggen. Sophie houdt die boeken allang niet meer bij en kijkt er nooit meer naar om. Nu ben ik degene die ze af en toe bijwerkt. Het was in feite mijn hobby, vroeger. Toen Sophie zich jaren geleden op een middag verveelde, heb ik haar een van mijn oude boeken laten zien – niet dat eerste, nee, natuurlijk niet dat eerste – en ze ging aan de slag, net zoals ik vroeger.

Een van Sophies laatste berichten gaat over de zaak-Savanna, een driejarig meisje dat levenloos werd aangetroffen in de kofferbak van haar moeders auto. De moeder bleek later betrokken bij de dood van het meisje. Ze had Savanna soms onder een ijskoude douche gezet en een washandje in haar mond gepropt. Terwijl het meisje vocht voor haar leven was ze met haar hoofd op de badrand gevallen. De moeder had haar in de slaapkamer opgesloten en was de honden gaan uitlaten. Toen ze terugkwam, was Savanna overleden.

Sophie was geschokt door het nieuws. Net als ik. Zelfs als ik er nu aan denk, stokt mijn adem. Ik bedoel, als dat tot de realiteit behoort, mijn hemel, waar ligt dan de grens? En laat ik mezelf niet voor de gek houden; niemand, behalve ikzelf en de paar mensen om me heen, ligt wakker van Sophies ongeluk. Niemand.

Ik plakte enkele opmerkelijke berichten keurig in, net zoals Sophie ooit deed, met de datum erboven, een streep eronder met een liniaal.

Volgens Paul is het tijdverspilling: 'Alles is tegenwoordig toch op het internet te vinden?'

Paul. Eduard. Ik begrijp er niets van. Ik heb een paar keer op het punt gestaan hem ermee te confronteren en het om een onverklaarbare reden niet gedaan.

'Het is haar hobby,' zei ik.

Paul mompelde iets over verleden tijd, maar ik ging er niet op in.

Al is het dan in een wanhopige vorm, ik doe in elk geval een poging haar levend te houden. Ik hoop dat ze over een tijdje kan teruglezen wat er is gebeurd in de periode dat ze vocht voor haar leven. Dat dit dan een bewijs is van mijn vertrouwen in haar herstel. Dat mijn knip- en plakwerk voelt als een leugen om bestwil hoeft niemand te weten. Ik wil erin geloven dat ze op een dag zelf weer in staat is tot lezen. Sophie moet de journalistiek in, ze heeft feeling voor nieuws dat beklijft. Ze had het wel eens over de toneelwereld, dat ze wilde acteren, maar dat is typisch een kinderlijke sprookjes-wereldwens.

Paul en Eduard. Ik peins me suf over de vraag wat Paul moest bij die man.

Ligt er ergens een reservesleutel? Ik ben ongezien bij zijn achterdeur beland. Tenminste, dat neem ik aan. De buren lij-ken onzichtbaar, en ook op mijn bankje word ik vrijwel nooit gestoord. Een paar dagen geleden liep er een oude dame langs, die zei: 'Wat is het warm, nietwaar? En het schijnt voorlopig nog zo te blijven.' Ik keek haar zwijgend na.

Nooit heb ik iemand naar hem toe zien gaan. Afgezien van Paul dan, daarnet. Geen schoonmaakster, geen familielid, zelfs de huis-aan-huisbladenbezorger loopt zijn deur voorbij. Ik hoop dat ze hem stuk voor stuk als een baksteen hebben laten vallen. Dat hij wegkwijnt in dat grote huis.

Ik vind geen sleutel onder de mat of de bloempot bij de achterdeur en als ik mijn hand zoekend langs het hout van een pergola laat glijden, haal ik mijn wijsvinger open aan een splinter. Bloeddruppels vallen op de grond. Ik kijk rond in het tuinhuisje achter de schuur en laat mijn vingers voorzichtig boven langs de rand van het kozijn glijden. Er valt iets op de grond; een rinkelend geluid op het grijze beton. Ik buk me, en dan heb ik een sleutel in mijn hand.

11

Mijn voetstappen klinken hol op de zwarte tegels. Een ruime, lichte woonkamer. Wit, zwart, rode kussens op de bank. Modern, minimalistisch, ik krijg het koud van zo veel design. Ook hierbinnen kan ik er niet omheen. Meneer Beelaerts heeft betere tijden gekend. De leren bank vertoont krassen en losse naden, de grauwe muren zijn hard toe aan een schilderbeurt. Maar naast de vergane glorie zie ik onmiddellijk waaraan hij zijn tijd en energie spendeert. Midden in de kamer pronkt een tropisch aquarium. In een immense glazen bak zwemmen miniatuurvissen in felle kleuren. Ze schieten nerveus door het water als ik tegen het glas tik. Waterplanten in verschillende kleuren groen, geen enkel bruin randje te bekennen. Bij mij thuis sterven de planten langzaam af. Hun bladeren trekken krom, net als straks Sophies handen. Er zwemmen ook kleine visjes in de bak, zonder uitgesproken kleur, het is een drukte van belang daar in die onderwaterwereld. Jonkies, guppies of hoe ze ook mogen heten in vissentaal, en Eduard kan niet kiezen welke hij wel en niet moet houden. Hij vindt ze allemaal even geweldig. Die Eduard. Is dat eigenlijk stoer, zo'n vissenliefhebberij? Als zij vraagt: 'Wat is jouw hobby, schat?', dat hij dan antwoordt: 'Ik heb een tropisch aquarium.' Het lijkt me geen aanbeveling.

In een la van de kast waar het kolossale aquarium op staat, vind ik bakken met voer, potjes, dingen die ik niet meteen kan thuisbrengen, maar die ongetwijfeld voor de vissen of het water dienen. En een schepnet. Vooruit. Als Eduard het niet kan, zal ik hem helpen. Overbevolking is niet goed, daar komen ongelukken van. Straks gaan ze ruziemaken. Elkaar uitschelden, verwonden, opvreten.

Vlak voor Sophies ongeluk hadden we ruzie, en toen ze tegen me begon te vloeken, vroeg ik me vertwijfeld af waarom ik in hemelsnaam zo'n dochter moest hebben. Waar ik dat aan had verdiend. En dat heb ik ook tegen haar gezegd.

Het kost me moeite de door het water flitsende vissen in het netje te krijgen, ik ben een slechte visser, ik verniel alleen waterplanten en vang niets. Ik moet mezelf geen schuldgevoel aanpraten. Ik ben niet degene die Sophie voor de auto heeft gehad. Een ruzie is er om bij te leggen, onvergelijkbaar met in een dronken bui iemand aanrijden.

Nadat ik enkele keren met het schepnet door het water ben gegaan, heb ik er uiteindelijk toch flink wat te pakken. Kleine, maar ook grotere exemplaren, zelfs een platte in de vorm van een miniatuurrog; het is een wirwar van spartelende kleuren. Een roodbuikige met een felblauwe streep gooi ik in de gootsteen; ik blijf even kijken hoe het beestje hulpeloos naar adem hapt. Zou Sophie zich onze ruzie herinneren? Heeft ze gedachten? Ziet ze iets als ze haar ogen opent, of valt dat ook onder de reflexen?

Er staan twee lege glazen op het aanrecht. Ik ruik eraan. Alcohol. Paul en Eduard. Eduard en Paul.

Een van de kamers op de begane grond gebruikt hij als kantoor. Ik zie keurig gerangschikte ordners in een boekenkast, een laptop op een bureau. Een opengeslagen agenda. Ik blader erdoorheen, en ga terug tot de datum van Sophies ongeluk. E.H. Lyc.-Het Vlier, zie ik staan. De naam komt vaker voor. Het Etty Hillesum Lyceum. Is hij gescheiden en heeft hij een kind op die school?

De komende week is leeg. Ik leg een glibberige, bleke vis op de woensdag en klap de agenda dicht. In een van de bureaulades ligt zijn paspoort. 30 maart 1961. Zijn foto. Maastricht, 1 meter 73. Ha, dan is hij inderdaad kleiner dan ik. Vijf centimeter maar liefst. Dwerg. Ik leg een visje op zijn foto en wacht af of deze kleine oranje tegenspartelt, maar hij roert zich niet meer, en ik schuif de la weer dicht. Ik zie Sophie voor me als baby. Het donkere haar, de ogen die van blauw geleidelijk overgingen in het bruin van de mijne. Haar eerste ongeduldige, wankele stappen, de eerste woordjes. Toen het leven nog overzichtelijk leek, misschien zelfs geluk kon betekenen. Mijn slimme meisje dat zelfs een klas mocht overslaan. Waar is het in hemelsnaam fout gegaan? Boven vind ik zijn slaapkamer. Ook al in zwart-wit, met rode kussens op het tweepersoonsbed.

Dan weet ik plotseling waar ik hem van ken: zijn afspraken op Sophies school. Natuurlijk. *Romeo en Julia*. Hij was de regisseur. Ik heb hem een keer gezien toen ik Paul van school oppikte omdat... ik heb geen idee. Ik zal de auto wel nodig hebben gehad. Wat stom dat ik die link niet meteen heb gelegd. Waarom heeft Paul daar niets over gezegd? Hij vertelt me zelfs wie op school de kantjes eraf loopt en wie er suiker in zijn koffie heeft. Hoewel... Vertelde. Erg spraakzaam is hij tegenwoordig niet meer. Paul kent Eduard dan natuurlijk ook van school. Hadden ze daarnet leerlingenoverleg? Waarom moet dat bij hem thuis, zelfs met whisky?

Ik haast me naar beneden, hier en daar op een traptrede een vis achterlatend, en kieper het netje leeg in de kamer, zodat een restant vissen op de stenen vloer terechtkomt. Een enkel exemplaar spartelt, in een aandoenlijke poging zijn lot te ontlopen, maar zonder veel overtuiging. Voordat ik geruisloos via de achterdeur verdwijn, zet ik de temperatuur van het aquarium op nul graden. Met deze zomerhitte ook nog eens de verwarming aan, dat is pure verspilling van onze kostbare energie, zou Paul zomaar kunnen zeggen.

12

Mijn mond is scheef, denk ik, soms strijkt er iemand met een papieren doekje langs mijn linkermondhoek. Er is iets niet in orde met mijn gezicht. Ik ben lelijk, ik mis mijn make-up, voel me naakt, en ik ben bang dat ik nu echt draakachtig lelijk word. Ik wil het niet, ik wil het niet. Niemand wil me straks nog zien, als dit zo doorgaat. Mijn moeder heeft medelijden met me. Ze probeert te glimlachen, zegt dat ze van me houdt en dat ik weer beter zal worden, maar ik merk aan haar dat ze het zelf niet gelooft. Als ze zich in mijn gezichtsveld beweegt, kijk ik stiekem naar haar.

Al wekenlang heb ik geen verse bloemen meer geroken. Vanmorgen hoorde ik een verzorgster tegen mijn moeder zeggen dat de rozen op tafel nu echt verlept zijn en weggegooid moeten worden. Maar ik hoorde ze vervolgens samen weglopen, dus die verrotte bloemen staan er nog steeds. Misschien vinden ze het vooruitzicht van een lege vaas sneu voor me. Alsof ik er iets van zie.

Ik ben verhuisd. Ze hebben me overgebracht naar verpleeghuis PW Janssen. Hier ben ik de schone slaapster van longstay-afdeling Oxe. Naast me ligt een jonge, mannelijke soortgenoot, ik hoor ze over hem *praten. Hij ligt hier al veel langer. Samen met een jongen op een slaapkamer. Dat mijn moeder dat goed heeft gevonden! Ze heeft hier niets te vertellen en dat bevalt haar vast niet. Muziek. Ik wil mijn muziek.*

Mijn moeder heeft haast, ik hoor haar onrustige voetstappen op de vloer. Ga dan weg, wil ik zeggen, ik heb je niet gevraagd om hier te komen. Ze zeurt nu in ieder geval niet meer dat ik professionele hulp nodig heb. In een andere situatie zou ik haar uitlachen. Als ze zich over me heen buigt, zie ik haar grauwe gezicht en de donkere vlekken onder haar ogen. Ze denkt dat ik niets zie, dat mijn oogbewegingen reflexen zijn. Ik rol soms expres raar met mijn ogen, wat ik normaal nooit zou doen. Het bevestigt haar geloof in de reflexen, in de mening van de artsen.

'Nou lieverd, ik moet ervandoor, ze komen je zo wassen. Morgen zal ík dat weer doen, dat vind je vast fijner dan die vreemde handen aan je lijf.'

Mijn moeder kan me al jarenlang niet meer helpen met mijn huiswerk, ik weet meer over literatuur en de wereldgeschiedenis dan zij ooit heeft geleerd. Maar nu heeft ze wel een punt. Ik haat het als ze me wassen, als ze met een lauw washandje over mijn rug en billen strijken en, nog erger, over mijn borsten, die niets voorstellen – ze wrijven er zomaar overheen, alsof er echt helemaal geen verschil is tussen buik of borsten, ik haat het, ik haat het – en vooral tussen mijn benen. Alsof ik compleet ongevoelig en dood ben. Als mijn moeder het doet, probeer ik ook wel aan iets anders te denken, maar ik heb toch liever haar handen. Eén voordeel is er wel: ze hijsen me hier niet meer uit bed. Geen onhandig geworstel met een rolstoel waarin ik word rondgezeuld.

Het is alsof ik in een presse-papier ben gegoten.

Levend begraven in mijn eigen lichaam. Er wordt naar me gekeken, met wisselende blikken, terwijl ik geen enkele mogelijkheid heb om te protesteren. Ik voel, ik zie, en niemand weet het. Frustratie. Angst. Angst voor deze situatie, waaruit ik maar niet kan ontsnappen, geen enkele kant op, niet richting het duister, niet richting het licht. Toen ik hallucinaties had, compleet met enge slangen en nooit opgevoerde toneelstukken, wist ik niet wat echt was en wat fantasie, en dat beviel me veel beter. Ik wil weg. Weg hier. Verdwijnen.

Jeuk, dat is de nieuwe hel. Mag ik alsjeblieft doodgaan, doorstromen naar een volgend leven, een waarin ik gelukkig kan zijn? Ik had harder met mijn hoofd tegen de auto moeten botsen, of tegen de stoeprand moeten knallen. Wie heeft deze vorm van half levend, half dood verzonnen?

'Dag,' zegt ze, en ik zie haar rug in een zwartleren jasje, het lange, donkere haar over haar schouders. Futloze lokken, waar het ouderdomsgrijs genadeloos doorheen schemert. Ga dan, en kom nooit meer terug, schreeuw ik haar geluidloos na. Laat me hier alleen, en als je denkt dat ik ooit iets van je nodig zal hebben, dan heb je het gigantisch mis, snap je! Je hoeft me er echt niet van te overtuigen dat dit maar een tijdelijk ongemakje is. Echt niet. Echt niet.

Haar voetstappen verdwijnen zonder een enkele aarzeling. Ik voel me vreselijk alleen.

13

Het verbaast Paul allerminst dat hij frituurlucht ruikt als hij binnenkomt. Patat, chinees, patat, chinees, het ritme van de menukaart in huize Korteling is tegenwoordig eentonig. Hij zegt er niets van, schuift met een glimlach aan tafel. 'Sorry dat ik wat later ben, ik moest nog iets afmaken,' zegt hij. Hij schept frites op zijn bord, pakt een kroket uit de papieren zak. 'Eet smakelijk.'

'Wat je smakelijk noemt. Alweer patat.' Lonneke trekt haar neus op in een rijtje plooien.

'En daar ben je zo gek op,' zegt Emma.

'Je moeder was bij Sophie.' Paul neemt met tegenzin een hap van zijn kroket en probeert niet aan de ingrediënten te denken. 'Morgen ben ik vroeger thuis en zal ik koken, maak ik speciaal voor jou macaroni. Dan gaan we eerst naar je zus. Deal?'

'Ik wil liever bij opa en oma logeren, morgen,' zegt Lonneke. Ze schuift haar stoel naar achteren en staat op. Thijs volgt het voorbeeld van zijn zus.

'Hé, zitten jullie,' zegt hij, 'we zijn nog niet klaar.'

'Ron en Har moeten ook eten,' zegt Lonneke.

'Laat ze toch.' Emma legt het bestek op haar nog halfvolle bord, stapelt borden op elkaar en ruimt af.

Hij zet de tv aan en zapt langs de programma's. Eén afschuwelijke, fatale seconde heeft hun leven op zijn kop gezet en sindsdien is iedereen in shock. Zijn vrouw heeft de zorg voor Sophie op zich genomen, maar ze stond al voor het ongeluk onvast op haar benen en kan het niet aan. Ze accepteert echter geen hulp, wil zelf bij dat bed zitten en lijdzaam toezien hoe hun oudste dochter wegkwijnt. Hij kan het niet. Dat heeft hij niet met zoveel woorden gezegd, maar ze weet het. In het begin was hij er heilig van overtuigd dat Sophie snel wakker zou worden. Natuurlijk, met recht natuurlijk. Zo'n jong, flexibel lichaam, dat zou zich snel herstellen. Hij kan er niet naar kijken, hij kan niet geloven dat ze hem hoort, en als hij vijf minuten in die stille kamer is, schreeuwen zijn longen om frisse lucht.

Hij heeft hoopgevende artikelen gelezen over een comacentrum in België en geïnformeerd naar de mogelijkheden voor Sophie. Of de kosten worden vergoed wordt uitgezocht; een simpel ja of nee kon de dame van de zorgverzekeraar niet geven. Ingewikkeld verhaal over de vraag of de behandelingen onder de Nederlandse zorgverzekeringswet vallen. Zijn de behandelingen betrouwbaar? Experimenteel? Ze zullen kijken naar publicaties, hoe de overkoepelende organisatie van verzekeraars erover heeft geoordeeld. De dame zelf had nog nooit gehoord van een comacentrum in Luik. Een veeg teken. In Amerika schijnen ze nog veel meer te kunnen, maar hij durft er geen informatie over in te winnen, wetende dat hij zich zal doodschrikken van de prijskaartjes die daaraan hangen. Beter worden lijkt tegenwoordig een kwestie van iemands financiële situatie. Misschien is het al decennia zo, maar hij heeft zich er nooit mee bezig hoeven houden.

Hij schakelt de tv uit, geërgerd over al die programma's waarin het er vooral om lijkt te gaan elkaar te beledigen, of erger. Geen wonder dat de leerlingen dat overnemen in de klas. Hij zucht. Er zijn bijna geen lessen meer, de examenklassen hebben al vakantie, maar hij spendeert veel tijd op school om de lessen voor volgend seizoen voor te bereiden. Hij heeft een uitje in petto voor de derde klassen, naar Burgers' Zoo. Een laatste activiteit, voor de grote vakantie losbarst. In groepjes mogen ze daar een beschermde diersoort gaan observeren. Met de opdracht karakters te bestuderen. Hij heeft ze verteld dat er bij dieren, net als bij mensen, verschillen in gedrag te onderscheiden zijn, en foto's laten zien van vreedzame én agressieve woestijnspinnen. Het aantal leerlingen dat biologie kiest loopt de laatste jaren terug, en hij wil die trend zien te keren. Alles wat ze op school leren, is per slot van rekening terug te voeren op de natuur. Maar zo onderhand wordt die natuur een ondergeschoven kindje. In 4 vwo waren al leerlingen die dachten dat melk in de fabriek wordt gemaakt.

Als hij even later naar boven loopt om te controleren of Lonneke de kooi van de ratten dicht heeft gedaan na het voeren, treft hij Emma op Sophies kamer. Ze schrikt van zijn plotselinge aanwezigheid.

'Slecht geweten?' vraagt hij grijnzend.

Wat zou hij graag weer eens een lach door het huis horen schallen, maar ze reageert niet eens op zijn poging tot humor. Wat is ze toch aan het doen? Heeft ze die plakboeken ergens uit een kast opgediept? 'Heb je nu echt niets... Wat ben je aan het doen?' vraagt hij, terwijl hij de kop van een nieuwsitem leest: VARKENS LIGGEN MAANDEN DOOD IN STAL.

'Het nieuws van juni,' zegt ze. 'Ik weet nu al dat niets deze zal overtreffen.'

'Ze zoeken collectanten voor het Wereld Natuur Fonds.'

'Ga vooral je gang,' antwoordt ze. 'Erg, niet? Ze vermoeden dat de dieren zijn gestikt toen in een deel van de stal de ventilatie was uitgevallen. Heb je de foto's gezien?'

Hij haalt vertwijfeld zijn schouders op. 'Kun je in plaats van die gruwelijke berichten niet iets positiefs vinden? Denk je ook niet dat ze daar meer behoefte aan heeft, als ze weer thuis is?'

Ze kijkt hem aan alsof hij niet goed bij zijn hoofd is. Zal hij zeggen dat ze beter een baantje kan gaan zoeken? Dat een lerarensalaris voor een gezin met drie opgroeiende kinderen allesbehalve een vetpot is? Dat de kozijnen nu echt aan vervanging toe zijn, en de vochtplekken in de badkamer niet langer te negeren? Een prachtstek, hun jarendertigwoning aan de Alexander Hegiusstraat, maar ze heeft geen idee wat zo'n pand aan onderhoud nodig heeft. Al moet hij hier ook de hand in eigen boezem steken. Het maakte haar destijds niets uit waar ze gingen wonen, als het huis maar op loopafstand zou zijn van de IJssel. Het was zijn droom, dit karakteristieke pand. Met twee linkerhanden een onpraktische keuze. Maar ja. Als zij nou eens iets zou bijdragen? In al die jaren heeft ze dat nooit gedaan, of ja, toch, in hun verkeringstijd, toen ze een paar centen verdiende in een slagerij.

'Je had ook dat stuk over de anorexiapatiënte kunnen nemen,' zegt hij cynisch. 'Zo'n jong meisje dat op zoek is naar erkenning. Erg tragisch.'

'Daar zit Sophie niet om verlegen, je snapt er helemaal niets van.'

Hij krabt zich op zijn achterhoofd, veegt wat roos van zijn overhemd. Steeds meer grijze haren, zag hij vanmorgen in de spiegel tijdens het scheren. Bij Emma gaat het nog harder, constateert hij. Ze verzorgde zich meestal goed, kon zich smaakvol kleden, maar nu ziet ze er zelfs ouder uit dan ze is.

De dood hoort bij het leven, net als ademhalen. Dat heeft hij altijd gepredikt in de klas, ook als de leerlingen koeienogen moesten ontleden en de kreten van afschuw door het lokaal galmden. De dood is een natuurlijk iets. Dat klinkt goed, behalve als het om je eigen kind gaat.

Lonneke en Thijs lijden er ook onder. Vooral Lonneke, gezien haar bleke snuitje, dat nu bruin zou moeten zijn van zon en zwembad. Ze lijkt soms net op de ratten, zo behoedzaam beweegt ze zich door het huis. En Thijs is al net zo geruisloos. Ze moeten weer een echt gezin zien te vormen, en niet vier individuen die elkaar zwijgend ontlopen. Maar hoe?

'De man die Sophie heeft aangereden…'

Wat? Hij probeert niet te laten merken dat hij schrikt. Wat wil ze zeggen?

'Die Eduard.' Ze spuugt de naam bijna uit. 'Ken jij hem? Ik bedoel, ken je hem ánders dan van het ongeluk?'

'Nee, niet echt, hoezo?'

'Wat bedoel je met niet echt?'

Ze kijkt hem onderzoekend, vragend aan.

'Eduard regisseert het toneelstuk waarin Sophie de hoofdrol zou spelen, dat weet je toch? *Romeo en Julia*. De repetities zijn op school, logisch dat ik hem wel eens tegenkom.'

'Waarom heb je me dat niet verteld?'

'Dat heb ik je wel verteld, ik denk dat het niet tot je is doorgedrongen.'

'O ja, het ligt weer aan mij.'

'Daar gaat het niet om.' Hij wil zijn ergernis niet door laten klinken en vervolgt: 'Ik vind het niet meer dan normaal dat je niet alles meer weet wat er om je heen is gebeurd in de dagen, weken na Sophies ongeluk. Dat bedoel ik. Dat is geen verwijt.'

Ze gelooft hem niet, hij ziet het aan de sceptische blik in haar ogen. Hij draait zich snel om, nog voor ze kan reageren, en verlaat de kamer.

14

Nijmegen voorbij. Eduard is dik over de helft van zijn twee uur durende, saaie rit, die hij opvrolijkt met opzwepende beatmuziek. Hij heeft geen hekel aan autorijden, integendeel, maar deze lelijke autobanen spreken weinig tot de verbeelding. Nee, dan liever Oostenrijk, door gladheid gedwongen stapvoets rijdend tussen besneeuwde bergen, of verdwalen op kronkelende zandweggetjes tussen wijngaarden in het Franse binnenland... Hij gaat emigreren zodra hij zijn financiën op orde heeft. Weg uit dit opeengepakte land, deze bouwput, waar het nooit stil of donker is. Hij moet uitwijken voor een vrachtwagen die onverwacht van baan wisselt. Zondagavond, en dan zoveel verkeer op de weg.

Na een druk maar geslaagd weekend verlangt hij naar de rust van zijn eigen huis, waar niemand hem op de vingers kijkt. Hij heeft het voor elkaar gekregen, geld losgepeuterd van zijn ouders, ook al ging dat zoals gebruikelijk gepaard met duizend manende vingers over wat hij anders zal moeten doen. Hij heeft het glimlachend over zich heen laten komen. Ja knikken, beterschap beloven. Een klein offer voor maanden onbezorgd vooruit kunnen. Als zijn ouders het voor het zeggen hadden, zou hij leven volgens de spreuk op de toren van de Lebuïnuskerk. *Fide Deo, Vigila, Consule, Fortis Age.* Daar zal hij echter nooit aan kunnen voldoen. Vanmiddag heeft hij een Appel van de muur gehaald in een van de logeerkamers. Hij heeft het schilderij in papier ingepakt en in zijn koffer gestopt. Als voorschot op de erfenis. Net zoals vorige keren heeft hij de kleine moeite genomen de lichtere plek op het behang te camoufleren met een goedkope vervanger van zolder. Een voorzorgsmaatregel die niet van wezenlijk belang is; zijn ouders bezitten zoveel kunst dat ze amper zicht hebben op hun collectie. Gauw maar eens informeren wat dit specifieke exemplaar precies waard is, al glimlacht hij tevreden bij de voorlopige schatting.

Daarvoor heeft hij de afgelopen dagen zelfs het gezelschap van zijn broer en schoonzus doorstaan. De poeha van die twee, volmaakt gelukkig in hun luxe kasteeltje op een paar hectare grond! Ze kunnen zo de hoofdrollen vervullen in de eerste de beste klucht. Zijn ouders trappen er misschien in, maar hem hoeven ze niets wijs te maken over de interpretatie van die scheve lachjes en fijngevoelige complimenten over en weer. O nee, en de kinderen doen het ge-wel-dig, Floris-Jan is topscorer van de hockeyclub en Annabel haalt alleen maar tienen. En ondertussen zitten ze een beetje naar hem te loeren met omfloerste blikken vol medelijden. Het zielige broertje dat al jaren het spoor bijster is, met zijn vage theaterwerk dat geen cent oplevert. Had hij mazzel dat zijn oudste broer er niet was. Op zakenreis terwijl zijn moeder jarig is, ja, ja, Onno is zo druk en er rust zoveel verantwoordelijkheid op zijn schouders.

Hij neuriet mee met de muziek. Wacht maar. Als hij een successtuk op de planken zet, zijn naam met diep respect wordt uitgesproken door de top van acterend Nederland en de aanbiedingen binnenstromen, dan piepen ze wel anders.

Crisis! Kunnen die oudjes niet uitkijken! Zonder ook maar links of rechts te kijken, schuiven ze hun zielige wagens zomaar naar een andere baan, om met de snelheid van een slak een nog langzamer vehikel in te halen. Het is godgeklaagd dat zulke lui toestemming hebben gekregen te chaufferen in het openbaar. Hij lacht overdreven vrolijk als hij eindelijk kan inhalen. De chauffeur ziet het niet, zijn blik is strak op de weg gericht. Ellendige bejaarde.

Hij gaat zich focussen op zijn werk. Geld is voorlopig tot onbelangrijk thema gereduceerd, dus kan hij zijn aandacht richten op zijn toneelstuk. Een totaal nieuwe bewerking van Tsjechov, in elk opzicht een meesterwerk. Het is nu zaak dat de juiste mensen het onder ogen krijgen. Hij heeft de eerste drie bedrijven uitgewerkt en opgestuurd naar verschillende uitgevers; tot nu toe heeft hij alleen afwijzingen ontvangen, maar dat komt omdat de urgentie en de genialiteit ervan nog niet begrepen worden. Hij zal de komende dagen schaven en schrappen, doorwerken en het afschrijven. Zijn vrouwelijke hoofdpersonage zal hij uiteindelijk laten sterven, daarmee maakt hij het drama groter, komt de boodschap beter over. En hij moet het persoonlijk kunnen toelichten, de achterliggende gedachte kunnen uitleggen. Dan zullen ze zijn werk beslist omarmen, staan te springen om meer van zijn hand. Het buitenland zal volgen, met als hoogtepunt een uitvoering op Broadway. Wacht maar!

Daar is de afslag. Nog even, dan rijdt hij zijn oude, vertrouwde Deventer binnen. Kalme stad aan de IJssel, waar het leven lijkt stil te staan. Als hij straks voor zijn werk veel in de Randstad vertoeft, zal dit stadje zijn toevluchtsoord zijn, zijn rustpunt in het hectische bestaan. Hij rijdt over het kruispunt waar het ongeluk is gebeurd, en wrijft even over zijn been. Hij kan zich er maar niet toe zetten de oefeningen te doen die de fysiotherapeut hem heeft voorgeschreven en zijn rechterbeen is nog steeds dunner dan het linker.

Maar het mentale leed is geleden. Als hij Paul treft, volstaat een vriendelijk knikje, hun conversatie beperkt zich tot het mopperen over de kwaliteit van de automatenkoffie. Na het vertrouwelijke gesprek waarin ze hun beider belang nog eens helder hebben gemaakt en met een slok whisky hebben bezegeld, verwacht hij geen problemen meer uit die hoek.

Hij zal die school definitief de rug toekeren, en daarmee moeten ook de laatste stuiptrekkingen van herinneringen aan Sophie uit zijn brein verdwijnen. Het moet. Het moet. O, Sophie, Sophie… in een ander leven, een andere dimensie… Zijn redding, zijn alles, zijn kleine wonder. De herinnering aan haar wapperende haar, haar gezicht dat zo anders leek – het moet ontzetting zijn geweest, of misschien zelfs doodsangst – is nog te levendig. Alsof hij haar gisteren aanreed. Die blik in haar ogen! Geen actrice die dát zou kunnen spelen, de uitdrukking die een onuitwisbare indruk bij hem heeft achtergelaten.

Tijdens hun gesprek heeft hij Paul nog wel gevraagd of hij Sophie mocht bezoeken. Hij heeft parfum voor haar gekocht, de muskusgeur die ze altijd droeg. Soms spuit hij een vleugje van haar geur de badkamer in. Niet dat hij zich schuldig voelt, en zich daarom verplicht voelt haar op te zoeken, nee, uit persoonlijke interesse. Sophie had nota bene les van hem, dan is een bezoekje van haar leraar toch logisch? Het was niet zijn schuld, dat staat zwart-op-wit. Geen smetje op zijn curriculum vitae, haha. Hij doet zijn best. Laat degene die zonder zonde is, de eerste steen werpen, nietwaar? Eigenlijk moet hij niet naar haar toe willen gaan. Nee. Het toneelstuk dat Sophie heet, is afgelopen. Met een ongewenste en vervelende ontknoping, dat wel.

Tegen de tijd dat hij de oprit van zijn huis oprijdt, is hij Sophie alweer vergeten. Een fles wijn opentrekken en dan even genieten van zijn nieuwe aanwinst. Het schilderij zal genoeg opbrengen voor een winter zonder geldzorgen. Wie beweerde ook weer dat hij te weinig vooruitdenkt en te veel in een droomwereld leeft? Opgewekt rekt hij zijn spieren na de lange zit en met een brede grijns opent hij zijn kofferbak. Appel, appeltje voor de dorst.

Enkele minuten later valt de koffer uit zijn handen. Hij kreunt, weet zich geen raad met wat hij ziet en kan zijn tranen niet bedwingen. Het is afschuwelijk. Emilia, zijn betoverende kersenbuikcichlide, en o, nee, zijn pas aangeschafte gouddanio's! Hij zou de drie een dezer dagen naar de kweekbak boven verhuizen, van die zilverachtige engeltjes kon hij er niet genoeg in zijn aquarium hebben. Hij veegt zijn tranen weg, pakt de vissen voorzichtig op en legt ze in de palm van zijn hand. Aait hun glimmende, gladde huid. Misschien, wie weet... Hij laat ze zachtjes in het aquariumwater glijden en moedigt ze aan. Zwem, zwem, beweeg die tere vinnetjes, toe dan. Dan pas ziet hij het drama in de bak. Hij steekt zijn hand in het water en stelt tot zijn afgrijzen vast dat het te koud is. Veel kouder dan de vereiste vierentwintig graden. Zijn schatten. Dood. Julius, de witwanggobius van eigen kweek, zelfs de Indische modderkruipers, die hij nog niet goed genoeg kent om te weten hoe ze heten. De felblauw gekleurde lijn op het lijfje van een tere kardinaaltetra oogt nu dof. Levenloos drijven ze aan de oppervlakte, kromgetrokken en met hun bekjes open, alsof ze eindeloos om hulp hebben geschreeuwd.

De thermostaat geeft een genadeloze nul graden aan. Zo

koud is het water niet, maar wat is er toch gebeurd? Het klamme zweet breekt hem uit, hij voelt zich duizelig en laat zich op de vloer zakken, vlak naast zijn bijna doorzichtig ogende blinde holenvis. Hoe lang zou Ysolde wanhopig hebben gesnakt naar haar warme, vertrouwde water? Zijn vingers strelen het kleine lijf. 'Sorry,' fluistert hij. 'Het spijt me. Ik had jullie niet zo lang alleen moeten laten.'

Heeft hij per ongeluk de thermostaat teruggedraaid? Hij vergeet negen van de tien keer waar hij zijn sleutels neerlegt, laat soms het geld in de automaat zitten bij het pinnen, maar dit? Dit zou hem niet overkomen. Geen sporen van braak, maar het is toch echt onmogelijk dat zijn kleine lievelingen uit eigen beweging uit die bak zijn gesprongen. Toch? Het enige voor de hand liggende antwoord wil hij niet tot zijn brein laten doordringen.

15

De rest van mijn leven. Ik probeer de hele tijd te bedenken hoe die eruitziet, terwijl ik helemaal geen rest van mijn leven wil. Als ik me in mezelf terugtrek, dan voel ik geen leven, dan voel ik de dood. Ik heb het gezien, noodgedwongen, dankzij een project op school, dat niemand wilde en waarvoor we een documentaire moesten kijken. De eindeloze, mensonterende strijd van een ontwaakte comapatiënt.

'Je plakboek is keurig bijgewerkt, lieverd, ik zou willen dat je kon zien welke berichten ik voor je heb uitgezocht. Je zou ze geweldig vinden, ik weet het zeker.'

Mijn moeder en haar plakboek. Ze voert me brokken leven waar ik niets van wil weten. Net heeft ze het aan een verzorgster laten zien en verteld dat het mijn hobby was, die nieuwsfeiten verzamelen. Ze zei het alsof ik niet besta, terwijl ze heeft beloofd niet met anderen over me te praten alsof ik er niet bij ben. Dat is ze, denk ik, allang vergeten. Zoals ze wel meer vergeet. Om naar de kapper te gaan, bijvoorbeeld.

'Je vader is bij Eduard op bezoek geweest, wist je dat? Ik moet je op het hart drukken dat je niet alles kunt geloven wat je vader zegt. Ik weet niet wat er aan de hand is met die twee, maar ik ben bang *dat ze iets bekokstoven samen. Kijk, zie je, het nieuws van juni. Keurig ingeplakt, net zoals jij het doet, zelfs met liniaalstreep. Nog even een laatste stukje vastplakken. Zat niet helemaal goed.'*

Ik hoor papier ritselen. Net zoals ik het doe? Ooit deed, zul je bedoelen. Jij en je oubollige hobby, schiet toch op.

'Ik had je toch wel verteld wie die man is die je heeft aangereden? Je kent hem, van school. De regisseur van je toneelstuk.'

Wat zegt ze? Haar stem klinkt kwaad, verwijtend. Iets over het ongeluk. Alsof ik niet weet dat het zijn auto was waar ik tegenaan knalde. Ik herinner me flitsen, fragmenten, van die momenten voor het gebeurde. Voordat het licht uitging. Ik wou dat ik het over mocht doen. Die dag. Ik had gehoopt dat Eduard zijn nek zou breken toen zijn wagen tegen de boom knalde, maar hij leeft dus nog. Hij leeft, en ik lig hier levend begraven.

Ik zou mijn leven willen overdoen. Ze zouden iets moeten uitvinden waardoor dat kan. Ik wil reïncarneren, liever vandaag dan morgen. Hugo was op bezoek. Hij is er heilig van overtuigd dat hij hier met een opdracht is voor een volgend leven. In een vorig leven was hij een joodse jongen, zegt hij, omgekomen in een concentratiekamp. Ik zou willen dat hij me vertelde over mijn vorige levens, of mijn volgende. Dat hij me geruststelt. Maar Hugo komt alleen om gedichten voor te dragen, en dan heb ik liever dat hij wegblijft. Ik wil hem niet hier, ik wil niemand zien, zeker niet iemand van school, en al helemaal geen filosoof die voorleest uit eigen werk.

Ik wil in een crypte begraven worden, zodat mijn ziel onsterfelijk wordt. Dat had ik in mijn dagboek moeten zetten. Vergeten. Stom. Hoewel ze mijn wens toch niet inwilligen. Het vreemd zouden vinden. Het is zo kut, zo zwaar kut allemaal. Zorgt Lonneke nog steeds voor Ron en Har? Mijn moeder vertelt me niet meer hoe het met ze gaat. Misschien zijn ze wel dood.

Ik probeer telepathische gaven in mezelf te ontwikkelen. Als ik heel, heel sterk aan muziek denk, wil ik mijn moeder zover krijgen dat ze de koptelefoon op mijn hoofd zet en de muziek uitzoekt die ik in gedachten hoor. Maar het werkt niet, en dat maakt me onvoorstelbaar pissig. Wat is de bedoeling van mijn nutteloze liggen hier?

Ik zou Eduard willen zien, in zijn ogen willen speuren naar een schuldgevoel, en mocht hij dat nog niet hebben, dan krijgt hij dat hier wel.

Het lukt me ook voor geen meter contact te maken met mijn buurjongen. Ik dacht dat ons gezamenlijke lot een band zou scheppen, en ik praat me suf tegen hem in de hoop dat hij mijn gedachten leest, daag hem uit te vertellen over zijn vriendinnetjes, school, zijn ouders, maar als hij al iets terugzegt, vang ik er niets van op. Of zou hij het vervelend vinden dat ik zijn rust verstoor?

Hij krijgt steeds minder vaak bezoek. Misschien stort mijn moeder eerdaags ook in, en onderga ik hetzelfde lot. Ik heb trouwens nu al het idee dat haar bezoeken vaak korter zijn, maar misschien is mijn besef van tijd aan het verdwijnen. Stel dat er op een gegeven moment niemand meer komt, zullen ze me dan laten inslapen? Ik hoop het. Ik hoop het met heel mijn hart. Ik zou willen dat ik nog één keer Julia mocht spelen, met een echte dolk. Het spel ging me fantastisch af, Eduard zei het vaak. Zo naturel, hij werd erdoor geraakt. Geef me nu zo'n dolk, en vijf minuten kracht in mijn armen. Dan weet ik wel wat ik doe. Sneller dan Julia het ooit heeft gekund.

16

Kleine Emma hoestte, de rook benam haar de adem. Ze hield haar trillende handen voor haar ogen en hoopte, bad dat ze gauw wakker zou worden, dat ze zich het slaapwandelen had ingebeeld en nu gewoon in haar bed lag. Dat ze zo meteen opgelucht adem zou halen en naar de betoverende lamp op haar nachtkastje kon kijken. De lamp, met de traag op en neer bewegende, felrode bolletjes die telkens van vorm veranderden. En dat ze daarna opnieuw in slaap kon vallen, maar dan zonder deze nachtmerrie. Ze kneep in haar arm, en deed zichzelf pijn. Met een gejaagde, angstige blik in haar ogen keek ze haar moeder aan.

'Boven,' stamelde ze. 'Wat is...'

'Je moet naar buiten, Emma, luister naar me. Kom.'

Emma's moeder loodste haar naar de achterdeur. Plotseling hoorden ze iets. De moeder draaide zich abrupt om, en de dochter deed hetzelfde. Ze zagen een man die de keuken in kwam strompelen. De moeder slaakte een gil.

Emma herkende haar vader aan zijn lange, magere gestalte, maar daar was alles mee gezegd. Zijn gezicht was zwart, en ze kon nauwelijks onderscheiden waar zijn huid ophield en zijn kleding begon. Alles leek zwart. Verbrand zwart. Hij klampte zich vast aan de plank waar de moeder het bijeengespaarde keukenservies op bewaarde. Emma wilde roepen dat haar moeder haar altijd waarschuwde om van de plank af te blijven, maar het was al te laat. Met een oorverdovend lawaai vielen kopjes, borden en schaaltjes op de tegelvloer in ontelbare scherven te pletter. Haar vader zakte kreunend in elkaar en mompelde onheilspellend klinkende woorden, die Emma niet kon verstaan. En toen lag hij daar, hulpeloos, tussen het kapotte servies. Kermend.

Voor de eerste keer in haar leven werd Emma geconfronteerd met de onbeschrijflijke stank van verbrand mensenvlees. Dat leven was haar tot dan toe gunstig gezind geweest, het kwaad had zijn tentakels nog niet om haar heen geslagen, slechts de zachte huid van haar arm een enkele keer beroerd, als een koude windvlaag op een voorjaarsdag. Zo had Emma huilend bij haar oma's graf gestaan. Terwijl de kist langzaam in het gat zakte, had ze nagedacht over de vraag wat er met een lichaam zou gebeuren zodra het bedekt werd met aarde. De dood was op vriendelijke afstand gebleven, leek bij oude mensen te horen. In haar jeugdige overmoed dacht ze dat het minstens een eeuwigheid zou duren voordat die haar ruwer te pakken zou nemen. Die overmoed was in één klap veranderd in een onhoudbare illusie.

De stank van verbrand mensenvlees drong niet alleen via Emma's neusgaten tot haar hersens door. De misselijkmakende, weeïge geur trok zelfs in haar poriën, om er nooit meer uit te verdwijnen. Toen Emma het aanzwellende geluid van gillende sirenes hoorde, liepen de tranen over haar wangen. Het was maar goed dat ze zich er niet bewust van was dat het ergste nog moest komen.

17

Onze tuin ligt er verpieterd bij, terwijl die van Eduard steeds mooier wordt, ondanks de zomerdroogte. Hij heeft tuinlieden aan het werk gehad, die het verdorde gras weer frisgroen hebben gekregen dankzij een sproei-installatie met tijdklok. Ons huis kraakt en kreunt als een wankelende bejaarde, maar bij hem zijn vaklui in blauwe overalls de kozijnen aan het schilderen, en andere mannen het dak op geklommen om kapotte dakpannen te vervangen. Als ik langs mijn droge lippen lik, voel ik de pijnlijke barstjes. In onze woonkamer is het een bende, maar als ik bij hem naar binnen kijk, zie ik heldere, strakke lijnen, zie ik structuur, badend in bescheiden, koel, blauw licht. Hij heeft zijn aquarium weer op orde. Er kwam een bestelbusje van een dierenzaak voorrijden met twee jongemannen, die, denk ik, de apparatuur hebben vervangen. Een week later zag ik Eduard behoedzaam uit zijn auto stappen met doorzichtige, bolstaande plastic zakken. Ik kon het niet zien, maar ik twijfel er niet aan: hij heeft nieuwe exemplaren aangeschaft.

Ik schuif heen en weer op mijn bankje en laat een appel glanzen door die langs de mouw van mijn bloes te wrijven.

Hij is thuis, en ik wacht tot hij weggaat. In gedachten moedig ik hem aan. Ga iets leuks doen. Geniet van de uren, fluit de dagen vol die je nog te leven hebt. Nu kan het nog. Een moment van onoplettendheid, en alles is in één klap voorbij.

Ik heb hard gefietst van het verpleeghuis hiernaartoe. Vooral het stuk Rielerweg vlak bij de tunnel. Elke dag langs die doodsplek. Het lukt me geen enkele keer er niet aan te denken, niet die geur weer te ruiken van toen. Ik heb geen keuze, ik moet erlangs, en ook door de naargeestige fietstunnel onder de Henri Dunantlaan, waar de afgelopen maand twee aanrandingen hebben plaatsgevonden. Een andere weg is er niet, of het kost me nóg eens een halfuur. Dus race ik, alsof de duivel me op de hielen zit, heen en terug. Tweemaal per dag door de tunnel, net zo vaak langs het speeltuintje, waar vroeger het huis stond. Ons huis. Niet dat van Paul en mij, maar dat van mijn ouders. Niemand heeft het blijkbaar aangedurfd er een nieuwe woning te bouwen. Vervloekte grond.

De laatste week is het weer rustig in en om Eduards huis. Alleen zijn auto op de oprit, geen knarsende voetstappen van werkschoenen op het oogverblindend witte grind. Mocht hij enige wroeging hebben gehad na Sophies ongeluk, dan is hij daar inmiddels meer dan uitstekend overheen. Petje af. En hij werkt zo weinig omdat hij daar de noodzaak niet van inziet. Zijn ouders hebben geld genoeg om het hele jaar door voor Sinterklaas te spelen, of ze hebben hem ruim bedeeld met een vette erfenis, een zak oud geld waar hij nooit iets voor heeft hoeven doen. Met een gouden lepel in zijn mond geboren, noemen ze het niet zo? Een ventje dat niets gewend is; als hij een keer valt, wordt hij opgevangen. Het leven lacht hem toe, en hij denkt dat het normaal is, dat hij er recht op heeft. Wedden dat hij intussen is vergeten dat hij een meisje van haar toekomst heeft beroofd?

Ik neem een hap van mijn appel en staar naar zijn huis. Geen activiteit. Hij praat met zijn vissen, denk ik. Ik stel me graag voor hoe de luchtbelletjes uit zijn mond omhoogdwarrelen terwijl zijn ogen me panisch aankijken.

Ik staar en dood de tijd. Ik had langer bij Sophie kunnen blijven. Als ik naast Sophies bed zit, krijg ik steeds meer het gevoel tegen een vreemde aan te kijken. Ik ben zo langzamerhand uitgepraat. Soms moet ik de gang op, een stuk lopen, om te voorkomen dat ik infuusknopjes ga dichtdraaien. Ik wil haar provoceren. Stel dat ze geen hulp meer krijgt, zou ze dan eindelijk uit zichzelf iets doen?

'Je kunt wel trots zijn op jezelf,' fluisterde ik vanmiddag in haar oor. 'Je bent nog nooit zo mager geweest als nu. Maar nu verlies je geen vet, Sophie, het zijn je spieren die wegteren. Ik denk dat als je zou willen opstaan, je dat niet eens zou lukken.' Geen reactie. 'Als je nu wakker wordt en in de spiegel kijkt, ben je vast tevreden over je figuur, ik denk dat je amper vijfenveertig kilo weegt. Dat wilde je toch zo graag?' Geen beweging. Haar ogen staarden in een verte die ik niet ken. Het deed me denken aan mijn moeder, die soms ook zo kan kijken. Maar bij mijn moeder zijn het de medicijnen die haar emoties onderdrukken. Sophies anorexia was een terugkerend strijdpunt, al minstens een jaar. Ik was net zover dat ik eiste dat ze professionele hulp zou zoeken, ik had zo genoeg van de eindeloze smeekbedes. Ze was wel slim, want ze at altijd net genoeg om uit de gevarenzone te blijven. Mijn dochter. Waarom?

Gisteravond heb ik naar haar dagboek gezocht. Ik wilde me haar stem herinneren. Haar intelligente, soms wat hautaine manier van praten, de kin een beetje in de lucht. Ik dacht: als ik haar verhalen lees, zal ze weer dichterbij komen.

'Heb jij Sophies dagboek toevallig gezien?' vroeg ik aan Lonneke, die ik in Sophies slaapkamer aantrof, waar ze een volle waterfles aan de kooi van de ratten hing.

Lonneke schudde haar hoofd en haastte zich de kamer uit. Ik wilde haar terugroepen, maar ik hoorde haar de trap al af stormen. Sophies bureau, haar kledingkast, nergens vond ik het zwarte, met kant afgewerkte dagboek. Ze stopte het altijd snel weg als ik onverwacht haar kamer binnen liep. Eerder las ik stiekem wel eens een stukje als ze niet thuis was, maar de laatste tijd sjouwde ze het ding overal mee naartoe. Tenminste, dat dacht ik. Nu denk ik dat ze een verrekt goede verstopplek heeft.

Schiet eens op, Eduard. Heb je soms in de gaten dat ik hier zit, zit jij mij te bespieden, zoals ik jou bespied, en wacht je tot ik weg ben voor je uit je hol komt? Ik zucht en gooi het klokhuis in de struiken. Sophietje, Sophietje, kom eens op mijn knietje, dan laat ik je hobbelen, hobbelen. Maar o, wat een pech, gat in de weg. En dan liet Paul haar tussen zijn benen zogenaamd vallen. Schateren van het lachen kon ze als Paul dat spelletje met haar deed. Meer, meer, nog een keer. Niet moe, niet naar bed toe...

Ik veer op van mijn bankje als ik hem ineens zie. Hij gaat toch nog weg. Goed zo, Eduard, geniet maar eens van een uitje! De afgelopen tijd was hij niet bij zijn vissen weg te slaan, maar nu realiseert hij zich natuurlijk dat hij zijn straf niet eeuwig kan blijven ontlopen. Dat is vast en zeker ook de reden dat hij Sophie wilde opzoeken. Een vreemd soort sado-masochisme, ik snap dat wel. Maar ik wil niet dat mijn meisje daar de dupe van wordt, dat zou hij moeten begrijpen.

Met de zware tas, die al drie dagen achter een struik ver-stopt lag, wandel ik naar zijn huis. Achterom, de sleutel in het slot. Even bedenk ik dat hij misschien de sloten heeft laten vervangen toen de reservesleutel uit de schuur weg was. Dat is niet het geval, de sleutel past en de deur gaat probleemloos open. Erg slim is hij ook al niet. Maar ik ben blij dat hij weggaat, want de stank die uit de tas komt, is niet te harden.

18

De vorige keer ging hij met een volle weekendtas op pad, maar nu had hij niets bij zich. Ik weet niet waarom hij weg is, misschien een boodschap doen, maar ik moet ervan uitgaan dat hij snel terug kan zijn.

Ik open de koelkast en zie dat hij niet veel in huis heeft. Wat potjes met een ondefinieerbare inhoud, een aangebroken pak melk. En een fles champagne. Toe maar. Ik pak mijn verrassing uit de plastic zak, die ik met twee handen moet optillen. Ik leg het zware gevaarte in het midden. Op ooghoogte. Het past net, als ik de legger erboven verwijder. Die schuif ik op de kunststof groentebak onderin. Dan pas zie ik de beestjes, de kronkelende wurmpjes in de aangevreten ogen. Snel smijt ik de deur dicht. Getver, wat een stank. Misschien is hij stiekem toch naar het verpleeghuis toe, nu, bedenk ik, terwijl ik mijn handen was. Ik onderdruk de neiging onmiddellijk naar Sophie te gaan.

Eduard Beelaerts wilde Sophie bezoeken. Paul kwam daar op enig moment mee aanzetten. Of dat een probleem was. Ik moest er hard om lachen. Jazeker was dat een probleem, antwoordde ik, ik heb, dacht ik, duidelijk genoeg laten merken dat ik het niet wil hebben. En ik wil er niets meer over horen. Nooit. Het lef van zo'n man. De hypocrisie, ongelooflijk! Sophie zou het ook niet willen als ze er weet van had. Ze haat de man die haar heeft aangereden, regisseur of niet. Al had hij haar de hemel in geprezen, haar een Oscar gegund. Dat ze niets zou merken van zijn bezoek, dat is flauwekul. Ik móét geloven dat ze ergens iets bespeurt van het leven om haar heen. Anders loop ik de IJssel in. Ik ben moe. Intens moe. Elke dag sleep ik mezelf mijn fiets op, en ik houd het vol, alleen maar omdat ik weet wat er van me wordt verwacht.

Eduard is vergeten dat er iemand in zijn huis is geweest. Niet eens nieuwe sloten. Het maakt me kwaad. Alsof ik word genegeerd, alsof ik er niet toe doe. Ik wil de lach van zijn gezicht krabben, en op de momenten dat hij met een witte plastic zak van de chinees – de kroepoek steekt er altijd boven uit – zijn huis binnen gaat, kost het me de grootste moeite niet op hem af te stormen en een mes in zijn rug te steken. Eigenlijk zou ik een camera moeten ophangen om zijn reactie te zien als hij straks die koelkastdeur opentrekt. Dat moet iets verrukkelijks zijn, om dagen van te genieten. Ik trek de koelkastdeur open, grijns en gooi de deur weer dicht. Het is een slechte vergelijking: mijn Sophie vlak na het ongeluk, met haar hoofd in verband op de ic, en zijn confrontatie met een varkenskop die drie dagen in de warmte heeft gelegen en al flink aan het ontbinden is. Maar het gaat om het idee.

Even twijfel ik of ik het aquarium met een ferme tik tegen het glas zal breken, maar ik doe het niet. Het glas ziet er te dik uit, en stel dat het me wel lukt, dan heeft hij bij binnenkomst meteen in de gaten dat er iemand is geweest en is hij op zijn hoede. Hij heeft een hele zwik nieuwe visjes, zo mogelijk nog glimmender dan de vorige, ze lijken zelfs licht te geven. Mijn hand gaat het water in. Een seconde later trek ik hem snel terug. Ik heb het ongemakkelijke gevoel dat er iemand op me let. Dat er iemand van een afstand naar me kijkt, me in de gaten houdt. Ik sluit de deur af, haast me terug naar het bankje en pak mijn fiets. Naar huis, iets te eten in elkaar flansen. Dag in dag uit hetzelfde stomme ritueel. Wat ik ook maak, het smaakt me nooit.

Ik sta te wachten op een paar auto's die meer haast hebben dan ik en vervloek deze stad. Ik probeerde ooit uit Deventer te ontsnappen, ver weg van duistere herinneringen. Nooit meer terug, nam ik me voor. In Amsterdam moest ik kunnen vergeten, daar zei iedereen wel eens rare dingen. Leve de vrijheid. Maar na drie maanden had ik mijn bescheiden kapitaaltje erdoorheen gejaagd, samen met vrienden. Althans, ik dacht dat ze dat waren. Wiet, wodka, het geluk kon niet op, tot de bankrekening leeg was. Weg dromen, weg vrienden. Terug, de IJssel over, terwijl ik had gezworen dat water nooit meer een blik waardig te keuren. Ik mocht terugkomen bij de slager waar ik destijds werkte. Hakte karbonaadjes, draaide worsten. Tot ik Paul opnieuw tegenkwam. Een jeugdvriendje. Ik viel voor zijn blauwgrijze, kwetsbare ogen. Ze straalden de rust uit die ik nodig had; die ogen zouden me nooit pijn doen.

Voor ik hem kon overhalen te verhuizen, was ik zwanger. Als we maar weg waren gegaan uit deze vervloekte koekstad. Ik moest het verwerken, zei Paul. Ik had immers toch een en ander diep weggestopt, misschien werd het tijd? Kinderen krijgen betekende tenslotte wel een hele verantwoordelijkheid. Hij wilde blijven, hij had er zijn baan, zijn ouders en mijn moeder woonden er. Allemaal praktische overwegingen… Ik had hem weg moeten slepen uit Deventer, ergens anders heen, waar dan ook, en daar mijn voeten in beton moeten laten storten.

Naast me staat een oudere vrouw te wachten met een volle boodschappentas. Ze kijkt naar me, met een aarzelende blik. 'Neemt u me niet kwalijk,' begint ze. 'U... u bent het toch, of heb ik het nu mis?'

Ik voel me ongemakkelijk.

'Ik denk er elke dag aan, als ik hier wacht om over te steken. Toen stond ik hier ook, weet u, ik doe bijna dagelijks een boodschap bij de supermarkt, aan de overkant. Geen koffie meer, iets te eten voor 's avonds halen.'

Pardon? Kent die vrouw mij? Een vriendin van toen? Hoe weet zij anders dat ik vroeger...

'Ik heb u in het ziekenhuis gezien. Een paar dagen na het ongeluk ben ik gaan kijken, maar ik mocht er niet bij. Ik had een knuffel meegenomen voor het meisje, eh... uw dochter. Een knuffelbeer, zo'n ouderwetse, weet u wel? Ik zag u zitten naast het bed. Ik moest ervan huilen, dat mag u best weten, het brak mijn hart.'

Het ongeluk. Niet de brand. Ik zou hard weg willen fietsen. 'Dank u, ik moet...'

'Ach ja, sorry. U wilt hier misschien liever alleen zijn. Het spijt me. Maar... het is toch alweer vijf maanden geleden, hoe is het met uw meisje?'

'Goed, ja, heel goed, ze gaat elke dag vooruit. Ik denk dat ze volgende week naar huis mag.'

'Nou zeg, dat is fijn om te horen. Gelukkig maar. Weet u, ik brand elke week een kaarsje voor haar, in de kerk. Toen ik haar zag liggen, zo stil, heb ik even gedacht...'

'Dag.' Ik knik, forceer een glimlach en fiets weg. Onoplettend, ik word bijna overhoopgereden door een knalrood busje. Ik negeer de scheldkanonnade en maak nog meer haast. Dus hier is het gebeurd. Ergens weet ik dat, moet ik dat weten, maar het dringt nu pas echt tot me door.

Ik rem, tot ik stilsta, en kijk achterom. De rotonde. De supermarkt. Waar precies? Ik had het haar moeten vragen. Stond Sophie op dezelfde plek te wachten als ik daarnet? Keek ze niet uit? Reed ze tegen het verkeer in, linksom over de rotonde fietsend, omdat het korter was? Meneer had voorrang, stond in het rapport. En dan pas realiseer ik me dat ik van hieruit Eduards huis bijna nog kan zien. Het ongeluk met Sophie. Zo dicht bij zijn huis. Sophie. Eduard. Sophie.

Ik denk aan de tunnel, aan de speeltuin. In gedachten zie ik het basketbalveldje met de betonnen ondergrond, waar vroeger onze tuin was, de schommels op de plek van onze keuken, en ik ruik de stank van verbrand vlees. De rotonde. De speeltuin. Het verpleeghuis. Eduards huis. Deventer krijgt alsmaar meer rotte plekken die ik voor altijd van de kaart zou willen vegen.

19

De scholen zijn weer begonnen. De ongemakkelijke stiltes beperken zich nu tot de avonduren, althans, als hij geen ouderavond of vergadering heeft. Paul zal het nooit hardop zeggen, maar hij kijkt uit naar avonden buitenshuis. Het zou een farce zijn te beweren dat hun leven voor het ongeluk zorgeloos was, geenszins, maar nu... Hij pakt een stroopwafel om de bittere koffiesmaak te verdrijven. Vanuit zijn ooghoeken houdt hij Emma in de gaten. Thijs is al naar bed, Lonneke slaapt bij een vriendin. Kwam alleen haar tas ophalen. Het viel hem op hoe mager ze is geworden. Een en al armen en benen. Een groeispurt? Of... Ze zal Sophie toch niet achternagaan? Hij had zich voorgenomen zich in de vakantieperiode meer met Lonneke te bemoeien. Praten, wandelen, schaken. Ze wilde nieuwe zetten leren, partijtjes met hem spelen. Realiteit is dat de kinderen hun heil deze zomer elders hebben gezocht en hij kan ze geen ongelijk geven. Hij had zich ook over zijn weerzin om bij Sophies bed te zitten heen willen zetten, hij zou gaan geloven dat hij met haar kon communiceren. Allemaal voornemens. Het enige wat hij heeft gedaan, is op school rondlummelen.

Hij zet een rode streep door het antwoord van een leerling op de vraag hoeveel koolmeesjongen in ons land het eerste levensjaar overleven. 'Te weinig', staat er. Slim, maar Kevin snapt zelf ook wel dat zijn leraar daar geen punt voor kan geven.

Hij legt het geestdodende nakijkwerk aan de kant. Zal hij een stukje gaan fietsen? De energie ontbreekt hem. Hij hijst zichzelf elke ochtend in zijn kleren en sleept zich vervolgens door de dag. Maar hij mag niet zeuren. Emma heeft het zwaarder, zij is degene die al die uren bij Sophies bed doorbrengt, voorleest, masseert, en hij bewondert haar om dat doorzettingsvermogen.

Ze moeten het ook over Thijs hebben. 'Emma?'

Ze kijkt verward op.

'Gisteren belde Thijs' meester op. Hij gedraagt zich zo rustig in de klas. Lusteloos, zei hij, geloof ik.'

'Nou en?'

'Hij vroeg zich af of alles thuis wel in orde is. Eerlijk gezegd...'

'Waar bemoeien ze zich mee?' onderbreekt ze hem. Met een fel gebaar gooit ze een tube lijm op tafel. 'Laat ze zelf maar eens een ongeluk meemaken, dan piepen ze wel anders. Heb je trouwens nog steeds geen bericht van de zorgverzekeraar?'

Ai. Vergeten te vertellen over de brief. 'Onze aanvraag is voorlopig... eh... afgewezen. Ze willen eerst meer informatie over dat comacentrum, ze kennen het niet en er zijn ook geen publicaties over bij het CVZ, het overkoepelende orgaan van zorgverzekeraars, waar ze navraag hebben gedaan.'

'Afgewezen?' Haar stem klinkt koud.

'We moeten geduld hebben. In Luik worden nieuwe manieren ontwikkeld om met comapatiënten te communiceren, dat is wat wij graag willen, maar dat is nou juist ook wat die maatschappijen wantrouwen. Ze moeten eerst zwart-op-wit resultaten zien voordat ze zulke kosten vergoeden. Ik begrijp dat wel. Voor hetzelfde geld doen ze iets met occulte zaken of seances, dat soort dingen.'

'Occulte zaken, seances, Paul, alsjeblieft, doe me een lol.'

'We mogen wel een MRI-scan laten doen om Sophies bewustzijn te laten bepalen.'

'Nou, daar worden we vast wijzer van.'

'Misschien wel.'

'En dan? Komen ze tot de conclusie dat er geen bewustzijn is, moeten we haar dan maar laten stikken?'

'Dat zegt niemand.'

'Waarom zei je me dit niet eerder? Het is dat ik ernaar vraag, anders...'

'Het is me even ontschoten, oké? Zo vaak nemen we ook niet de tijd samen om het erover te hebben.'

Alsof ze zelf een heilige maagd is. 'Nee, jij bent hartstikke druk op school en ik verspil mijn tijd bij Sophie. Dat bedoel je toch?' Ze schuift een plakboek aan de kant en neemt een slok koffie.

Hij zwijgt. Zucht.

'Kunnen we haar niet gewoon aanmelden, daar in België?' vraagt ze.

'En dan?'

'We kunnen het toch zelf betalen?'

Hij schudt zijn hoofd. 'Daar hebben we het over gehad. Wat wil je, de studiepotjes van de kinderen leeghalen? Het huis verkopen, aangenomen dat we daar winst op maken? Nee, wacht. We kunnen het beetje geld ophoesten dat we hebben gereserveerd voor Sophies studie, is dat wat?'

Met een driftige beweging komt ze overeind, haar gezicht op onweer. 'Wist jij dat dat ongeluk van Sophie vlak bij het huis van die Eduard heeft plaatsgehad?'

Wat? Hoe komt ze daar nu bij? Hitte stijgt naar zijn hersens en hij voelt zijn wangen rood worden. 'Nee... eh... ja, ja, ik wist ervan. Jij ook, als je het politierapport zorgvuldig had gelezen. De straatnamen staan erin vermeld.'

'O, en jij hebt de plattegrond van Deventer op je netvlies. Natuurlijk, meneer de leraar.'

'Die rotonde moet ze ook over als ze naar school gaat, dat weet je toch?'

'Ze kwam van de Ceintuurbaan, was het spoor overgestoken, zei een getuige.' Emma gaat weer zitten, draait met haar vinger nerveuze rondjes op de rand van de koffiemok. 'Dat is niet de weg van of naar haar school.'

'Wel als ze via de Lokersdijk is gefietst.'

'Dat doet ze nooit, dat is een omweg.'

'We hadden het over de zorgverzekering.'

'Die ons Sophies herstel niet gunt en in plaats daarvan liever geld verliest door het te beleggen. Lieve hemel. Heb je andere verzekeraars gebeld? Bestaan er maatschappijen waar ze mensen aan het werk hebben van vlees en bloed, in plaats van robotten die kleine lettertjes uit hun hoofd kennen?'

'We kunnen op zijn vroegst eind van het jaar overstappen. Dat zijn nu eenmaal de regels.'

Ze slaakt een kreet. 'Laat ze opsodemieteren!' Met een woest gebaar zet ze haar koffiemok op tafel.

'Emma!' Hij springt op en in een reflex pakt hij haar bij de schouders, drukt haar tegen zich aan. 'Emma toch.' Onwennig slaat hij zijn armen om haar heen. Hij onderdrukt de neiging zich van haar af te keren. Hij dacht het aan tafel ook al te ruiken. Ze stinkt. Een bedorven lucht. Kan hij daar iets van zeggen zonder een nieuwe woede-uitbarsting te veroorzaken? Even denkt hij dat ze berust, dan wurmt ze zich los uit zijn armen. 'Thijs slaapt, Emma. Doe alsjeblieft rus-

tig, laten we onze jongen niet nog meer van streek maken.'
Ze strijkt met ongeduldige gebaren over haar kleding. Dan
kijkt ze hem doordringend aan. 'Wat dacht je toen je zag dat
haar ongeluk vlak bij het huis van die schoft was gebeurd?'
'Niets,' antwoordt hij. 'Wat zou ik moeten denken? Sophie
had een vriendje, die woont daar ook ergens in de buurt, en
daar kwam ze vandaan.'
'Een vriendje?'
'Ja. Hugo. Had ik vorig jaar in de klas, en ik heb ze wel eens
samen gezien. Heb je ook niet gedacht dat ze verliefd was? Ze
kon zo afwezig zijn, zo dromerig voor zich uit kijken. Wat
maakt het eigenlijk uit?'
'Hugo? Die jongen die haar gedichten voorleest?'
'Doet hij dat?'
Ze knikt. 'Volgens de verzorging komt hij af en toe 's avonds.'
Ze aarzelt een moment, dan loopt ze weg. Met een harde klap
valt de deur achter haar dicht.

Hij slaakt een diepe zucht. Hij wil zijn gezin nu meer dan
ooit overeind houden, dat is hij aan Sophie verplicht, maar
als hij eerlijk is, moet hij erkennen dat ze steeds verder uit
elkaar groeien. Wat zei Sophie toch ook alweer als hij commentaar had op haar doen en laten? Dat hij het regenwoud
maar moest gaan redden. Misschien heeft die missie inderdaad wel meer kans van slagen dan zijn gezin bij elkaar houden. Hij neemt zich voor morgen bij zijn ouders te gaan
eten. In de keuken spoelt hij de overgebleven koffie weg en
schenkt whisky voor zichzelf in, slaat het glas in één keer
achterover en vult het bij. Hoestend neemt hij de fles en het
glas mee naar de kamer. Morgen. Dan zal hij ook Lonneke
vragen bij zijn ouders te overnachten. En Thijs. Even weg
van hier, waar Sophie in al haar afwezigheid alles bepaalt.

Arme Sophie. En toch. Soms kan hij kwaad op haar worden. Op haar roekeloosheid in het verkeer, waardoor hun leven nu een puinhoop is.

Het is net alsof een duizendpoot via zijn oor zijn hoofd binnen is gekropen. Soms is het even stil, maar dan voelt hij de beweging. Het besef, het verdriet dat in zijn binnenste krioelt, hem onrustig maakt. Waar altijd optimisme overheerste, kampt hij nu met een groeiend besef dat hij gaat verliezen. Zijn dochter, zijn vrouw, zijn huis, zijn baan.

Hij bladert door het plakboek waar Emma mee aan het werk was.

Leeuwarden. Een 25-jarige vrouw uit het Friese dorp Nij Beets wordt ervan verdacht dat ze vier van haar eigen baby's heeft gedood, leest hij. De vrouw heeft verklaard dat ze drie baby's in koffers op de zolder van haar ouderlijk huis bewaarde. Bij huiszoeking zijn vier koffers aangetroffen. Drie daarvan bevatten volgens het Nederlands Forensisch Instituut een babylijkje. Na de persconferentie raakte bekend dat ook in de vierde koffer een babylijkje is aangetroffen. Op de lichaampjes wordt verder onderzoek gedaan. Het is niet duidelijk wat de doodsoorzaak is en of ze na de geboorte hebben geleefd. Ook is niet bekend wie de baby's bij de 25-jarige vrouw heeft verwekt. Walgelijk. Het nieuws op zich, en dat Emma dat soort berichten verzamelt, zogenaamd voor Sophie. Hij heeft zin om het boek kapot te scheuren.

Hij doet pogingen een sigaret op te steken, en als hem dat eindelijk lukt, inhaleert hij krachtig. Zijn longen protesteren met een flinke hoestbui. Zeker tien jaar is hij ervanaf geweest. Verbeten inhaleert hij opnieuw. Emma. Emma voelt zich schuldig vanwege Sophies toestand, maar allemachtig, ze moest eens weten. Ze moest eens weten. Wat moet hij in hemelsnaam doen als ze ooit achter de hele waarheid komt?

20

Waarom lig ik niet op een kamer met een paar demente bejaarden? Dan heb ik wat afleiding. In positieve zin, bedoel ik. De vegetatieve manspersoon naast me, genaamd Jurgen, zorgt voor leven in de brouwerij, maar daar krijg ik de zenuwen van. Hij is 's nachts een paar keer acuut naar het ziekenhuis afgevoerd, een hele drukte aan zijn bed. Ik ving iets op over een infectie. Longontsteking. Het klinkt niet best, maar hij is er nog. Ik hoor apparaten, ik denk dat hij beademd wordt, of ze registreren zijn hartslag.

De arts komt niet meer zo vaak bij me kijken. Alleen als hij bij mijn buurman wordt geroepen, komt hij ook even bij mij. Mijn status liegt er niet om, ik heb hem horen zuchten aan het voeteneinde van mijn bed. Diepe coma, ik scoor een 3 op de comaschaal en dat is geen cijfer om van te gaan juichen. Net als op school krijg je misschien sowieso een 1 voor de moeite, geen idee. Niemand legt mij iets uit. Hij praat over een vegetatieve toestand. Van coma naar kasplant, het voelt als een zware en onherroepelijke degradatie. Ze hebben het nu continu over me alsof ik niet besta, doen zelfs niet meer alsof ze geloven dat ik iets hoor of zie. Blijkbaar hebben ze de hoop opgegeven. Als ze toch niet meer naar me omkijken, kunnen ze dan alsjeblieft de infusen af-

koppelen en mij laten gaan? Zelfs mijn moeder gelooft er niet meer in.
Ze wast me haast nooit meer, en de koptelefoon is verdwenen. Ze zit
naast mijn bed en zwijgt, om een uur later weer te vertrekken. Ik be-
grijp het niet, want als mijn vader in het weekend komt, prijst hij
haar, omdat ze veel meer geduld met me heeft dan hij. Gelukkig zit
de muziek stevig verankerd in mijn hoofd, ik heb de iPod niet nodig
om de klanken en woorden te horen.

We weep we whine
we wait for our decline
we close our eyes

Vooral als mijn moeder naast mijn bed zit, probeer ik muziek te
horen, en dan verbeeld ik me dat ik in een doodstille zaal zit van het
West Endtheater in Londen. Een voorstelling waarbij ik moet huilen,
zoals Tolstojs Anna Karenina, *of nee, natuurlijk die prachtige uit-*
voering van Romeo en Julia *in het Royal Shakespeare Theatre in*
Stratford-upon-Avon. O, wat zou ik daar graag naartoe willen. Ik
moet het doen met een virtuele trip. In gedachten reis ik heel wat af,
vooral 's nachts, als ik niet kan slapen.

Ik houd mijn ogen stijf dicht als ik denk dat mijn moeder naar me
kijkt, of ik kijk strak voor me uit. Op andere momenten loer ik stie-
kem door mijn oogharen om te zien wat ze doet. Ogen open of dicht,
ik sluit me voor haar af, ik wil het medelijden en de wanhoop niet
zien. De ene keer zit ze als een zombie naast me, en denk ik: ha, join
the club. *De andere keer slaat ze aan het schoonmaken. Mest ze het*
kastje naast mijn bed uit, waar ze eerder zelf spullen in heeft gestopt.
Dozen Merci, fruit dat gaat stinken. Wat moet ik ermee? Een enkele
keer is ze echt panisch en ben ik bang dat ze me iets zal aandoen. Dat
ze me door elkaar zal rammelen, net als die keer, vroeger, toen ik een
vuurtje had gestookt in de tuin. Ze ging compleet door het lint. Eigen-

lijk ken ik haar helemaal niet. Ze is mijn moeder, en dat moet schijn-
baar een band voor het leven scheppen. Onvoorwaardelijk houden van.
Pfff. Wat deed ze toen ze net zo oud was als ik nu? Of nog vroeger?
Ze kende mijn vader al vanaf de zandbaktijd, daar heb ik wel ver-
halen over gehoord. En dat ze een mislukte poging deed in Amsterdam
iets te gaan doen, toen terugkwam en weer haar geestdodende baan bij
een slager oppakte. Maar verder? Ja, er was iets met een brand.
Maar hé, het leven gaat door, brand of niet. Ze heeft er toch zelf voor
gekozen drie kinderen op de wereld te zetten, dus kom op. Get a life.

Soms zou ik willen dat ze dicht naast me kwam liggen. Dat ik me
– althans in gedachten – tegen haar aan kon vlijen. Dan vouw ik
me op als een rups en kruip weg in haar buikholte. Een warm, veilig
nest waar niemand me kan vinden.

We know all beauty dies
we fear no more
and walk this road like martyrs

Ik wil een rustige, wijze vrouw als moeder. Die ene die naast me zit
in het Shakespeare Theatre, haar arm om me heen slaat en net zo ge-
niet van de voorstelling als ik. Te veel tijd om na te denken. Verlos
me, verlos me, wie dan ook. Ik ben niet bang voor de dood, ik heb al
een kijkje genomen aan gene zijde en ik weet zeker dat het me zal be-
vallen. Beter dan hier blijven. Dood. Ik heb een tergend irritante,
helse jeuk, en ik wil dood. Waarom snapt niemand dat?

21

Eduard heeft zich het hoofd gebroken over de vraag wie zijn vissen zo cru heeft vermoord. Toen hij de dag erna zijn agenda opensloeg, kwam hij zelfs daar een van zijn kleine schatten tegen. Lola, zijn mooiste helostoma temmenckii, de maagdelijk witte zoenvis met haar prachtig gestroomlijnde figuurtje en haar gracieuze vinnen. Platgeslagen tussen een lege woensdag en de witregels van het weekend. Hij heeft gedubd of hij de politie zou inschakelen. Twijfelde, aarzelde. Wat haalde hij zich op de hals? Zou dat de dader niet juist motiveren terug te komen? Wat als ze dieper in zijn leven zouden willen graven? Wie o wie wilde hem op deze manier treffen? Die Rutger, omdat de rol van Romeo was vergeven toen hij met hangende pootjes terugkwam op school? Misschien Paul, omdat hij toch op wraak zint. Hoewel, dat is niet waarschijnlijk. Hij heeft Paul gesproken, onlangs nog, en met weinig woorden hebben ze elkaar nogmaals beloofd hun mond dicht te houden. Voor altijd. Een man een man, een woord een woord. Dat is Paul. Zijn mensenkennis mag soms haperen, bij Paul twijfelt hij niet aan zijn goede intenties en oprechtheid.

Nee, dan eerder die vrouw van hem. Of zijn eigen broer, die heeft ontdekt dat hij de Appel heeft meegenomen uit het ouderlijk huis. Hij ziet Willem-Jan er wel voor aan iemand in te huren om hem de stuipen op het lijf te jagen.

Terwijl hij besluiteloos bleef over een eventuele aangifte, kreeg hij een aanbod. Er was een fantastische groep zebravisjes te koop. Zijn vaste dealer belde met de vraag of hij interesse had. Nou en of! De brachydanio rerio! Kleine, snelle diertjes met een rode, oranje, zelfs met een groene gloed. Ook wel gloeivisjes genoemd, omdat ze onder ultraviolet licht fluoresceren. Gloeivisjes! Alleen van de naam al kreeg hij het warm. Hij was gaan kijken en acuut verkocht. Hij kon zijn ogen er niet van afhouden, van die kleine, kleurrijke dondersteentjes. Zodra de waarden van het water en de temperatuur piekfijn in orde waren, heeft hij ze opgehaald. En hij genoot van zijn nieuwe lievelingen. De derde avond kon hij ze al uit elkaar houden, en de vierde avond hadden veertien van de twintig een perfect passende naam. Pas toen de opwinding over zijn nieuwe huisgenootjes enigszins gezakt was, dacht hij weer aan het onfortuinlijke einde van hun voorgangers. En toen vernam hij via via dat er genetisch materiaal van kwallen of koraal in de gloeivisjes is aangebracht om de kleur te intensiveren. Er is geknoeid met die dieren, en er is niet zo veel fantasie voor nodig om te weten dat die dingen verboden zijn. Hoe kon hij nu de politie nog gaan bellen? Ze zouden hem oppakken, hij zou zijn dierbaren moeten inleveren. Bovendien was er weinig meer over van de visjes die zo wreed waren vermoord, zijn bewijsmateriaal slonk met de dag, en de hele kelder stonk naar bedorven vis. Het lot had beslist, hij zou zijn mond houden. Niet meer lang van huis gaan, zeker geen overnachtingen elders, en hij zou beter opletten. De overblijfselen van de gesneuvelde schatjes heeft hij in zijn achtertuin begraven, en op de grafheuvel heeft hij een stijlvol kruis geplaatst.

Hij strooide een handjevol droogvoer boven het aquarium uit, de kleine muiters zouden wel honger hebben. De vissen schoten als felle neonlichtjes door het water. 'De baas komt zo terug, en jullie moeten je netjes gedragen en elkaar niet achternazitten, denk erom.' Even boodschappen doen. Koffie, fruit. Iets te eten.

Hij parkeerde bij de supermarkt en haastte zich langs de schappen. Wat zou hij nemen? Chinees? Nee, een kant-en-klaarmaaltijd. Lekker zout, heerlijke E-nummers. Of nee, nu maar eens gezonder, dat buikje begon hem dwars te zitten. Een plastic bak met sla, de dressing en nootjes in een apart vakje. Hoefde hij de zwik alleen maar door elkaar te gooien. Wat kon het leven toch gestructureerd zijn. Vanavond zou hij aan zijn toneelstuk gaan werken. De bewerking van *De Meeuw*, van Tsjechov. Hij had een geniale inval gehad, die hij nodig moest verwerken. Niet Konstantin moest zichzelf in de ontknoping van het leven beroven, nee, Nina moest zelfmoord plegen, moest haar hoofd door een strop duwen! Nina, de gedesillusioneerde vrouw die zich met de meeuw vereenzelvigde. Dat Tsjechov zelf niet op dat idee was gekomen. Ha! Het was werkelijk een geniale verbetering. Producenten zouden in de rij staan om het op de planken te mogen brengen. Wacht maar! *Tsjechov, eat your heart out!* Was hij alleen opnieuw vergeten naar die doe-het-zelfzaak te gaan om nieuwe sloten te bestellen voor zijn achterdeur.

Nu parkeert hij zijn auto op de oprit en pakt de tas met lekkernijen van de achterbank. Feestelijke lekkernijen voor vanavond. Oude kaas, bitterballen, een fles Prosecco. Twee uurtjes koud laten worden in de koelkast, en dan, zodra hij lang genoeg heeft gewerkt, zal hij alvast een voorschot nemen op het succes dat hem te wachten staat. Hij heeft iets te vieren. Morgen zal hij weer om zijn buikje denken. Hij denkt even aan de fles champagne in zijn koelkast, maar besluit dat die voor later is. Als het écht zover is.

Hij opent de voordeur en gooit de autosleutels op het dressoir in de gang. Deur dicht, er komt geen hond meer in, vanavond. Even vindt hij het een gemis dat er geen vrouwspersoon is om zijn geluk mee te delen. Maar dan denkt hij aan Sophie en is blij dat zijn hormonen zich koest houden. In de liefde moet hij zijn geluk niet zoeken. In elk geval niet in de vorm van vrouwen van vlees en bloed. Hij legt zijn portemonnee in de keukenla en de kaas op het aanrecht. Een onthullend tijdschriftje, een pittige website, allez, tot daaraan toe, maar in het echt kan hij er niet mee overweg. Het mag een wonder heten dat hij zich er in zijn toneelstuk zo geweldig mee redt, dat zijn vrouwelijke personages van het papier af lijken te willen spatten, zo levensecht zijn ze. Zolang het aan zijn fantasie ontspruit, is alles te behappen. Hij trekt de koelkastdeur open om de Prosecco erin te leggen.

Zijn adem stokt. De fles valt kapot op de grond, het vocht sist om hem heen. Hij registreert het vanuit een andere dimensie, want het enige waar hij echt naar kijkt, met opengesperde ogen naar staart, is een afzichtelijk creatuur. In een automatische reflex knijpt hij met twee vingers zijn neus dicht. O goeie genade, die stank! Terwijl zijn maag zich omdraait, probeert hij te beseffen wat het is, die enorme massa in zijn koelkast. Pas als hij iets meer afstand neemt, ziet hij aan de contouren wat het moet zijn. Dat, dat beest. Een monster. Een aangevreten bonk vlees. Een varken. De halfverdwenen snuit, de gaten waar ooit priemende oogjes moeten hebben gezeten. Met een harde schreeuw duwt hij de koelkastdeur dicht. Hij draait zich om. Misselijk. Diep ademhalen. Die gruwelijke stank. Voor hij de gootsteen bereikt, zich kan vastklampen aan het aanrechtblad, slaat hij dubbel. Hij braakt, tot zijn buikspieren pijn doen en hij niets anders dan groene gal opgeeft.

22

Honderd keer liever fiets ik langs dat ellendige speeltuintje naar het verpleeghuis dan dat ik naar mijn moeder moet. Ik ga alleen naar haar toe als ik word gebeld, en dat is vaker dan me lief is. Haar medicijnendosering moet veranderd worden, ze wil niet eten, ze heeft zich misdragen tegenover een van de andere patiënten. In de inrichting zeggen ze 'cliënten', maar dat is je reinste flauwekul. Gisteren heeft ze een hartritmestoornis gehad, en nu willen ze me spreken. Alsof ik de deskundige ben en kant-en-klare oplossingen voorhanden heb. Ik wilde weigeren, duidelijk maken hoe slecht het uitkwam, dat ik het even niet kon opbrengen, desnoods zelfs toegeven dat ik er compleet doorheen zit, maar de verpleegster of telefoniste of wie het dan ook is die al dit soort gesprekjes moet voeren, verbrak de verbinding voor ik de kans kreeg iets te zeggen. En dus raap ik alle moed bij elkaar en dwing mezelf naar psychiatrisch ziekenhuis Brinkgreven te gaan.

De inleidende kop koffie sla ik af. Daarna aarzelt de arts even, kijkt fronsend in zijn kopje met bruine drab, en dan vraagt hij het. Of ik wil dat er wordt gereanimeerd, mocht die noodzaak zich voordoen. Mijn moeder heeft geen wilsbeschikking, en ze hadden me bijna gebeld, vannacht, toen haar hart rare sprongen maakte.

'Gelukkig was alles vlot onder controle,' zegt hij, 'maar u begrijpt dat het moment kan komen dat we dat niet voor elkaar krijgen. Wilt u dat we in dat geval ingrijpen, ja of nee, dat is in feite de cruciale vraag.'

Mijn moeders hart. Reanimatie. Wat moet ik zeggen? Ik kan toch niet zomaar… 'Kan ik haar zien?'

'Natuurlijk. Of ze op dit moment helder en aanspreekbaar is, weet ik niet.'

Alsof ze dat ooit is. 'Mag ik erover nadenken?'

Hij knikt. 'Natuurlijk mag dat.'

Ik sta op en schud zijn hand omdat hij die naar me uitsteekt.

'Sterkte,' zegt hij en hij legt even zijn linkerhand over mijn rechter.

De warmte van zijn hand voel ik nog steeds als ik de gangen door loop. Om mijn moeder te vinden heb ik de routebordjes aan het plafond niet nodig. In de afgelopen jaren heb ik in elke gang mijn voetafdrukken achtergelaten. En toch verdwaal ik, sta ik onverwacht in een ruimte waar ik niet moet zijn, zelfs nooit eerder ben geweest. Ik loop terug. Heeft die arts me nu net duidelijk willen maken dat ik me erop moet voorbereiden dat het binnenkort afgelopen is met mijn moeder? Is die stoornis de aankondiging van een nabij einde of een zoveelste onderdeel dat mankementen vertoont?

'Ma?' Als ik haar voor de derde keer aanspreek, trek ik aan haar deken. Strak ingepakt, kaarsrecht ligt ze daar, mijn moeder. Met haar smalle, opeengeklemde lippen en lege, wezenloos starende ogen.

Ze schiet overeind en kijkt me verschrikt aan. 'Pas op, pas op, je moet naar buiten, Emma, wat doe je nou?'

Ik deins terug en val bijna van mijn kruk.

'Waarom was je buiten, jij spillebeen met je rare fratsen.'

Ik voel me weer twaalf.

Mijn moeder prikt met haar wijsvinger tegen mijn borst. 'Dat slaapwandelen. Je redding, terwijl ik daarom altijd op je foeterde. Ik trok je uit de linnenkast, omdat je daar zat te plassen.' Ze lacht. Het hysterische geluid gaat me door merg en been. Ik draai me van haar weg.

'Hé, psst, Emma...'

'Wat?'

'Heb je sigaretten voor me meegenomen?'

'Je rookt al eeuwen niet meer.' Sinds mijn twaalfde, vul ik in gedachten aan. Weet je niet meer dat je daarna nooit meer een sigaret hebt aangeraakt? Twaalf. Twaalf. Het magische getal. Na twaalf had alles moeten ophouden. Een klok gaat niet voor niets tot twaalf. Daarna begint alles opnieuw. Eind 2012 zal de wereld vergaan. Twaalf. Zal de wereld dan ook opnieuw beginnen of heb ik het definitief voor iedereen verpest?

Mijn moeder buigt zich naar me toe, wenkt me om dichterbij te komen. 'Ik ruik het,' fluistert ze, 'ik ruik het altijd. Het was mijn schuld, mijn schuld. En dit is mijn straf. Niet meer weten, alleen dat. Ik droom er elke nacht van.' Kreunend laat ze zich achterover in de kussens zakken.

'Je moet erover ophouden, ma, wat heeft het voor zin?'

Ze grijpt naar mijn handen, wrijft over de huid van mijn linkerarm. 'Praten, praten, praten,' zegt ze.

Ik bijt op mijn nagels. Nee, praten helpt, dat zie ik wel aan jou. Tranen branden achter mijn ogen en ik verfoei mezelf omdat ik me zo door haar in de war laat maken. Zelfs nu nog. 'Ik heb mijn best gedaan,' zeg ik als ze me blijft aankijken. Ze zegt niets, maar met haar hoofd zo schuin en de mondhoek die ze omhoogtrekt, weet ik precies wat ze denkt. 'Ik moet je iets vragen,' zeg ik, gebruikmakend van het enigszins heldere moment. 'Ma, wil je dat de dokters je helpen als je hart ermee ophoudt? Of als er iets anders misgaat?'

Ze heeft haar ogen gesloten. Ik herhaal mijn vraag, fluisterend, met kloppend hart, en als ze niet reageert, sta ik op. Weg helderheid. Weg mam.

'Nee,' zegt ze. Het klinkt als een zucht.

Heb ik het goed verstaan? Ik buig me naar haar toe. 'Zei je nou nee?'

Ze opent haar ogen. 'Dat zeg ik al dertig jaar. Breng je vanavond sigaretten voor me mee? En vraag je vader of hij zijn mond houdt, wil je? Ik word gek van dat gekerm. Waarom is het toch zo warm hier? Warm, heet, ik moet al die kleren niet aan… O, pas toch op, het vuur verspreidt zich zo snel. Verraderlijke vlammen. Duivelse geesten, ga weg, scheer je weg.'

Mijn moeder schudt de deken van zich af en rukt aan haar pyjama. Er vliegt een knoopje door de lucht.

'Doe dat nou niet, ma, blijf even liggen, oké?'

Maar dat doet ze niet. Integendeel, ze wordt steeds onrustiger. Het is mijn aanwezigheid hier die haar van streek maakt. Duizend keer erger dan die gesloten mond en haar nietszeggende blik. Dan kan ik mezelf tenminste nog voorhouden dat ze zich ergens in zichzelf heeft teruggetrokken, het leven op haar onbegrijpelijke manier leeft… Ik druk op de alarmbel en trek me terug. Witte jassen komen aangerend, en ik houd de deur voor ze open. Ik kijk nog één keer om.

'Em, Em, o, blijf, nee, ga weg, ren, ren zo hard je kunt…' hoor ik achter me als ik wankelend op mijn benen de gang uit loop.

23

'Kijk eens, ik heb een warme deken voor je.'

De man in het dikke pak begeleidde het meisje zachtjes maar dwingend naar buiten en sloeg een deken om haar heen. Hij wilde haar beschermen en manoeuvreerde zijn grote, brede lichaam zo dat ze geen zicht had op de vreselijke aanblik van de jongen.

'Hoe heet je?' vroeg hij om haar af te leiden.

'Emma,' antwoordde ze.

Emma ving toch een glimp op van de brancard. Dat moest haar broertje zijn, ze wilde naar hem toe. Zijn hand vasthouden. Voor hem moest het erger zijn, dacht ze, want hij was nog langer boven geweest dan haar vader. Boven, waar de brand was uitgebroken.

'Vanmorgen zei hij dat ik dik was, en lelijk, en toen heb ik een pluk haar uit zijn hoofd getrokken,' zei ze.

Ze was bang dat hij er eng uit zou zien. Zoals haar vader. Onherkenbaar, de huid zwart verbrand als zijn kleren. Verbijsterd had ze toegekeken hoe ze haar vader op een brancard legden, een doorzichtig masker op zijn gezicht zetten en hem toen gehaast op dunne wieltjes naar de ambulance reden. Ze had mee gewild, maar dat mocht niet. Wat was ze bang! Bang dat het nooit meer goed zou komen. Dat er nooit meer kleur op haar moeders gezicht zou verschijnen. Dat ze nooit meer 's avonds tegen haar vader aan zou kunnen kruipen als de film te spannend werd. Het was een wurgende angst, die bezit van haar nam om niet meer los te laten.

Ze rukte zich los uit de dikke armen in uniformkleding en schudde de deken van zich af. Er waren stemmen die probeerden haar te overtuigen niet te kijken, maar ze wilde zien, ze wilde weten. Ze spurtte op de brancard af. Het was een ingeving waar ze spijt van kreeg.

De aanblik van haar kleine broertje deed haar naar adem snakken, de schok was enorm en overdonderend. Toch zette Emma ook die laatste passen, tot ze naast hem stond, zijn verbrande huid kon aanraken, de rook van zijn lichaam zag dampen. Ze pakte zijn hand, klampte zich aan hem vast. Toen ze zijn ogen even zag oplichten, wilde ze iets zeggen, maar ze kreeg geen woord over haar lippen. Ze voelde zijn doodstrijd. Je moet volhouden, wilde ze zeggen.

Emma kreeg moeite met ademhalen, ze werd draaierig in haar hoofd. Het leek alsof de aanblik van haar broertjes afschuwelijk verminkte huid zich tot in elke uithoek van haar lichaam nestelde. Ze wilde weg, weg van het monster op die brancard waarin ze nauwelijks een mens herkende, weg van de onheilsplek die nooit meer haar thuis zou zijn. Nooit meer veilig.

De man in uniform hield een papieren zak voor haar mond en droeg haar op daarin rustig te ademen. Emma's duizeligheid nam af. Maar ze had lang genoeg gekeken om het beeld voor altijd op haar netvlies te verankeren. Het verbrande lichaam van haar broertje, opgekruld in foetushouding. Ze zou het nooit uit haar geheugen kunnen wissen, die geur noch zijn laatste reutelende poging tot ademhalen.

24

Dom, zo oerdom dat ik het niet eerder in de gaten heb gehad. Als ik beter had opgelet, en niet naar Eduards huis had zitten turen, had ik het allang geweten; de optelsom was zo simpel dat een kind die had kunnen maken. Paul laat me achtervolgen.

Voor ik de stofzuiger aanzet, vul ik Coco's etensbakje. Met een krassend geluid keert het dier zich van het voer en van mij af.

De manier waarop Paul naar me kijkt, zoals die keren dat hij met een zogenaamd onschuldige opmerking indirect duidelijk maakt dat ik te laat thuis ben. Zijn avonden buitenshuis, waarop hij ongetwijfeld met iemand afspreekt en zich laat informeren over waar ik ben geweest. Als hij daarna thuiskomt, is hij afstandelijk en hij wacht met opzet minstens een uur voor hij ook naar bed komt. Zodat ik in slaap moet zijn gevallen. Alsof ik geneigd zou zijn tot enige toenadering. Het idee! Daarnaast heb ik vaak het gevoel dat ik word gevolgd. Dat er iemand op me let, en als ik dan over mijn schouder kijk, is er niemand. Sophie, Sophie. Ik had zo gehoopt op verbetering.

Ik stoot met de stofzuigerslang tegen een glazen kaarsenstandaard aan. Het cadeau van Pauls ouders voor ons twaalfeneenhalfjarig huwelijk valt op de grond. Een afzichtelijk, oubollig gedrocht, dat Paul per se in de kamer wilde houden. In duizend stukken. Net goed. Het sterkt me in mijn overtuiging dat hij iets uitspookt wat het daglicht niet verdraagt, maar bezorgt me wel extra werk waarop ik niet zit te wachten. Ik had bij Sophie moeten zijn. Ik moet ook naar mijn bankje. Ik moet Eduard in de gaten houden.

Hij doet niet veel, hij is alleen bezig met de uitvoering van *Romeo en Julia*, in oktober. Rietman, de directeur van de school, heeft gebeld om te vertellen wanneer het precies is en gezegd het fijn te vinden dat we erbij willen zijn. Pardon? Voordat ik iets kon tegenwerpen, legde hij uit dat hij Paul had gesproken. Dat mijn echtgenoot de uitvoering, die aantoont dat iedereen zo meeleeft met Sophie, erg waardeert. Hij vertelde dat er druk wordt gerepeteerd, op de dinsdag-, woensdag- en vrijdagmiddag. Als ik eens wilde komen kijken... Toen ik zei dat ik het niet wilde, dit stuk op school zonder Sophie, nam Paul de telefoon van me over om te zeggen dat ik het niet zo bedoelde. Ik was verbouwereerd, omdat hij het gesprek van me overnam alsof ik een van zijn stomme leerlingen was, en ik ben weggelopen.

Er zijn belangrijkere dingen, dacht ik later. Eduard. Hij heeft de sloten van zijn huis laten vervangen. Toch nog. Hij is niet helemaal dom, alleen traag van begrip. Dat zo iemand in een auto mag stappen, laat staan met een slok op! Ik heb aan een pistool gedacht. Een ruit intikken als hij 's avonds thuis is, de loop tegen zijn schedel, zijn smeken, zweet op zijn voorhoofd en dan is het over. Maar dat gaat te snel. Nee, hij moet eerst tien kilo afvallen van pure doodsangst en al zijn lichaamsvocht verliezen in de vorm van angstzweet.

Gisteren voelde ik de verleiding Paul te vragen hoe Eduard reageerde op zijn verrassing, maar dan verraad ik mezelf natuurlijk. Zou hij willen. O, Sophie. Waarom, waarom, in hemelsnaam, waarom? Als je me hoort, waarom laat je dat dan niet merken? Ben je ondanks je coma gewoon doorgegaan met me te straffen?

Het wordt frisser, buiten bij Eduards huis. De nazomer is niet onaardig, maar het regent soms als ik op mijn uitkijkpost bivakkeer. Regen. Wind. Het vooruitzicht van de herfst, en daarna de winter. Het naderende einde van leven hangt zwaar in de lucht, maar dat wist ik allang. Bladeren verkleuren, de zon verliest aan kracht. Een kwestie van kleding. Onopvallend ga ik in mijn bruine regenjas op in de omgeving.

Ik weet nu ook zeker dat Paul en Eduard elkaar beter kennen dan Paul wil toegeven. Veel beter. Daarom verzweeg hij zijn aanwezigheid in Eduards huis, die middag in juni. Ze zijn samen iets aan het bekokstoven, en ik weet ook wat. Als ik 's nachts ondanks de pillen niet kan slapen en langs de IJssel slenter, dan zie ik ze samen, stiekem grijnzend vanwege hun fantastische plan om mij uit de weg te ruimen.

Met stoffer en blik veeg ik de glasscherven op en ik gooi ze per ongeluk in de gft-bak. Als ik mijn vergissing ontdek, heb ik er al een paar verrotte sinaasappels bovenop gegooid. Ik vertik het te gaan wroeten in die prut, met het risico dat ik mijn handen openhaal. Ik moet weg. Gauw nog even door Sophies kamer, boven.

Gisteren ben ik ook al niet bij haar geweest, omdat ik weer moest opdraven bij mijn moeders arts. 'Mevrouw Korteling,' zei hij, 'u hebt er ongetwijfeld lang en diep over nagedacht. Ik begrijp dat het geen eenvoudige beslissing is geweest. Ik wil u verzekeren dat wij uw beslissing hoe dan ook zullen respecteren. Dus wat doen we als uw moeder vannacht hart-problemen krijgt?'

Ik kon het niet over mijn lippen krijgen en heb alleen nee geschud toen de arts vroeg of mijn moeder gereanimeerd wilde worden.

Het stinkt naar urine op Sophies kamer. De harige gedrochten hebben nieuw zaagsel nodig, of ze moeten het huis uit. Lonneke voert ze trouw, tenminste als ze thuis is, maar ze heeft een hekel aan het verschonen van de kooi. Ik ben bang dat die monsters ervandoor gaan en door het huis beginnen te zwerven. Dan doe ik 's nachts helemaal geen oog meer dicht.

Nu durf ik mijn moeder niet meer onder ogen te komen. Ik denk dat ik ma heb begrepen, dat dit is wat ze wil, maar het voelt alsof ik haar doodvonnis heb getekend, ook al zegt de arts dat ik een moedige beslissing heb genomen en haar een menswaardig einde gun. Na de handtekening ben ik als de bliksem zijn kantoor uit gevlucht. Mijn best gedaan. Getrouwd, drie kinderen op de wereld gezet.

Misschien kan ik met de stofzuiger meteen dat stinkende zaagsel opruimen. Ik trek het brede voorstuk van het apparaat af en houd het ronde uiteinde voor de kooi. Tik, tik, tik, het zaagsel verdwijnt in snel tempo in de slang. Als ik de kooi rond werk, kan ik al die stinkende houtkrullen wegzuigen. Moeder zijn is onvoorwaardelijke liefde, dacht ik altijd, maar dat is de grootste onzin die er bestaat. Moederliefde is loslaten. Een weerzinwekkend, tegennatuurlijk proces, misschien wel vergelijkbaar met doodgaan.

Zes maanden duurt Sophies toestand nu al, de vegetatieve toestand die we geen coma meer mogen noemen, en terwijl ik bid en smeek om een kleine verbetering, al was het maar een glimlachje, een minuscuul teken dat ze me ziet of hoort, moet ik lijdzaam toezien hoe ze verder van me wegglijdt. Als ik de deur van de kooi een klein stukje openzet, kan ik ook het zaagsel in het midden opzuigen. Durf ik dat? Natuurlijk. Ik moet me niet aanstellen. Die twee engerds zitten diep weggekropen aan de andere kant van die wirwar aan buizen en zijn doodsbang voor dat apparaat dat hun woning bestookt.

Ik heb ergens gelezen dat alles wat we doen en laten, onze gezondheid en ziekte, dat alles in onze genen besloten zit. In het embryostadium is bij wijze van spreken zelfs al vastgelegd dat Sophie anorexia zou krijgen. Larie. Ik had geen pillen moeten slikken toen ik zwanger was. Ik had moeten stoppen met roken en zeker geen alcohol moeten drinken. Zelfs de geringste hoeveelheid kan storingen veroorzaken in de ontwikkeling van het ongeboren kind. Het stond onlangs in de krant, maar zelfs destijds wisten we dat al. Niks genen. Stond die brand dan ook al in mijn genen beschreven? Bestaat er niet zoiets als noodlot?

Het is me gelukt om bijna al het zaagsel uit de kooi te verwijderen. Opgelucht begin ik te zingen: *'Slippin' through my fingers, all the time...'* Ik stop abrupt als ik me realiseer wat ik zing. Ik wil de slang uit de kooi trekken, hoor een korte, hoge piep, gevolgd door een doffe plop. Uit het einde van de stofzuigerslang steekt het achtereind van een rat. Zijn staart zwiept heen en weer. Van schrik laat ik de slang vallen en ik heb mijn voet al op de aan-uitknop, als ik me bedenk. Stel dat het beest nog leeft? Dan kruipt hij eruit en dan zal hij de aanval op mij openen. Ik voel zijn scherpe tanden al, kluivend aan mijn vingers. Lieve hemel. Wat nu? Ik pak de slang en schud er weifelend wat mee, maar het beest blijft halverwege hangen, te dik om door de slang te passen, maar door de kracht van de stofzuiger kan hij ook niet terug. Zou hij al dood zijn?

Flarden van toen schieten door mijn hoofd. De blèrende

baby in mijn armen, de paniek in mijn lijf over wat ik aan moest met dat hoopje lawaai. Na Sophies geboorte begonnen de visioenen. Ze verdronk in haar badje, ze brak haar nek na een val van de glijbaan. Sophie. Ze leeft, maar ze leeft ook niet.

De rat moet nu dood zijn, de staart beweegt niet meer. Toch schakel ik huiverend de stofzuiger uit. Ik heb de slang teruggelegd in de kooi, met het risico dat nummer twee onverhoeds een ontsnappingspoging zal doen. Er beweegt niets. Doodse stilte. Waar is dat andere exemplaar eigenlijk? Gevlucht uit angst voor eenzelfde lot als zijn vriend? Ik schud aan de slang, maar de rat zit nog vast in het uiteinde. Ik verzamel al mijn moed en trek het beest er aan zijn staart uit. Met een schreeuw van afschuw deins ik achteruit. Nog steeds geen beweging. Gelukkig. Het beest is morsdood. Snel sluit ik de kooi.

Ik lach, opgelucht. Ik haal een pak zaagsel uit de bijkeuken en strooi een flinke hoeveelheid in de kooi. Zand erover. Zaagsel. Als ik het snoer van de stofzuiger in het apparaat laat verdwijnen, zie ik vanuit mijn ooghoeken hoe rat nummer twee behoedzaam snuffelend uit zijn hol tevoorschijn piept. Ik overweeg de stofzuiger weer aan te zetten om ook hem uit mijn lijden te verlossen. Mijn lijden, ja.

25

Gisteren was Lonneke bij me. Ik heb medelijden met mijn zusje, ze voelt zich schuldig. Ze dacht dat we die middag zouden gaan winkelen, en ik haakte af. Ze zei dat ze me mee had moeten sleuren de stad in. Ik had graag haar tranen gedroogd en een arm om haar heen geslagen. Ik heb het idee dat niemand dat meer doet, en het is een gevoelig kind. Vroeger zag ik dat niet, maar nu ik alles van een afstandje kan bekijken, is het overduidelijk. Arme ziel. Ze bewonderde me als ik tegen onze moeder in durfde te gaan, en ik kwam vaak voor haar op als ze te verlegen was om iets te vragen, te zeggen. Ik hoop dat ze zich redt als ik er straks niet meer ben. Want ik wil weg. Weg.

De fysiotherapeut masseert en als hij mijn armen optilt, zie ik mijn verkrampte, gebogen vingers. Hij probeert ze soepel te houden, die klauwhanden van me. Ze horen niet bij mij, ze zijn van een oude heks.

Ze hebben me laten onderzoeken door een zogenaamde deskundige. Allerlei onderzoeken. Lampjes in mijn ogen, geluiden in mijn oren, en hij zat aan me. Zo vernederend. Hij praatte vriendelijk, legde van alles uit, maar ik wilde ergens dat hij zou verdwijnen. Ik heb mijn ogen niet geopend op zijn commando, niet naar links of rechts bewogen. Flikker op. Ik wil het niet, ik wil het niet. Mijn ouders zijn er, geloof *ik, flink van ondersteboven. Zouden ze nog steeds hopen dat alles weer goed komt?*

Ik wil muziek horen, al moet ik die uit mijn fantasie putten. Maar het lukt niet. Afgelopen nacht heb ik nauwelijks geslapen. Jurgen is er slecht aan toe, en om de haverklap kwam er iemand binnen, hoorde ik mensen praten. En nu ben ik bang dat er echt iets mis is met hem. Ik ben benieuwd of hij net als ik ook denkt, dingen hoort en ziet en dat aan niemand duidelijk kan maken. Terwijl ik wakker lag, dacht ik aan Eduard. Als hij leeft, zoals mijn moeder zei, waarom komt hij me dan niet opzoeken? Ik mis hem, ondanks alles. Ik koester zijn lovende woorden als ik een scène van Julia zo speelde dat hij in vervoering raakte. Die scènes probeer ik in gedachten precies na te spelen, elke zin uit te spreken, met de bijbehorende gebaren en emoties. Ik was er bijna in gaan geloven dat er een toekomst voor me kon zijn op het toneel. Wat had ik dat graag gewild. Maar ik hield mezelf voor de gek. Ik had slapeloze nachten, alleen al bij de gedachte dat ik die witte Julia-jurk met dat strakke lijfje moest aanpassen. Laat staan dat ik had gedurfd om er een podium mee op te gaan, een publiek onder ogen te komen. Eduard vond dat ik talent had, en ik hoorde hem dat zo graag zeggen. Even, heel even, heb ik zelfs overwogen om zijn advies op te volgen om weer meer te gaan eten. En mijn moeder maar zeuren. Dreigde zelfs met een ziekenhuisopname. Nou, die is er dus toch nog gekomen, en hoe.

Een paar dagen geleden vertelde ze me over die brand. Ze dacht natuurlijk dat ik niks hoorde van wat ze zei. Dus wel. Alle gruwelijke details. Ik rook zelfs de weeïge, misselijkmakende brandlucht. Eerlijk gezegd ben ik me kapotgeschrokken, ik wilde dat ze opzoutte en ik schreeuwde haar toe haar ellende voor zich te houden. Alsof ik er niet genoeg aan heb dat ik hier levend begraven lig. Kut. Mijn moeder huilde, nogal heftig, en toen had ze het volgens mij ook nog over oma. Er is iets met mijn moeders moeder, die ik nauwelijks ken. We gingen nooit naar haar toe, ze schijnt volledig geflipt te zijn.

Plotseling hoor ik een schril geluid naast me. Is dat het apparaat van Jurgen, dat op tilt slaat? Ik hoor haastige voetstappen in de gang. De deur die openzwaait. Stemmen, medische termen, ik begrijp ze niet. Een hoop consternatie. Een indringende toon, iemand roept iets. Een vreemd geluid. Ze geven hem schokken, besef ik. Stroom om zijn hart op gang te krijgen. Gespannen volg ik wat er gebeurt. Het duurt lang. Zet 'm op, Jurgen, zorg dat ze je niet terugkrijgen. Wees ze te snel af, ga ervandoor! En inderdaad, het lukt hem. Goed zo, Jurgen, shit zeg, hij heeft 't geflikt. De geluiden verstommen, stemmen vertragen, worden stil.

'Tijdstip van overlijden tweeëntwintig uur vijf,' hoor ik iemand zeggen.

Zo laat pas? En nu? Na mijn kortstondige euforie over Jurgens overwinning voel ik me opeens verraden. Hé, stiekemerd, je had me mee moeten nemen, hoor je. Waar ben je? Kom, zeg eindelijk eens iets! Nu lig ik hier de hele nacht in mijn eentje. Je hebt gewonnen. Kom je felicitaties in ontvangst nemen, kom dan!

Het blijft stil. Doodstil. Hij is echt weg, en ik ben bang dat hij niks van zich zal laten horen. Niet bij leven, niet bij dood. Kut. Tegen wie moet ik nu praten om de stille uren door te komen? Ik zal je hopelijk snel volgen, misschien komen we dan tegelijkertijd terug in een volgend leven en kunnen we bijkletsen. Het zal nu toch niet zo lang meer duren? Mijn moeder zal eerdaags thuis in mijn kamer rondneuzen. Ik weet dat ze dat ondanks haar afschuw van Ron en Har soms doet. Dan moet ze de map vinden, de map waarin mijn wilsbeschikking zit. Ook al was die onderdeel van een schoolproject, ze zal zoiets nu toch wel serieus nemen? Nou, mijn moeder misschien niet, maar dan toch zeker mijn vader. Ze moeten nu echt wel doorhebben dat ze moeten opgeven. Jurgen dood.

Niemand kijkt naar me om. Kan iemand alsjeblieft mijn hand komen vasthouden?

26

Een van de ratten lag dood in zijn kooi. Gestorven door sociale stress? Paul rook een muffe lucht in Sophies kamer en trof het beest aan onder een laag zaagsel. Misschien toegedekt door zijn broer? Ratten zijn uitzonderlijk intelligente dieren en horen niet in een kooi. Als je slim genoeg bent om bommen en mijnen op te sporen, wat doe je dan op een paar vierkante centimeter, waarin je slaapt, eet, poept en doodgaat en ondertussen ongelukkig bent?

Een ongemakkelijk gevoel bekruipt hem. Eerlijk gezegd verschilt het leven van de ratten momenteel niet eens zo veel van zijn eigen leven.

Hij heeft het stijve lijk in de container gedumpt. Onder protest van Emma, die vroeg wat Sophie daarvan zou vinden. Met tegenzin heeft hij alsnog een graf in de tuin gecreëerd. Daar kan Coco straks ook in. De papegaai peutert met zijn snavel in zijn veren en ziet er gehavend uit. En het beest praat niet meer. Alsof hij het met Sophie op een akkoordje heeft gegooid. Triest, maar hij maakt zich nog meer zorgen om Lonneke... Als hij haar iets vraagt, reageert ze schrikachtig.

Hij heeft haar onlangs meegenomen naar een film. Ze wilde niet, maar hij heeft aangedrongen. Tot een vertrouwelijk gesprek is het echter niet gekomen. De karaktereigenschappen van een koolmees bestuderen is eenvoudiger dan erachter komen wat Lonneke nodig heeft. Hij heeft een arm om haar heen geslagen, gesmeekt, zelfs een legpuzzel van zolder gehaald, en is op een grote hardboardplaat met de randen begonnen. Vroeger deed ze niets liever dan samen met hem puzzels maken, maar ook die tijd is passé. Niemand keek om naar de puzzel. 'Kan dat kinderspul weg?' vroeg Emma op een zeker moment.

De puzzel hielp niet. Het schaakspel evenmin. Niets hielp. Hij vermoedt dat Lonneke woorden heeft gehad met haar zus, vlak voor het ongeluk, en nu bang is dat ze nooit meer de gelegenheid krijgt de ruzie bij te leggen. Ze is alleen bij Sophie geweest, op eigen verzoek, maar ook daarna was ze nog steeds dezelfde gesloten oester.

'Kijk eens,' zegt hij en hij fluit zacht om de aandacht van de papegaai te trekken. Het beest blijft met zijn kop weggedraaid nerveus wiebelen op zijn stok en zwijgt. 'Coco, nootjes, toe, pak dan. Als Sophie terugkomt, moet je in topconditie zijn.'

Zou het dier aanvoelen dat het niet goed gaat met Sophie? Net zoals dieren een tsunami voelen aankomen en wegvluchten?

Wat moet hij dan? Een extra hypotheek op hun huis nemen? Die klinieken kosten een vermogen, hij zou Sophie er een maand kunnen onderbrengen. En dan? Een collega opperde een stichting in het leven te roepen en via internet geld in te zamelen. Bedelen om steun?

Ze hebben Sophie laten onderzoeken door een comadeskundige van een kliniek waar hij via internet terechtkwam. Hij las dat ze er speciale, veelbelovende therapieën hebben ontwikkeld, waarmee ze veelbelovende resultaten hebben behaald.

Dokter Ytsma meldde zich en kwam langs voor een intake-gesprek. Hij had het over hersens als harde schijven in de stand-by-modus, een computer die geactiveerd moest worden, en over actieve hersenstimulatie. Sophie hoefde er niet voor naar hun kliniek, de specialist kon haar in het verpleeghuis behandelen. Het sprak Paul aan. Vooral het feit dat ze eindelijk actief iets zouden kunnen bijdragen aan een mogelijk herstel. Er waren dan wel hoopgevende resultaten geweest in de afgelopen jaren, zei Ytsma, maar garanties konden ze uiteraard niet geven. Elk mens is nu eenmaal anders. De therapie kostte een vermogen, gelukkig deed de bank niet moeilijk over een lening. Hij had zowaar weer hoop gekregen.

Een week later haakte Ytsma gedesillusioneerd af. Sophie gaf ondanks intensieve therapie geen enkele respons op welke impuls dan ook, ze knipperde op willekeurige momenten met haar ogen, maar gaf geen enkel teken van bewustzijn. Het was zuur. Het is nog beter geen hoop te hebben dan om die ineen te zien storten. Hij zag het ook bij Emma. Sindsdien heeft hij, nog meer dan voorheen, het gevoel dat ze van hem wegdrijft.

En Sophie... zes maanden ligt ze inmiddels al te vegeteren. Het is zo mensonterend. Hij kan niet anders dan concluderen dat zijn dochter zal sterven; de enige vraag is hoe lang haar hart nog zal kloppen. Ze had beter direct dood kunnen zijn. Dat klinkt hard en liefdeloos en hij zal het niet hardop uitspreken, maar iedereen die hem kent, begrijpt dat het een gedachte uit mededogen is.

Hij gooit de nootjes in Coco's kooi en schenkt een glas tot aan de rand toe vol met whisky. Elke gedachte aan Sophie brengt hem keer op keer bij de dood. Of dat kwalijk is? Alcohol biedt geen oplossingen, maar na een glas denkt hij dat betere tijden niet lang meer zullen uitblijven, na twee glazen ziet hij ze voor zich, en na het derde is hij zijn schuldgevoel kwijt. Uitgezonderd de keren dat hij juist somberder wordt van de alcohol. Dan zwelgt hij in zelfmedelijden en zou hij zichzelf wel wat willen aandoen.

De kinderen in bed, Emma gekluisterd aan die stupide plakboeken. Ze doet hier in huis niets anders dan overwegen welk nieuws het meest luguber is, en ze knipt en plakt alsof haar leven ervan afhangt. Hij strijkt zijn eigen overhemden, gaat soms zelfs met de stofzuiger door het huis. Het schiet hem te binnen dat hij de zak moet vervangen, hoewel hij dat onlangs nog heeft gedaan.

Het leek allemaal zo eenvoudig, ooit. Verliefd worden, trouwen, een kind. Emma vreesde dat ze te intens van een baby zou houden, op andere momenten was ze bang dat ze niets zou voelen, maar hij compenseerde haar twijfels met nuchterheid, met materiële zekerheid. Zelfs in de periodes dat ze in behandeling was, vertrouwde hij op eigen kunnen. Zal hij nog een borrel nemen? Ach, vooruit.

Hij was al verliefd op Emma toen ze nog op een driewieler fietste en zijn vader net de zijwieltjes van Pauls fiets af had geschroefd. Emma Bloemendal. Hij weet nog dat hij haar naam tijdens een vakantie met een stok zo groot in het zand schreef dat het eeuwen duurde voor de vloed de letters helemaal te pakken had. Een spichtig, bleek meisje met de donkerste ogen die hij ooit had gezien. Als ze lachte, kwam er een felle glinstering in die hem mateloos fascineerde. Hij droomde van die ogen, en 's middags fietste hij talloze keren langs haar huis. Om haar te zien, en tegelijkertijd bang dat hij haar zou zien en niet zou weten wat hij moest zeggen. Hij herinnert zich de brand, jaren later, hij moet veertien of vijftien zijn geweest, en dat hij zich realiseerde dat het bij zijn kleine jeugdvriendin was. Het had uitgebreid in de kranten gestaan, met foto's van het zwartgeblakerde pand. Maar lang had hij niet stilgestaan bij het drama. Er werd een tijdje over gepraat, en toen waren er andere, belangrijker dingen voor in de plaats gekomen. Een beslissende basketbalwedstrijd, een schoolfeest.

Emma's moeder beweerde dat die brand de oorzaak was van Emma's labiele periodes. Maar kom, iedereen maakt wel eens iets ergs mee. Zelf was hij ooit in een tankstation aanwezig toen dat werd overvallen. Hij was doodsbang op dat moment, maar het leven gaat door, als je geluk hebt, en omkijken is...

Hij veert op als de telefoon gaat. Zo laat nog? Er is iets met Sophie. Hij ziet het nummer op de display en verslikt zich van schrik. Het verpleeghuis.

'Korteling,' zegt hij en zijn stem slaat over.

'Goedenavond, meneer Korteling. Schrikt u niet, ik weet dat het laat is. Ik wilde u toch op de hoogte brengen van het feit dat de kamergenoot van Sophie vanavond is overleden. Het is aan u of u wilt komen of niet.'

Sophies kamergenoot. Hoe heette die knul ook weer? 'Eh, juist ja. Ik moet het even laten bezinken.'

'Prima hoor. Dag, meneer Korteling. O, eh... meneer?'

'Ja?'

'Wilt u uw vrouw zeggen dat ze haar mobiele telefoon hier heeft laten liggen? We hadden haar vandaag verwacht, anders hadden we uiteraard eerder gebeld.'

'Ja, ja, natuurlijk. Ik zal het doorgeven.' Verward beëindigt hij het gesprek. Is Emma vandaag niet bij Sophie geweest? Waar was ze dan wel?

Hij wil het haar vragen, de trap op stormen, maar hij doet het niet. Naar het verpleeghuis gaan met twee whisky's achter zijn kiezen is absoluut niet aan de orde. Nee, zeg. Zul je zien, veroorzaakt hij zelf een aanrijding... Morgen zal hij gaan, en dan zal hij navraag doen wanneer zijn vrouw aan Sophies bed zit. En hoe lang.

Hij steekt een sigaret op en vraagt zich af of Emma toch in therapie is gegaan, zoals hij haar heeft geadviseerd. Hij hoopt het. En hij piekert. Schenkt nog een glas whisky in, ook al heeft hij bij het tweede geen betere tijden voor zich gezien. Integendeel. Hij krabt zich op zijn hoofd en ziet roos op zijn trui dwarrelen.

Morgen toch Eduard maar eens aanspreken. Hij maakt zich bezorgd; Eduard met zijn *Romeo en Julia*-poeha ontwijkt hem en maakt een nerveuze indruk. Misschien heeft Eduard iets losgelaten. Ze hebben gezworen hun mond te houden, maar dat de regisseur niet te vertrouwen is, weet hij in elk geval nu wel zeker. Hoe kun je op aan van iemand die illegale vissen in huis haalt en kostbare schilderijen steelt? Van zijn bloedeigen familie, nota bene. Hij schudt de roos van zijn schouders en slaat de drank achterover. Dom, dat hij zo goed van vertrouwen is geweest. Zo dom.

27

Mijn spieren zijn onwillig en stram; ik merk het als ik aan de ontbijttafel aanschuif. Ik herinner me mijn droom van vannacht: ik maakte jacht op Eduard, compleet met paarden, speurhonden en geweren op scherp, en nu voel ik me alsof ik daadwerkelijk een onmenselijke inspanning heb geleverd. Het begin van de dag, en ik ben nu al moe. Ik hoor Thijs' hoge kinderstem, Pauls lach, maar als ik de keuken binnen kom, vallen ze stil. Lonneke staart naar buiten. Ik hoor het malen van kaken, kletterend bestek, knisperende ontbijtgranen. Met zijn vieren. Een lege stoel. Ben ik de enige die daar elke ochtend onpasselijk van wordt? Ze mompelen een vaag 'goedemorgen'. Koffie. Een boterham. Energie om weer een dag door te komen.

'Gisteravond heeft het verpleeghuis gebeld,' zegt Paul.

Ik heb niet direct in de gaten wat hij zegt, en ook niet dat hij het tegen mij heeft. Hij herhaalt zijn opmerking terwijl hij zijn hand op mijn arm legt.

Dan dringen zijn woorden tot me door. Ik probeer rustig te blijven. Diep in- en uitademen. 'Wat is er met Sophie?'

'Niet met Sophie. Het is haar buurjongen. Hij is gisteravond overleden.'

'Wat? Nee toch, Jurgen dood? Heeft… heeft Sophie er iets van gemerkt? Gaf ze een teken van leven?' Niet Sophie, denk ik. Gelukkig niet Sophie.

'Het was laat, gisteravond. Ik ben er niet naartoe gegaan,' zegt Paul.

Ik schuif traag mijn bord aan de kant. Het stuk brood in mijn mond is veranderd in een bal onverteerbaar meel waarin ik zal stikken. 'Je bent er niet naartoe gegaan? Je hebt Sophie daar alleen laten liggen met… terwijl op een paar meter afstand van haar net iemand was gestorven? Een jongen zoals zijzelf, ook een comapatiënt.'

Thijs glijdt van zijn stoel. 'Naar school,' mompelt hij. Hij wordt ogenblikkelijk gevolgd door Lonneke.

'Jullie hebben amper iets gegeten,' zegt Paul. 'Meenemen en opeten, de volgorde mag je zelf bepalen.'

De twee grissen hun halfopgegeten boterhammen mee voor ze zich de deur uit haasten. Paul loopt ze achterna, ik hoor hun stemmen, maar ver weg. Mijn oren suizen. Sophie. Ach, lieve Sophie. Je hebt een vreselijke nacht achter de rug. Misschien word je wel krankzinnig zonder dat we er iets van merken. Paul komt de keuken weer in lopen. Begint op te ruimen. Hij ontwijkt mijn blik.

'Je had me moeten waarschuwen,' zeg ik.

Hij zwijgt.

'Begrijp je niet wat ik zeg? Je had me wakker moeten maken. Sophie…'

'Sophie hoort niets, ziet niets, merkt niets. Moet ik midden in de nacht door de stad crossen om naast een kasplantje te gaan zitten?'

Ik hap naar adem. 'Kasplantje? Is dat hoe jij je dochter ziet?

Wil je dat dan alsjeblieft voor je houden? Sophie ligt in een coma. Een diepe coma, dat weet ik heus wel, maar...'

'De specialisten noemen het een vegetatieve toestand, Em,' onderbreekt hij me. 'Die deskundige van de kliniek zei het ook nog. Vegetatief. Ze vegeteert. Weet je wat dat betekent? Een plantenleven leiden. Onze dochter praat niet, reageert niet, beweegt niet. Net zomin als een...'

Met mijn handen voor mijn oren neurie ik de melodie van *Dead inside never leaves my way.* Ik zie dat Paul zijn hoofd schudt. 'Je weet het niet,' zeg ik. 'Misschien is ze totaal overstuur, is ze bang dat ze ook doodgaat. Dat is best mogelijk. Die zogenaamde specialisten weten te weinig over coma. Jij ook. Dit weet je niet zeker. Nooit zeker.'

'Ik ga er nu even langs, ik heb het eerste uur geen les,' antwoordt hij.

'Ik begrijp niet dat je haar de hele nacht alleen hebt kunnen laten.'

Paul verzamelt kopjes, stapelt ze op elkaar. 'Ik heb geprobeerd om je wakker te maken.'

'Dat geloof ik niet.'

'Je was erg vast in slaap, het leek me onverantwoord, al zou ik je wakker krijgen, dat je in de auto zou stappen. Met die slaappillen van je... En waarom...'

Hij maakt zijn zin niet af. Hij wilde vast vragen waarom ik ergens wel of niet was, zie je wel, hij laat me volgen. 'Waarom wat?'

'Laat maar.'

Ik wist het. Ik loer naar hem terwijl hij opstaat, het servies van tafel haalt en in de vaatwasser zet. Zie je wel.

Als ook Paul het huis uit is, kleed ik me aan. Werktuiglijk. Broek, shirt, trui, sokken en schoenen. Haren kammen. Ik loop langs de spiegel zonder er een blik in te werpen. De totale nonsens van uiterlijkheden, Sophie en ik doen er niet meer aan mee.

Op haar kamer kruipt de overgebleven rat door de buizen. Er ligt voer in zijn kooi, zie ik. Hij kan het nu rustig aan doen, zonder concurrentie die hij de baas moet blijven. Ik gooi een deken over de kooi. Ik sla het plakboek open en pak de kranten van de afgelopen dagen. Blader erdoorheen. Zou Sophie het nieuws kiezen over het proces van de parachute-killer? Dat ze videobeelden van de laatste momenten van het slachtoffer hebben laten zien in de rechtszaal? Misschien zou ze het filmpje daarvan hebben uitgekozen als ze was overgestapt op een digitaal plakboek. Op de beelden van de helmcamera van Van Doren is te zien dat ze wanhopig probeerde de reserveparachute te openen, lees ik, maar de drie resterende hangriemen bleven in elkaar verstrengeld. Vervolgens kreeg de jury beelden te zien van de helmcamera van Marcel Somers. Toen hij zag dat het misliep met Van Doren, tolde hij met zijn geopende parachute zo snel mogelijk naar beneden. Bij de landing slaakte hij een oerkreet, omdat hij toen al vermoedde dat de sprong zijn minnares Els fataal was geworden.

Ik kies voor een ander bericht. Ik knip het uit en strijk de achterkant van het krantenpapier in met lijm, waarbij het scheurt. Zo goed en kwaad als het gaat, plak ik het stuk op een nieuwe pagina. De drukinkt vlekt op het gave, witte papier. Even denk ik aan de liniaalstreep, maar die is hier volkomen misplaatst. Zo, klaar. Voldaan gaan mijn ogen over de bladzijde, over het bericht van een twaalfjarig meisje in Duitsland dat stiekem haar eigen verkrachting heeft gefilmd en het filmpje vervolgens heeft ingezet als bewijsstuk in de strafzaak tegen haar zeventigjarige stiefvader. De Griekse stiefvader ontkende, hij beweerde dat het kind hem verleidde, of iets in zijn drankje had gedaan. De moeder van het kind was ervandoor toen de zaak uitkwam. Kijk, zo'n vrouw, daar heb je iets aan, maar niet heus. Ze had de schoft moeten castreren en hem zijn eigen ballen moeten laten opeten...

28

Als ik bij Sophie kom, ruik ik Pauls aftershave niet en er staat geen stoel naast haar bed. Is hij toch meteen naar school gereden? Het bed naast het hare is akelig leeg en ik ontwijk de aanblik terwijl ik bezig ben Sophie te wassen. Ik schaam me dat ik het nauwelijks nog kan opbrengen. Die dunne armen en benen waaruit elke cel vet is verdwenen. Het breekt mijn hart als ik de bijna doorzichtige huid voorzichtig dep met een vochtig washandje. Ik draai haar op haar linkerzij, en zie de schouderbladen uitsteken, als puntige objecten die het gevolg lijken van een lelijke breuk. Haar linkerbeen, dat weliswaar is hersteld van het ongeluk, maar waar een vreemde knik in zit en dat een lelijke verdikking vertoont. Zodra ze weer gaat lopen, zal de chirurg een hersteloperatie uitvoeren, heeft hij beloofd. Nu is het zinloos, nu zou ze de operatie misschien niet eens overleven. Na het wassen masseer ik haar tenen, haar vingers en haar handen. Ik luister door een van de twee oortjes naar haar muziek en vertrouw erop dat ze hetzelfde hoort als ik, dat de geluiden tot haar doordringen.

'Sorry dat ik je muziek was vergeten,' zeg ik, 'en het spijt me nog meer dat er vannacht niemand bij je was. Je vader heeft me niet wakker gemaakt, en hij... nou ja, een van ons had hier moeten zijn. Jurgen was veel zieker dan jij, dat weet je toch wel? Als het meezit, mogen we je binnenkort naar België brengen, naar een speciaal instituut voor comapatiënten. We denken dat ze je daar kunnen helpen. Beter dan hier. Die zogenaamde specialist begreep niets van je. Het is moeilijk, Sophie, want ze weten nog zo weinig. Maar ik blijf hopen, ik blijf erop vertrouwen dat je op een dag weer naar me zult lachen.'

Ik denk aan een middag aan zee, Sophie zal drie, hooguit vier zijn geweest. We waren op vakantie in Frankrijk, aan de Normandische kust. Paul speurde met een schepnetje naar bijzondere zeedieren, die hij vervolgens fotografeerde, een enkel beest verdween in een plastic doos. Hij had de leerlingen van al zijn klassen dezelfde opdracht meegegeven, en na de vakantie zouden ze een collectie aanleggen van 'vakantiedieren'. Ik vond het een luguber idee, al die doodskistjes, maar hij had in ieder geval iets te doen. Hij had oog voor van alles om hem heen wat bewoog, behalve voor ons. Voor mij, Sophie en Lonneke, die sinds een tijdje niet alleen kon lopen, maar met haar kleine dribbelbeentjes ook al aardige snelheden haalde.

'Weet je nog, Sophie, die hete zomermiddag aan het strand bij Deauville?' Terwijl ik haar handen zacht kneed, kijk ik naar haar gezicht. Haar inwitte, stille gezicht. 'Sophie? Papa verzamelde allerlei enge beestjes, jij zocht naar de mooiste schelpen, en ineens was je weg. Eerst dachten we dat je in je eentje naar een strandtent was gelopen, je had al een paar keer om een ijsje gevraagd. Maar toen we alle tentjes langs waren geweest en we je nog niet hadden gevonden, raakte ik in paniek. Ik zag al voor me hoe een onverlaat je had meegenomen in zijn auto en...' Ongemerkt ben ik harder in haar handen gaan knijpen, en als ik het in de gaten krijg, leg ik haar armen snel op het laken. Ze zal blauwe plekken krijgen. Ik stop de muziek en haal de oordopjes uit onze oren. Als ik er te lang naar luister, irriteren de geluiden me, en hoewel ik mezelf voorhoud dat Sophie dat hopelijk ook ervaart, zodat ze moet reageren, merk ik dat ik daar niet meer in geloof. 'We zochten uren naar je. Ik zag vaders windschermen opruimen, moeders tassen inpakken, hun kinderen aankleden, en wij liepen daar maar te roepen op het strand. Sophíeeee!' Ik schreeuw hard in haar oor. Geen reactie. 'De zon verdween, iedereen was weg, en we waren radeloos. Tot je opdook, in de verte, naar me toe kwam rennen. Ik geloof dat ik me nooit in mijn leven zó opgelucht heb gevoeld. Tenzij jij nu een teken van leven geeft, Sophie, ik kan het niet ontkennen, misschien is mijn opluchting dan wel groter. Het vreemde is dat we nooit hebben geweten waar je in die uren bent geweest. Je was ongedeerd, lieve hemel, wat was ik opgelucht, zo blij dat je niks mankeerde. Ik denk dat ik je bijna fijn drukte tegen mijn borst, zo uitzinnig van vreugde was ik.' Ik glimlach bij de herinnering. Dan schiet me nog iets te binnen. 'Er was iets raars. Je hield een zak met snoepjes stevig in je knuistjes geklemd. Snoep dat niet van ons was. Geen Hollands snoep, bedoel ik, het waren dingen die naar anijs roken. We hebben alles weggegooid, we wisten niet wat het was. Weet je dat nog, lieverd?' Geen reactie. Geen enkele reactie. Ik geef het op, met een oerzucht die uit mijn tenen komt. Ik schik de lakens op haar bed, streel haar handen. 'Dag, lieverd, ik kom gauw weer terug. Zoek alsjeblieft een manier om dichter bij ons te komen met je gedachten. Het vergroot je kansen op de comakliniek, begrijp je? Ze accepteren misschien geen patiënten die geen enkel teken van bewustzijn geven.' Ik kijk nog heel even naar haar gezicht. Naar haar ogen, waar ik het koud van krijg, zo leeg, zo nietszeggend. Het doet pijn, vreselijk veel pijn, om haar niet meer te herkennen als mijn Sophie.

Ik herinner me mijn droom van vannacht, mijn jacht op Eduard, en vooral hoe die afliep. Het beeld van Eduard, hoestend, met een gat ter grootte van een knikker in zijn keel, waaruit bloed stroomt. Spuit, liever gezegd. Hij smeekt om genade. Totaal van de ratten besnuffeld, uiteraard, in zo'n toestand ben je echt niet meer in staat ook maar iets van 'genade' of 'help' te roepen. Ik sta erbij te schaterlachen, ik moet zo hard lachen dat het pijn doet in mijn buik. En als ik mijn armen beschermend om mijn buik sla, heb ik het koude, verstijfde lichaam van Sophie vast. Ik gil en deins terug, waardoor Sophie valt. Ze schreeuwt, met haar ogen wijd opengesperd in haar lijkbleke gezicht, en ze valt, zonder dat ik er iets aan kan doen. Ik strek mijn armen naar haar uit, en zij valt. Ze valt... Daarna werd ik wakker. Zelden kan ik me na het wakker worden nog herinneren wat ik heb gedroomd. In dit geval had ik dat ook liever gehad.

Dinsdagmiddag. Eduard houdt repetitie op school en ik ga maar eens kijken of hij nog iets anders kan dan vissen rondjes laten zwemmen in een aquarium en meisjes omver rijden. Vanaf de achterste rij in de aula heb ik perfect zicht op het podium, maar ik kan weinig verstaan van wat hij zegt. Hij oogt nerveus, en dat doet me goed. Ergens was ik bang dat hij zich inmiddels bevrijd zou voelen, terwijl hij zich elke minuut van de dag bewust hoort te zijn van het leven dat hij heeft geruïneerd.

Paul heeft me net mijn mobiele telefoon teruggegeven. Hij is dus wel degelijk bij Sophie geweest, een van de verzorgsters heeft hem het ding meegegeven. Hij keek er nogal vreemd bij, alsof hij iets van me verwachtte en...

'Mevrouw Korteling?'

Lieve hemel. Ik schiet overeind. Die stem.

'Schrik niet.' Hij glimlacht. 'Ik ben het. Wat een verrassing dat u komt kijken naar de repetitie. Ik voel me zeer vereerd.'

Die zelfvoldane blik in zijn ogen! Het is... bijna denigrerend zelfs, zoals hij naar me kijkt. Bloed suist door mijn aderen, al mijn spieren spannen zich, alsof ik op het punt sta een grote lichamelijke prestatie te leveren. Ik haal even diep adem en probeer niet te laten merken dat ik me volledig overdonderd voel. Ik sta op, zodat ik op hem kan neerkijken. Het is geen groot verschil, maar het voelt als voldoende. 'Pardon? U hebt geen enkele reden om u vereerd te voelen, ik ben hier óndanks u, laten we dat helder hebben.' Ik leg grote nadruk op het woord ondanks. 'Dat... dat kindertheater van u, ik zie wel dat u het vooral van het talent van uw spelers moet hebben. Sophie was een honderd keer betere Julia dan het ongetwijfeld lieve maar veel te jonge kind dat die rol nu moet spelen.'

Hij wordt rood en ik zie hoe zijn ogen heen en weer schieten.

'O, eh... sorry. Ik dacht...'

Ik maak mezelf nog iets langer en voel hoe de spanning uit mijn lijf wegtrekt. Ik glimlach en vervolg: 'Denken is, geloof ik, niet echt uw sterke kant, het is bij u eerder een ontzettend traag uitgevallen functie. Rijdt u eigenlijk al weer? Vindt u dat verantwoord? Ook nog steeds met een of twee glazen alcohol achter de kiezen? Zeg eens, als u dan zo achter het stuur zit, denkt u dan nog wel eens aan Sophie?'

Hij knikt. Alsof hij het beste jongetje van de klas is dat wel een compliment kan gebruiken. 'Ik wilde haar zo graag bezoeken, ik... ik begrijp dat u dat een tijdje geleden nog te vroeg vond, maar ik zou het echt graag willen.'

'Is dat zo? Weet u dat wel zeker?' Ik zet een stap naar voren, zodat ik vlak voor hem sta. 'Hebt u enig idee hoe mijn doch-

ter er nu uitziet? Onherkenbaar mager, met uitstekende botten, een scheefgetrokken mond waaruit continu kwijl druipt,
en handen waarvan de vingers steeds krommer trekken, alsof
ze met haar nagels over het schoolbord wil krassen. Nou?' Ik
zie hoe hij langs zijn lippen likt, hoe nerveus zijn bewegingen
zijn, en prik met mijn wijsvinger tegen zijn borst. 'Dan vergaan u de praatjes wel, hè? Meneer de regisseur? U weet dat
u in theaterland niets voorstelt, toch? Ik heb uw naam een
keer of twintig gespot, via Google, en iedereen is het erover
eens: geen passie, maar passé. Shakespeare, Shaw, Tsjechov,
ze zouden zich omdraaien in hun graf als ze u aan het werk
zagen. Met uw zogenaamde vernieuwende visie. U vernielt
hun prachtige werk. Wees er maar trots op dat u daarin uit-
blinkt. In vernielen.' Voor ik het in de gaten heb, spuug ik
hem vol in zijn gezicht.

29

Met een grimas van afkeer veegt Eduard de klodder spuug van zijn wang. Hij kijkt haar na, de vrouw die hem het leven zuur maakt. Ze vraagt niet zomaar of hij nog aan Sophie denkt. En de manier waarop ze zijn werk in een paar woorden tot de grond toe afbrandt! Dat meent ze natuurlijk niet zo, die vrouw is gewoon zwaar overspannen. Goeie genade, het is onderhand een halfjaar geleden, hoe lang gaat ze hem nog lastigvallen? Hoe lang moet hij boeten voor... Onzin, het was niet eens zijn schuld. Hij is vrijgesproken. Zaak geseponeerd. Klaar, over en uit. Alleen heeft Emma Korteling daar ogenschijnlijk geen boodschap aan. Wat had hij dan moeten doen? Zich voor een trein gooien, van een flatgebouw springen? Het was een ongeluk. Hij heeft Sophie willen bezoeken, maar zij is degene die weigert. Ze laat hem geen spijt betuigen!

En nu?

Het is een maand geleden dat hij die weerzinwekkende varkenskop in zijn koelkast vond. Hij heeft zijn sloten laten vervangen en sindsdien geen idiote verrassingen meer voor zijn kiezen gehad. Daaruit mag hij toch afleiden dat ze is genezen van elke kinderachtige behoefte om hem te pesten? Nog wat laatste stuiptrekkingen, een fluim in zijn gezicht, oké, hij zal er niet moeilijk over doen, maar dan kunnen ze dit hoofdstuk nu hopelijk afsluiten. Hij was er nog wel zo van overtuigd dat het een man geweest moest zijn die zo'n varkenskop verzon. En het lef had om zoiets waanzinnigs ook nog uit te voeren. Toch heeft hij ook nog steeds het vermoeden dat Paul ermee te maken heeft. Ondanks zijn schijnbaar oprechte belofte dat ook hij zijn mond zal houden. Hun geheim. Misschien spelen ze wel onder één hoedje, die twee, om hem gek te krijgen.

'Eduard?'

Hij draait zich om, is even de kluts kwijt, weet niet wie hem roept, maar dan ziet hij Annerieke.

'Ik weet het niet meer,' verzucht de jonge Julia. 'Het is ook zo veel.' Ze wendt zich tot de ongeduldig ogende, blonde Romeo en zegt: 'Ik zou het je geven, en met heel mijn hart. En toch had ik zo graag dat wat ik heb. Mijn geven kent geen einde, als de zee...' Ze kijkt hem aan. 'En dan?'

'Mijn liefde is even diep; hoe meer ik je geef, hoe meer ik overheb: 't is eindeloos,' vult hij lusteloos aan. Hij kan een jurk aantrekken en het zelf doen. Als ze toch allemaal commentaar hebben op zijn te jonge Julia, waarom slooft hij zich dan eigenlijk nog uit? De directeur vroeg ook al waarom hij geen meisje uit een van de examenklassen heeft gevraagd. Helaas liggen de Julia's niet voor het oprapen. Als ze maar mogen zingen of dansen, een populaire artiest imiteren, dan staan ze rijen dik te springen van ongeduld, maar een toneelstuk uit de zestiende eeuw... 'We stoppen ermee voor vandaag. Er wordt slecht weer voorspeld, gaan jullie maar gauw naar huis.'

Een uur later loopt hij met een verbeten trek om zijn mond het verpleeghuis in. Hij zal met eigen ogen constateren dat Sophie er weer bovenop komt. Sophie is een eigenwijze vechter, een gothic, dat zegt toch genoeg over haar onwil zich te conformeren aan het normale? Hij schrikt nota bene soms nog steeds wakker van die angstige blik, die wijd opengesperde ogen waarin de dood zich stiekem nestelt. Haar slanke lijf in een duivelsrode jurk, die prachtig om haar lijfje wappert, maar dan langzaam transformeert in traag stromend bloed.

Behoedzaam zoekt hij zijn weg door de gangen. Hij wil geen aandacht trekken door een van de medewerkers hier iets te vragen, misschien gelden die instructies van Sophies moeder nog steeds. Hij loopt enkele gangen vergeefs op en neer, maar dan heeft hij geluk. Haar naam op een deur. Een andere naam erboven, maar die is doorgestreept. SOPHIE KORTELING. Hij steekt zijn hoofd om de deur en ziet dat er niemand van het verplegend personeel is. Een doodse stilte daarbinnen. Daar zou hij na een dag al krankjorum van worden. Niet eens een tv, wat een vooroorlogs instituut. Als hij haar ziet, bonkt zijn hart tegen zijn borstkas. In de stilte meent hij het zelfs te kunnen horen. Pas na enkele seconden – misschien zijn het minuten – heeft hij in de gaten dat hij zijn handen voor zijn opengevallen mond houdt. Crisis. Is dat wat een coma in zes maanden kan doen met een mooie, jonge vrouw? Hij voelt zich bedrukt, een beetje duizelig. Hij moet iets zeggen. Iets doen? Wegwezen hier, dat is het enige wat hij moet doen. Is het Sophie wel? Ja, natuurlijk is ze het. Kijk maar naar haar lange, zwarte haar. De neus, haar voorhoofd. Natuurlijk is ze het. Maar... Hij zet langzaam nog een pas richting het bed. Hij steekt een hand naar haar uit, ziet haar ogen en deinst dan plotseling terug. Ze keek hem aan! Die ogen! Hij haalt diep adem, vermant zich, laat zijn blik voorzichtig opnieuw over haar gezicht gaan. Ze kijkt hem niet aan, hij heeft zich vergist. De ogen kijken langs hem heen. Leeg. Doods. Het zijn haar ogen, en tegelijkertijd zijn ze zo anders.

Hij denkt aan de woorden van Sophies moeder en realiseert zich dat ze gelijk had. De kromtrekkende vingers, de scheve mondhoek waaruit kwijl druipt. Hij wil het niet zien. Hij wil zich Sophie herinneren zoals hij haar kende. Opwindend, mysterieus, zo vol belofte. Hij herinnert zich zijn verbazing over haar schoonheid, nu voelt hij slechts afkeer.

Hij kijkt in de lege ogen en ziet de dood. Hij balt zijn klamme handen tot vuisten om zijn vingers te laten ophouden met beven en draait zich om. Wankelend zoekt hij zijn weg naar de deur. Op de gang haalt hij diep adem, en dan rent hij met de dood op de hielen weg. Waarom kan hij de bordjes UITGANG niet vinden? Hij opent op de gok een deur, en kijkt recht in het gezicht van een oude vrouw met diepe groeven in het gelaat. Ze kijkt hem verwachtingsvol aan, en strekt haar armen naar hem uit. Ze lacht, de ogen glinsterend in het doodsbleke gezicht. Hij wendt zijn blik snel af en stapt achteruit, struikelt bijna over zijn eigen benen, en rent. Weg, weg. Weg van de dood, weg van hier waar alles eindigt.

Als hij eenmaal weer bij zijn auto staat, haalt hij diep en opgelucht adem. Hij kijkt op zijn horloge en beseft dat hij nauwelijks een kwartier binnen is geweest. Hij stapt in de auto en wrijft zijn klamme handen over zijn broekspijpen voor hij de motor start.

Terwijl hij naar huis rijdt, komt zijn hart weer in een rustiger ritme. Hij had niet moeten gaan, waarom heeft hij het toch gedaan? Hij had zichzelf op camera moeten opnemen, dit was vast en zeker een overtuigende scène geweest. Hij moet hier iets mee doen, met deze emotie, met dit gegeven. Iets opmerkelijks.

Sophie. Het is ongelooflijk. De schok van het bezoek dreunt na in zijn hoofd. Sophie. Wat een vreselijke, onmenselijke toestand. Geen wonder dat die moeder zo van slag is. Hij moet haar bereiken, tot haar doordringen, haar overtuigen dat het zijn schuld niet was. Ze moet bewondering en respect voor hem krijgen. Als ze hem ziet, moet ze niet aan dat ongeluk denken, maar aan... Ja, aan wat? Werd zijn toneelbewerking van Tsjechov nu al op de planken gebracht, dan had hij haar daarvoor kunnen uitnodigen. Iets anders. Wat zou die moeder in vervoering brengen? Iets wat haar aan Sophie doet denken, misschien, maar dan niet de patiënte Sophie in dat bed. En plotsklaps weet hij het: hij zal *Romeo en Julia* brengen als monoloog. Het stuk in zijn eentje doen, zonder hulp van leerlingen. Dat hij daar niet eerder op is gekomen.

Sophies moeder zei toch ook al dat het niet optimaal is, op deze manier, en er is te weinig repetitietijd. Het was sowieso een illusie te denken dat hij over een maand een volwaardige voorstelling in elkaar had kunnen zetten met die jonkies. Een lijdensweg. Maar nu heeft hij de oplossing, en wat voor een! Hij zelf, als Romeo én als Julia. De andere rollen werden sowieso alleen met ingesproken tekst en beelden op een projectiescherm gebracht. Het effect zal bijzonder zijn, ver-vreemdend, maar tegelijkertijd vernieuwend en gewaagd. Er zal over gepraat worden, ze zullen zijn moed prijzen en zijn creativiteit roemen. Wacht maar! Misschien kan hij daarna ermee het land in, het stuk ten tonele brengen. Eindelijk gaat toch zijn droom in vervulling om acteur te worden. Vóór de camera staan in plaats van erachter.

Hij vraagt zich glimlachend af of hij nog last zal hebben van zenuwen. Zoals vroeger. Ooit, toen hij auditie deed voor de toneelschool, was hij zo nerveus dat hij slechts enkele zinnen stotterend over zijn lippen kreeg. Hij voelde hoe de rode plekken vanuit zijn nek langzaam maar zeker over zijn hele gezicht trokken, tot zijn wangen in brand leken te staan en het zweet in dikke druppels langs zijn wangen gutste. De afgang! Te weinig eigenheid en originaliteit, was het oordeel nadat hij uiteindelijk toch een voordracht had gedaan. Een stuk uit *Pygmalion*, waarbij hij een formidabele professor Higgins had neergezet. Maar die oppervlakkige leden van de toelatingscommissie hadden het briljante van zijn performance niet ingezien.

Zelf het hele toneelstuk brengen. Nooit eerder vertoond. Het is niet zomaar een leuk idee, het is een geweldig idee. Briljant! Een paar accessoires om de wisseling van rol te accentueren, een paar lichteffecten, en hij zal een betoverend effect bewerkstelligen. Van pure verbazing zullen de monden openvallen en hij zal een sensationeel applaus in ontvangst nemen dat tot in de verste uithoeken van Deventer te horen is. En dat zal nog maar het begin zijn.

30

Buiten schijnt het warm nazomerweer te zijn, maar ik heb het nog
nooit zo koud gehad. Het komt door Jurgen. Er is helemaal niets van
hem over, ik voel hem nergens, hij is weg, echt weg, voor hetzelfde geld
is hij er nooit geweest. Heel bizar. En eng. Ik wil zo graag weten
waar hij nu is, of zijn ziel ergens rondwaart en of hij zich voor-
bereidt op een volgend leven, of dat hij ergens wanhopig schreeuwt om
zijn dood ongedaan te maken. Ik wilde dood, ik wilde niets liever,
maar sinds Jurgens vertrek twijfel ik. De overtuiging dat ik dan rust
zal vinden en opnieuw mag beginnen, is gaan wankelen.

Mijn moeder is bij me. Ze laat me weer naar mijn muziek luisteren. Ik probeer alle klanken en teksten zo diep mogelijk tot me door te
laten dringen, zodat ik daar vannacht opnieuw mijn hoofd mee kan
vullen. Ze masseert me en voor het eerst vind ik het fijn dat ze me
aanraakt. Ik haat het om het toe te geven, maar het maakt me rustig, het verdrijft iets van de leegte in me. Ik wil haar vertellen hoe ik
me voel, hoe eenzaam ik ben, vooral tijdens die oneindige, donkere
uren 's nachts, als ik niemand hoor of zie en niet kan slapen. En hoe
ijzig koud ik het sinds kort heb.

Haar verhaal over die brand dreunt nog steeds na. Nu pas realiseer *ik me dat het een wonder is dat ze telkens na een inzinking weer over-eind is gekrabbeld. Het is echt vreselijk wat ze heeft meegemaakt. Arme mam, en aan mijn vader heeft ze volgens mij ook niet veel gehad. Die is heel geschikt voor het redden van de panda en de huis-mus, maar verder... Ik wilde dat ze het me eerder had verteld. Dan had ik misschien minder ruzie gemaakt. Wat dat betreft ben ik de weg flink kwijt geweest. Zó kinderachtig ook. Niet eten, alleen om te bewijzen dat ik sterk genoeg was om actrice te kunnen worden. Dat ik voldoende doorzettingsvermogen had. Zielig. Echt zielig vind ik dat, en het werkte niet eens.*

Ze heeft het over een comakliniek in België. Daar heb ik al eerder iets over gehoord. Zouden ze daar echt meer weten dan hier? Ik hoop niet dat er weer zo'n witte jas komt die me betast en in mijn oren schreeuwt. Ergens moest ik daar ook wel om lachen, maar sinds Jurgen dood is, weet ik niet meer zo zeker of ik er goed aan heb gedaan niets te laten merken van wat ik hoor en zie. Ik ben bang. Doodsbang.

Waar is mijn muziek gebleven? Mijn moeder heeft de dopjes uit mijn oren gehaald en begint over een vroegere vakantie. Huh? Ze had het toch over die comakliniek?

Zonder muziek heb ik geen andere keuze dan haar verhaal aan te horen. Ik denk dat ze nodig aan de medicijnen moet. Of ze slikt wel wat, maar te weinig, of de verkeerde pillen. Zou mijn vader dat niet in de gaten hebben?

'Je was plotseling verdwenen, van het ene op het andere moment zag ik je niet meer, ik zal nooit vergeten hoe die paniek voelde.'

Ik kan het me niet herinneren en betwijfel of het waar is. Maar wacht, ja, ik zie het voor me. Het strand, mams blauwe badpak met de wijde, lange rok eroverheen. Blauw met gouden stipjes. Bezorgd over waar ik was? Ik weet nog van verhalen van mijn vader, later, dat ik aan je rok heb lopen jengelen om aandacht, en dat je liever wilde slapen of lezen. Een meneer heeft me teruggebracht, hij was erg aardig en had zelfs iets lekkers voor me ingepakt omdat ik in het begin zo bang voor hem was. En toen gooide jij zó mijn snoepzak weg! Het zou me niks verbazen als ze ook toen al bij jou de paniekpieken en de dipdalen eruit haalden met pilletjes. Maar dat van dat pletten, ja, dat klopt wel. Je drukte me helemaal plat tegen je buik, en ik vond het fijn, zo vaak deed je dat niet. Als ik bij je was, zag je me niet staan, maar o wee als ik wegliep, als je dacht dat ik zoek was. Dan schreeuwde je moord en brand. Brand, ja, dat is een goeie.

Ik hoop maar dat je morgen weer komt. Dat je in het vervolg weer elke dag naast me zit, o, ik hoop het echt, het kan me niet schelen wat je vertelt, of je mijn muziek bij je hebt, of je snoepzakken in de afvalbak flikkert. Als je me maar niet meer alleen laat. Zou ze me horen? Mijn eigen moeder zal mijn gedachten toch wel kunnen lezen als ik heel hard, nog veel harder mijn best doe?

Het wordt, geloof ik, al donker. Er komt iemand binnen met voetstappen die ik niet herken. Heeft een van de verzorgsters nieuwe schoenen? Hugo? Maar ook de manier van lopen klinkt vreemd. Het is me een raadsel. Totdat de persoon dicht genoeg bij me staat en ik iets van hem kan zien. Eduard. Het is Eduard! Ik geloof het bijna niet. Hij is het echt, en hij ziet er idioot normaal uit. Ongewild stroomt er iets lichts, een tinteling, door mijn lijf. Eduard, hij is me niet vergeten. Ik kan er niets aan doen, ik moet naar hem kijken en zie hoe hij aarzelend nog dichterbij komt. Kom dan, je mag me aanraken. Ik vind het doodeng, maar het mag. Dan pas zie ik het ongeloof op zijn gezicht. En meteen daarop zijn afkeer. Walging, zelfs. Ik schrik ervan. Hij deinst terug en verdwijnt uit mijn blikveld.

Ga weg. Ga nu weg, ouwe klootzak. Ik wil je hier niet, ik wil dat je weggaat, en wegblijft, nooit meer terugkomt. Ik schreeuw naar hem, zonder geluid. Ga weg, ik wil je hier niet. Ik ben lelijk, en ik wil niet dat je me ziet. Niemand mag me ooit zien. Natuurlijk wil *ik niet leven, nee, niet meer. Nu niet meer. Ik had allang dood moeten zijn. Allang. Waarom ben ik niet dood? Wat moet ik hier? Help me dan toch. Alsjeblieft. Help me.*

31

Er stond een foto in de krant van het zwartgeblakerde huis. Een ruïne, noemde de oude vrouw het; de buitenmuren stonden deels nog overeind en enkele dikke balken die erop leunden, leken op het geraamte van een puntdak. De foto was nogal onduidelijk. Grofkorrelig, zonder details prijs te geven. Misschien had de redactie met opzet voor die afdruk gekozen. Kleindochter Emma kreeg de bewuste krant niet te zien, de oude vrouw gooide hem bij de vuilnis. Emma viste de krant er later tussenuit. Ze knipte het bericht uit om het te bewaren. Nu wist ze zeker dat haar nachtmerrie geen verzinsel was.

De schok die door Emma's lijf had gedreund toen ze haar broertje op de brancard zag liggen, echode hard na, en over elke dag hing sindsdien een grijze mist, alsof de zon niet meer door het wolkendek kon breken. Emma was zwijgzaam, en woorden die tot haar werden gericht drongen niet tot haar door.

Emma logeerde bij haar oma, die warme chocolademelk voor haar maakte en de tv voor haar aanzette. Ze keek naar de bewegende beelden en zat zwijgzaam, met opgetrokken knieën, op de bank. Bij elk vreemd geluid kromp ze ineen en ze werd panisch als haar oma erop aandrong dat ze naar buiten ging. 's Avonds werd de bank een bed, dat kraakte als ze zich omdraaide. Slapen deed ze nauwelijks, ze wilde wakker blijven, uit angst dat ze zou gaan slaapwandelen en bij het ontwaken in brand zou staan. Ze zat uren naar vergeelde foto's met strenge mensen te kijken. Soms dommelde ze even in en dan begon de nachtmerrie. Dan rook ze de stank weer, hoorde ze haar broertje rochelen en kreeg ze het zo benauwd dat haar oma een zakje voor haar mond en neus hield waarin ze moest ademhalen.

Ze miste haar Abba-posters en de lamp met de rode bolletjes. En ze miste haar waterschildpadden. Weg. Levend verbrand. Ze had het huis in gewild om ze te redden, maar ze werd tegengehouden. Ze zeiden dat ze zich in het water schuil zouden houden, dat ze niks zouden mankeren. Een leugen. Er was niets over van de plastic bak en het eiland met de neppalmboom erop. Niets.

Emma zag haar moeder alleen als ze het ziekenhuis even verliet om bij oma te komen eten. Ze wilde mee naar het ziekenhuis, maar dat mocht niet. Ze klemde zich stevig vast aan haar moeders jurk, aan haar jas, en weigerde los te laten.

'Emma, je kunt niet mee. Toe, laat me los.'

'Je kunt dat kind niet verbieden haar vader te zien, Geertje. Neem haar mee. Straks is het te laat.'

'Jij hebt hem niet gezien,' antwoordde haar moeder. 'Het is te veel, ik kan het niet. Je weet wat ik haar bespaar.'

'Ik ga met je mee.' Oma pakte Emma's jas en haar eigen mantel. 'We zullen het samen doen. Dit kind moet praten over wat ze heeft meegemaakt, en als we zo doorgaan, komt het niet goed.'

Het komt niet goed. Die woorden bleven in Emma's hoofd spoken en haar hart bonsde op het ritme van die vier woorden toen ze het ziekenhuis binnen kwamen. De geur van ziekte overviel haar, tegelijkertijd wilde ze niets liever dan in haar vaders armen duiken. Maar aanraken was er niet bij. Kijken. Zwaaien. Lachen. Als ze hem niet op die brancard had zien liggen, als ze hem niet daarvoor al had zien instorten, met zijn glimmende, zwartverbrande huid, had ze niet geloofd dat hij het was. Ze moest op afstand blijven. Zelfs verpleegsters moesten hun handen door in plastic voorgevormde armen steken om een infuus te verwisselen. Hij lag in quarantaine vanwege een gevaarlijke infectie.

Emma keek naar hem en schrok van de blik in zijn ogen, al probeerde hij te glimlachen. Haar vader was altijd een vrolijke man die onder het eten verhalen vertelde. Over mevrouw Klunder, die in de winkel kwam voor varkenspootjes. Emma schaterde al voordat hij verderging, want ze wist wat hij ging zeggen, en toch bleef het om te gieren. Als ze op zaterdag mocht helpen met worsten of soepballetjes maken, drukte hij een gulden in haar hand om bij de drogist een zak te gaan vullen met haar lievelingsdropjes. Haar vader, die zo sterk was dat hij een varken doormidden kon hakken.

Emma slikte haar tranen weg en zwaaide naar hem. 'Dag,' zei ze, 'dag, pap, word alsjeblieft maar gauw weer beter.'

Het was de laatste keer dat Emma hem zag. Een paar dagen later overleed hij, op het moment dat Emma's moeder aan een karbonade met boontjes zat. Terwijl ze haar aardappelen prakte en zei dat het iets beter ging met papa, rinkelde de telefoon. Korte tijd later verhuisden Emma en haar moeder naar een koud huis op vierhoog met maar twee kamers, aan de rand van Deventer.

Op een nacht schreeuwde Emma zo hard dat de buren in de gehorige flat op de muren bonsden. Ze mocht bij haar moeder in bed kruipen en viel in slaap. Zonder dat ze het in de gaten had, sloeg ze haar moeder met haar wanhopig spartelende armen en benen, en ze dacht dat ze stikte.

'Help,' kermde ze, 'help, het vuur komt me halen.'

Als Emma haar ogen opendeed, keek ze in de wijd opengesperde ogen van haar moeder. Angstige ogen, roodomrand, waaruit alle warmte was verdwenen. Geen geruststelling, geen alles-komt-wel-weer-goed. *Het komt niet goed. Het komt nooit meer goed.*

32

Op deze vroege herfstochtend hangt er een grijze mist boven de IJssel, die het landschap in een wazig perspectief zet. Ik zuig de vochtige lucht in mijn longen en snuif de geur op van het water. Ik denk aan Sophie, hoe ik me hier dichter bij haar voel dan ginds, in dat verpleeghuis. Nu mis ik haar, maar als ik naast haar zit, wil ik zo snel mogelijk weer weg. Soms hoor ik haar stem, echoënd over het water. Ze roept me, ze heeft me nodig. Ik heb een foto van haar in mijn portemonnee. En een van Lonneke en Thijs samen. Die van Sophie is van jaren geleden, een van de laatste foto's waarop ze nog echt een meisje is, ze moet twaalf zijn geweest. De leeftijd waarop ik zelf ooit meemaakte dat ons gezin ter ziele ging. Sophie deed het voortreffelijk op school, meer dan uitstekend zelfs. Een toekomstig universiteitsklantje, een gevoelig type. Ze voelde feilloos aan hoe ze iemand kon paaien of kwetsen. Sophie. Het niet-weten is moordend. De onzekerheid vreet aan me, ik zou in mijn woede liefst alles en iedereen omvermaaien, maar hier kan ik doen alsof er niets aan de hand is. Misschien omdat ik hier vroeger speelde, zwom, vlotten bouwde. De rivier is in mijn leven de constante factor die me nooit in de steek zal laten. Het water stroomt. *Panta rhei, kai ouden menei.* Alles stroomt en niets blijft. Het enige zinnetje Grieks dat ik ooit las en wilde onthouden, en waarmee ik een tijd lang iedereen groette, omdat het zo mooi klonk. De rivier was mijn redding na die vreselijke brand, toen ik zeker wist dat ook ik niet meer lang zou leven. Na een mislukte poging om in Amsterdam aan de IJssel te ontsnappen, besefte ik de waarde ervan. Niets blijft, maar tegelijkertijd kon ik me aan het water rustig hechten, het zou me nooit verlaten. Alles gaat voorbij, behalve het stromen van de rivier. Alles. Sophie. Mijn dochter, die stiekem naar griezelfilms keek en kwaad werd als haar vader dat ontdekte en de tv weer eens dagenlang uit haar leven verbande. Een dierenvriend ook, die de spin waarvoor Lonneke gillend op de stoel sprong niet doodtrapte maar buiten de deur zette. Die als brugpieper belangstelling kreeg voor het occulte, gothic werd en naar doemmuziek ging luisteren. Het een had niets met het ander te maken, zei ze, alsof het daarmee dik in orde was. Mijn eigenzinnige Sophie, waar ben je toch? Ik weet niet hoe het moet, dit leven, ik kan het niet.

Plotseling besef ik dat ik bijna tot mijn knieën in het water sta. Geschrokken deins ik terug, en ik voorkom nog net dat ik achteroverval. Met doorweekte voeten in mijn leren laarzen sop ik terug, door het gras, de traptreden op. Ik draai me om en kijk nog een keer over het water. Ik hoop dat ik genoeg frisse lucht in mijn longen heb gezogen om de dag door te komen.

Op het kastje naast Sophies bed staat een nieuwe wenskaart. In de loop van de maanden heb ik een tas vol goedbedoelde boodschappen in bonte kleuren verzameld, maar de laatste tijd druppelen ze nog maar sporadisch binnen. Van haar oud-klasgenoten. Ja, ja. Het toneelstuk zit eraan te komen, bedenk ik. Vandaar. 'Heb je 'm gezien, Sophie? Een kaart van je oud-klasgenoten. Alweer een. Mooi dat ze zo vaak aan je denken, toch?' Zo vaak. Ammehoela. Drie, hooguit vier. Van Hugo kreeg ze er vaker een, volgens Paul was hij haar vriendje, maar ik geloof niet dat Sophie vrienden of vriendinnen had op school. Ze vond haar klasgenoten kinderachtig, zeker de jongens. En ik heb nooit iemand bij ons thuis gezien. Voor het ongeluk niet, en erna evenmin.

Ik was van plan om Sophie te wassen, maar als ik de deken aan de kant schuif en haar op haar zij wil draaien, schrik ik. Ze heeft beginnende doorligplekken. Felrode vlekken, op haar hielen en ellebogen, haar achterhoofd, en zelfs haar stuitje vertoont tekenen van te veel druk. 'Ik laat je even op je zij liggen, lieverd, dat vind je vast lekker.' Ik streel over haar hoofd, zonder haar aan te kijken. Het lukt me nog maar af en toe om in die doodse, lege ogen te kijken, omdat ik ze uren later nog voor me blijf zien. 'We denken dat er binnenkort in de Belgische kliniek een plekje voor je is.'

Het bed naast dat van Sophie is nog steeds leeg. Zou ze dat jammer vinden? 'Het zou mooi zijn als je laat merken dat je daar graag naartoe wilt. Op welke manier dan ook. Een beweging, een geluid?' Terwijl ik haar observeer, vraag ik me af of ze me hoort, of ze me gelooft. Zo ja, en ze zou graag willen, waarom reageert ze dan niet? Ik zal het nooit toegeven en ik weiger me erbij neer te leggen, maar ik ben bang, o zo bang dat ik hier zit te wachten op het einde. Net als bij mijn moeder.

Uit mijn tas vis ik een boek. Stephen Kings *Dodelijk dilemma*. Ik laat het Sophie zien. 'Kijk eens? Een verhaal over een man die maar liefst vier jaar in coma lag.' Hoe heeft zijn familie het al die jaren volgehouden, naast zijn bed? Ik hoop dat het een leerzaam boek is, voor ons allebei. 'Ik ga het je voorlezen, in plaats van je naar muziek te laten luisteren, vind je dat fijn? Als je liever iets anders wilt, moet je het zeggen, hoor.'

Ik ga haar voorlezen, als alternatief voor woorden die ik zelf niet meer kan verzinnen. Ze wil vast niet weten hoe het thuis is, hoe haar familieleden langzaam maar zeker vreemden worden voor elkaar. Dat haar ratten nu allebei dood zijn, en Coco letterlijk ziek is van ellende en niet meer wil eten.

'Nou, lieverd, daar gaan we. Wacht, ik zal je eerst de inhoud even voorlezen... John Smith is een normale man: hij heeft een baan die hem bevalt, is verliefd op zijn vriendin en is gewoon gelukkig. Maar hij krijgt een ongeluk, en als hij vier jaar later uit zijn coma ontwaakt, is de wereld drastisch veranderd. Johns vriendin is getrouwd met een ander, zijn moeder is een religieuze fanatica geworden en John zelf heeft een bijzonder vermogen gekregen: als hij iemand aanraakt, kan hij verleden en toekomst van diegene zien.' De flaptekst gaat nog verder, maar te veel van de inhoud verklappen zou een belediging voor Sophie zijn. 'Dat zou wat zijn, niet, als jij straks wakker wordt en in de toekomst kunt kijken.' Het lijkt me eerlijk gezegd afschuwelijk, maar als dat de prijs is voor wakker worden, teken ik er meteen voor. Ik glimlach naar haar.

Het voorlezen moet ook de plaats innemen van samen naar muziek luisteren. Dat vertel ik haar niet, omdat ze gek is op muziek, maar ik kan haar favoriete liedjes niet langer verdragen. Ik kan haar echt niet langer laten luisteren naar teksten die de dood verheerlijken.

Vanmorgen heb ik op Sophies kamer een bladzijde uit haar dagboek gevonden, tenminste, dat denk ik. Een vel papier dat ergens af is gewaaid? Nee, het is de voorzienigheid die het me liet vinden. Het is een teken. Een teken waar ik moed uit put, een vondst die ik als een motivatie zie om er te zijn voor mijn dochter. Ze wil wakker worden, beter worden. Natuurlijk. Op internet heb ik de tekst opgezocht. Die hoorde bij een lied dat ze waarschijnlijk al honderd keer heeft gehoord, sterker, waar ik haar gisteren nog naar heb laten luisteren. Dat kan toch geen toeval zijn! Een tekst van die vreselijke band, Suicide Commando.

I came to die, terminal patient, dies inside
pain and evil, side by side
final treatment, final fear
come and take me, out of here
I came to die, to die

Ik lees haar het eerste hoofdstuk voor van *Dodelijk dilemma*.

Voor ik wegga, spreek ik een verzorgster aan op de doorlig-plekken. Ze maakt er een notitie van en zegt dat ze er extra aandacht aan zullen schenken.

33

De regen striemt nijdig in mijn gezicht als ik bij Sophie vandaan fiets. Ik kijk regelmatig over mijn schouder en let op auto's die opvallend langzaam rijden. Paul pakt het slim aan, het is me nog geen moment gelukt een verdachte auto aan te wijzen of iemand te ontdekken die me zichtbaar volgt. Misschien geldt er momenteel een staakt-het-vuren en wachten Paul en Eduard op een geschikt moment om me te grazen te nemen. Paul heeft Eduard over mij verteld, ik zag het in de blik van die mislukte regisseur, die middag tijdens de repetitie. Ze geven mij de schuld van Sophies toestand. Ik was een slechte moeder, lette nooit op, wat Sophie klakkeloos van me heeft overgenomen.

Op de Ceintuurbaan laat ik de afslag Boxbergerweg richting ons huis links liggen en ik fiets door tot de rotonde Zamenhofplein. De rotonde. Sophies school, in de persoon van directeur Rietman, wil een steen voor Sophie leggen op de plek. Een trottoirtegel eruit, Sophie erin. Ik heb dat verzoek onmiddellijk van de hand gewezen. Alsof ze al dood is. En dan nog. Ik wil hier niet elke keer herinnerd worden aan het ongeluk. Afzichtelijk, de ideeën die sommige mensen verzinnen om hun schuldgevoel af te kopen.

Het is beduidend frisser aan het worden. De lome zomer heeft definitief plaatsgemaakt voor actiever weer. Guur, koud, nat. Dit is mijn seizoen, beter, veel beter, dan de zomerse hitte. Ik heb een nieuw plekje gevonden om Eduard in de gaten te houden en ik zit er nog droog ook. In zijn tuin, verscholen tussen struiken, en boven mijn hoofd de takken van een immense boom, die zijn taak als afdak zeer serieus neemt. Ik heb er een tuinstoeltje neergezet en ik heb een verrekijker, die ik verstop als ik wegga. Het is onvoorstelbaar wat een zicht dat kleine ding biedt, het lijkt alsof ik vlak naast Eduard in de kamer sta. Als hij niet beweegt, kan ik zijn lachrimpels tellen en als ik kon liplezen, zou ik weten wat hij zegt. Ik heb trouwens even gedacht dat hij niet goed snik was. Hij leek met zijn vissen te praten, maar dat was nog niet eens het ergste. Op een middag droeg hij een blonde pruik met pijpenkrullen, een volgend moment had hij een rare muts op en maaide hij met een zwaard in het rond. Het zweet stond op zijn voorhoofd en ik zag donkere vochtplekken onder zijn oksels toen hij theatraal zijn armen spreidde. Ik had bijna een psychiater op hem afgestuurd. Inmiddels weet ik wat er aan de hand is. Paul heeft het me verteld. Hij oefent Shakespeare. De repetities op school gingen niet naar wens, en nu gaat Eduard *Romeo en Julia* in zijn eentje op de planken brengen.

Ook nu is hij aan het repeteren in zijn woonkamer, en ondanks zijn bijzondere bezigheden houd ik het vrij snel voor gezien. Hem zien, zijn fysieke aanwezigheid zo vlak in mijn buurt… Ik krijg er pijn in de buik van.

Enigszins verwonderd zie ik dat binnen de lampen branden, als ik de oprit op fiets. Het begint inderdaad al donker te worden. Nog even en de eerste dwazen halen de kerstversieringen van zolder. Laat Kerstmis dit jaar alsjeblieft aan me voorbijgaan. In de woonkamer zie ik een onbekend gezicht, en als de jongen me ietwat verlegen een hand geeft, noemt Paul zijn naam. Hugo Veldhoen. Hugo? Moet ik hem kennen? Dan schiet het me te binnen. Dat zogenaamde vriendje van Sophie, ik weet het weer. Het is bijna schokkend om te zien, deze levendige jongen met zijn gezonde kleur. Nee, dan mijn Sophie, doodstil in dat bed, met haar doorligplekken...

'Hugo wil voorafgaand aan het toneelstuk een gedicht brengen dat hij zelf heeft geschreven en daarna op muziek heeft gezet,' zegt Paul. Hij kijkt de jongen aan. 'Zo is het toch, Hugo?'

Hij knikt. 'Ik begeleid mezelf op gitaar. Het is niet echt een lied, maar een gedicht op muziek. Geen popmuziek, het is eerder klassiek.'

Ik vind het knap. Een jongen die in staat is een gedicht te bedenken en dat ook nog op een podium te brengen, terwijl ik zelf vaak geen idee heb hoe ik de dag moet doorkomen. Soms sta ik in de supermarkt met vier dozen gebak in mijn armen en vraag ik mezelf bij de kassa af wat ik in hemelsnaam met gebak moet. Wie weet staat zijn liedje straks in de top veertig. Nou ja, de klassieke top veertig dan. 'Hoe heet het?'

'Het liedje, bedoelt u?'

Nee, die trendy spijkerbroek van je, met die gaten erin. 'Ja, dat liedje.'

'Het heet *Het zingen van de wind*.'

'Nou, ik ben erg benieuwd.'

'Dus u gaat ermee akkoord dat ik het ga doen?'

'Ik zou niet weten waarom niet.' Omdat ik in die hele circusact geen zin heb; niet in een liedje, niet in een onbedoeld humoristische uitvoering van Shakespeare, zogenaamd ter ere van mijn dochter, of ter ondersteuning, hoe ze het ook mogen noemen. Een farce is het. Daarom. 'Natuurlijk is dat goed.'

Hugo glimlacht en staat op.

'Dus jij bent een vriend van Sophie,' zeg ik. 'Ik heb je nooit gezien, voor het ongeluk, ik bedoel hier, bij Sophie.'

De jongen ritst zijn jas dicht. 'Sophie was erg op zichzelf,' zegt hij, 'en ik zat alleen met Nederlands en maatschappijleer bij haar in de klas. Maar we hadden fijne gesprekken, en ik denk veel aan haar. Wist u dat we op school een documentaire hebben gezien over een vrouw die al een hele tijd in coma lag?'

'O ja?' Mijn nieuwsgierigheid is meteen gewekt.

'Het was voor een project over euthanasie, het ging over de vraag of we wel of niet voor het donorschap hebben gekozen. We werden aan het denken gezet na het zien van de beelden. We schrokken van de vrouw. Hoe ze eruitzag, de uitzicht-loosheid, de moeizame weg naar een kleine stap voorwaarts. We vroegen ons af of wij dat traject zouden willen ingaan.'

'Heeft Sophie nog iets gezegd?'

'Waarover?'

'Wat ze er ervan vond, van zo'n situatie?'

'O, ze was er erg op tegen,' zegt Hugo, die zich lijkt te reali-seren hoe zijn woorden kunnen overkomen. 'Dat wil zeggen…'

'Als haar dat zou overkomen,' help ik hem, 'wat dan? Heeft ze dat gezegd?'

Hugo knikt, aarzelend.

'Ja?' dring ik aan.

'Dan zou ze niet verder willen.' Hugo fluistert de laatste woor-den. 'En bijna iedereen stak zijn vinger op toen de leraar vroeg wie het met haar eens was.'

Koude rillingen lopen over mijn rug. Sophie zou niet ver-der willen. Klinkklare onzin. In zo'n klas, als je zoiets op tv ziet, dan roepen ze maar wat, die kinderen. Dat heeft met het echte leven niets te maken.

'We waren allemaal diep onder de indruk,' zegt Hugo. 'Dat gezicht, die mond van die vrouw, zo scheef, en ze kon helemaal niets, alleen met haar ogen knipperen. Het gaf me een claustrofobisch gevoel.'

Ik wil hem buiten de deur zetten, tegelijkertijd heb ik medelijden met de lange slungel, die zich zichtbaar opgelaten voelt.

'Kom, ik zal je even uitlaten,' zeg ik. 'Ik vind het hartstikke knap van dat liedje en ik verheug me erg op je optreden.' Ik loop met hem mee naar buiten.

Hugo ziet bleek als hij zijn fiets van het slot haalt.

'We vinden het echt heel erg, niet dat u denkt dat we zomaar... Ik bedoel...'

'Ik snap het wel. Zeg, dat project, heeft Sophie daar niet iets van opgeschreven? Ik neem aan dat je dan ook een verslag moest maken bij zoiets?'

'Jazeker. Dat hebben we allemaal gedaan, het telde zelfs mee voor ons eindexamen.'

'Ligt dat van Sophie nog op school, denk je?'

Hij haalt zijn schouders op. 'Dat dacht ik niet, we moesten er thuis aan werken, en vóór de examens was het project afgerond.'

Ik knik hem vriendelijk toe. 'Hugo, zeg eens eerlijk, wat vind jij van dat toneelstuk dat wordt opgevoerd?'

'U bedoelt omdat Sophie Julia zou spelen?'

'Jullie theaterman gaat het zelf doen, in plaats van zijn leerlingen.'

'Wie, Eduard? Met wie dan?'

'Met niemand, hij wil het alleen doen.'

'Dan krijgt hij het erg druk.' Hugo grinnikt.

'Wist je dat hij degene was die Sophie heeft aangereden?'

'Wat zegt u?' Hugo's mond valt open. 'Dat meent u niet! Eh… ik bedoel…'

'En hij had te veel gedronken die middag. Het verbaast me nogal dat het zo'n perfect bewaard geheim blijkt te zijn. Zo groot is Deventer nu ook weer niet.'

'Nee, sorry, ik studeer nu elders, dus ik ben niet meer van alles op de hoogte. Maar dat is heftig. Ik weet wel dat ze tegen hem opkeek, omdat ze actrice wilde worden.'

Ik zie aan zijn verkrampte glimlach dat hem dat pijn doet. Hugo hield van Sophie, opeens begrijp ik het. Houdt. Houdt, niet hield. Geen hormonale vlinders, of misschien ook wel, maar Sophie heeft zijn hart gestolen.

'Ze deed enorm haar best om die rol van Julia overtuigend neer te zetten.'

'Hmm, ja, ja, natuurlijk. Eh… Hugo, denk je dat het druk wordt, volgende week?'

'Dat weet ik wel zeker. Van alle examenklassen van vorig jaar komt bijna iedereen, en het is geloof ik verplichte kost voor de leerlingen die nu in het examenjaar zitten. Ik dacht dat het de bedoeling was dat ze nog wat konden leren van deze Shakespeare-voorstelling, maar als die man dat alleen moet doen…'

Dan zie ik dat Paul voor het raam staat. 'Hugo, je zit toch wel op Facebook of Hyves, zoiets?'

Hij knikt.

'Dan stuur ik je straks een bericht. Ik wil iets speciaals doen voor die avond.'

'Dat is prima.'

'Wat was het ook alweer? Hugo…'

'Veldhoen.'

'O ja. Ik waardeer het trouwens dat je af en toe naar Sophie toe gaat. Haar gedichten voorleest.'

Hugo stapt op zijn fiets. 'Ik doe het graag. Nou, dag.'

Ik steek mijn hand op. 'Het is aardig dat je bent geweest. Moet je ver, naar huis?'

'Gaat wel.'

'Waar woon je?'

'Eendrachtstraat.'

'Sorry?'

'Eendrachtstraat, spoor over en dan naar rechts.'

'Ah. Goed zo.' Ik kijk hem na. Naar zijn jonge, sterke benen, die de trappers soepel laten rondgaan.

34

Paul prikt lusteloos in een glazige aardappel. Een salade of omelet maakt hij zo onderhand moeiteloos, maar zodra er meerdere ingrediënten tegelijk gaar moeten zijn, komt zijn gebrek aan ervaring aan het licht. Tijdens de periodes dat Emma weg was, heeft hij op zijn ouders gesteund, maar hij durft ze nu niet te vragen om te koken. Ze doen al zo veel. Als hij al hun oppasuren zou optellen… Het is stil aan tafel. Emma staart voor zich uit, hij vermoedt dat ze nauwelijks merkt wat ze eet. Lonneke is er niet, ze komt vaker niet dan wel naar beneden voor de maaltijd, en Thijs is de klok weer eens vergeten, of ook hij mijdt de maaltijden, die ooit gezellig waren. Zeven maanden alweer.

'Ik ga een actie starten op internet,' zegt hij. 'Geld inzamelen voor Sophie.'

Emma kijkt hem verwonderd aan. 'Een actie?'

'Een jongetje met kanker in Amerika: bijna een ton. Ene Fleur, in Drenthe, had een behandeling nodig in Zweden: in één maand vijfenveertigduizend euro binnengehaald. Via internet leuren om geld, het is blijkbaar een geaccepteerde vorm van bedelen.'

'Dat is mooi,' antwoordt ze, zonder enig animo.

Waar zit ze met haar gedachten? Misschien moet hij zeggen wat hij diep vanbinnen denkt. Dat ze zich moet verzoenen met Sophies dood. Zijn maag krimpt ineen bij de gedachte, maar als ze langzaam wennen aan het idee, kunnen ze ernaartoe groeien. Wat gebeuren kan, kan worden gedacht, en wat gedacht kan worden, kan gedragen worden, volgens een van de oude filosofen. 'Alle leven is eindig,' zegt hij aarzelend. 'Misschien moeten we met die wetenschap in het achterhoofd Sophies toestand in een ander licht zien. Het leven is kostbaar, we moeten verder, zie je niet hoe Lonneke en Thijs eraan toe zijn? En je hebt niet eens gemerkt dat Coco is weggeteerd in zijn kooi. De dood kan een nieuw licht werpen op het leven.'

'Sophie vermoorden en ons leven oppakken alsof er niets is gebeurd,' zegt Emma. 'Dat is toch wat je bedoelt?'

Sophie vermoorden. Ja, natuurlijk bedoelt hij dat. Allemachtig.

'Laat ik het anders zeggen,' zegt ze. 'Weet je tot wat dat ons maakt? Tot een lagere diersoort dan die Eduard, die verrotte bestuurder. Om maar even in jouw straatje te parkeren met de vergelijking van dieren en mensen. Laagste van de laagste diersoort, dát zijn wij als we Sophie opgeven.'

Hij wil uitleggen dat ze ongelijk heeft, maar besluit te zwijgen. Elke tegenwerping zal verkeerd vallen.

Ze boort haar ogen donker en dreigend in de zijne. 'Zwijgen is makkelijk, hè, Paul? Weet je wat ík denk? Ik denk dat jij iets met Sophies ongeluk te maken hebt, en dat je daarom hoopt dat mijn dochter haar mond nooit meer opendoet.' Haar stem klinkt als het onheilspellende gerommel voor er een hels onweer losbarst.

'W-wat?'

'Dat zogenaamde vriendje van Sophie. Dat sloeg nergens

op. Sophie en verliefd? Dan had ik daar iets van gemerkt. En dan, die jongen woont helemaal niet in de buurt van Eduard, die woont de andere kant op. Ik dacht al wel dat je loog toen. En kom me niet aan met een of andere rotsmoes! Ik weet dat je...'

'Dat ik wat?' vraagt hij als ze haar zin niet afmaakt.

'Was er iets met Lonneke? Heb je soms gehoord of gezien dat die twee ruzie hadden? Is Sophie kwaad weggefietst, lette ze daarom niet op?'

'Wat? Lonneke?' Hij schudt verward zijn hoofd. 'Hoe kom je daar nu bij?' Hij kan oprecht zijn in zijn verbaasdheid en hoopt maar dat Emma dat ziet.

'Jij kent die Beelaerts beter dan je me wilt doen geloven, behandel me niet als een van je leerlingen.' Ze staat onverhoeds op, haar stoel slaat met een klap achterover op de grond.

Wat moet hij? In hoeverre geeft ze uiting aan haar fantasieën, wat kan ze weten? Niets, toch?

Emma smijt het bestek in de gootsteen. Hij had zijn mond moeten houden. Het minste of geringste woord over Sophies mogelijke einde valt in verkeerde aarde. En nu? Nu naar buiten te kunnen, de tuin winterklaar maken en tegelijkertijd de klok een jaar terugdraaien. Dan bedenkt hij hoe hij zich er misschien uit kan redden.

'Emma, alsjeblieft. Ik weet inmiddels een paar dingen over Eduard.'

Ze draait zich naar hem toe. 'Wat voor dingen?'

'Het is per slot van rekening min of meer een collega, al die maanden dat hij op onze school werkzaam is, en we praten wel eens wat. Ik heb, nou ja, hij heeft me verteld, eh... dat hij er die middag van het ongeluk niet helemaal bij was met zijn gedachten. Hij had een schilderij verkocht, maar blijkbaar niet op legale wijze.' Het is niet eens gelogen, hooguit een beetje schuiven met de tijd. Wat als Emma Eduard confronteert met wat hij haar nu vertelt? Hij durft niet na te denken over de gevolgen.

'Met zijn gedachten er niet bij? Ik geloof je niet. Er is meer aan de hand.'

Een kansloze missie. Hij staat langzaam op. 'Zit jij eigenlijk wel elke dag naast dat bed? Of hou je alleen voor mij de schijn op?'

'Wat?'

'Ik weet dat je niet altijd bij Sophie bent.'

'Ik hou het daar niet altijd uit,' antwoordt ze fel, 'neem me dat vooral kwalijk. Zal ik jou de volgende keer bellen, zodat je me kunt aflossen?'

'Waar ben je, al die uren?'

'Alsof je dat niet weet. Fietsen, wandelen, jouw geweldige natuur bewonderen, oké?'

Weten? Hoezo moet hij dat weten? Hij wil haar niet nog kwader maken en buigt zich naar haar toe. 'Em, toe, we weten allebei waar het om gaat, toch?' Kon hij haar schuldgevoel maar wegnemen. Uit angst dat hij de controle verliest, zwijgt hij. 'Je hoeft je er absoluut niet voor te schamen. Waarom zoek je geen hulp? Het kan zo niet langer, ook niet voor Lonneke en Thijs.'

'O nee? En waar ben jij dan, hè? Als ik jou wat vraag, steek je je neus in het huiswerk van je kinderen op school, maar hier zie je ze niet staan!'

'Dat is niet waar.'

'Dat is wél waar.' Emma's ogen spuwen vuur. 'Zelfs in de vakantie was je de hort op. Lonneke en Thijs wilden dolgraag met je kamperen, maar meneer moest naar school. Die stomme fucking school van je!'

'Waar ik het geld verdien dat jij uitgeeft, waar jullie eten en kleren van kopen, voor het geval je dat was vergeten.'

'Dat zou wat zijn, hè, Paul, dat we vergeten wie onze heldhaftige kostwinner is. En dat betekent dus dat je daarmee al je verplichtingen inlost? Zelfs die aan Sophie?'

Hij schiet overeind. Hij zou haar een klap willen geven, maar dan bedaart hij. Allemachtig, wat verlangt hij naar een borrel. Ze zoekt het maar uit, hij heeft er genoeg van. Hij slaat de keukendeur achter zich dicht en rent naar boven. Op de overloop realiseert hij zich dat Lonneke op haar kamer is, en hij vertraagt zijn pas. Ze moet hen beiden beneden hebben gehoord en hij zou haar willen troosten, zeggen dat het allemaal best in orde komt, maar de tranen springen in zijn ogen. Zo langzamerhand komt hij er niet meer onderuit: hij bevindt zich op een zinkend schip. In de badkamer verzamelt hij de hoogstnoodzakelijke spullen.

Hij probeert nog wat nakijkwerk te doen, maar zijn ogen dansen over het papier en hij neemt geen enkele zin in zich op. Hij wacht tot hij deuren hoort dichtgaan en zeker weet dat Emma naar bed is gegaan. Zachtjes sluipt hij de trap af, pakt zijn spullen in zijn schooltas en schrijft een briefje voor haar.

Hoe heeft hij voor het ongeluk kunnen denken dat hij tóén ongelukkig was? Hij had alles wat hij zich kon wensen en hij zag het niet. Keek naar mensen, collega's, die het in zijn ogen zo veel beter hadden. Die drie keer op vakantie gingen, geen af bladderende kozijnen hadden, geen vrouw die 's nachts de rivier opzocht. O ja, dat deed ze toen ook al, dat is niet iets van de laatste tijd, haar nachtelijke uitjes zijn hooguit frequenter en langduriger geworden. Onlangs is hij haar gevolgd. Toen hij haar weg hoorde gaan, had hij een visioen dat ze met kleren en al het water in zou lopen. Razendsnel had hij zich aangekleed en na op de gok een paar straten door te hebben gerend, kreeg hij haar in het vizier. Hij moest zichzelf geweld aandoen om haar niet weg te halen bij dat water. De aanblik van haar afgezakte, moedeloze schouders sneed in zijn ziel. Hij zag hoe ze haar armen spreidde en haar hoofd achter-overboog, alsof ze de goden om hulp vroeg.

Met de nodige wroeging parkeert hij zijn auto op de oprit van zijn ouders. Is hij nou echt zo laf? Als kapitein verlaat hij het zinkende schip, ja, maar hij levert een strijd die hij nooit kan winnen, die alleen verliezers oplevert. Emma moet zich laten opnemen. Hij heeft het een paar keer geopperd, maar ze wil niet. Voor haar gevoel laat ze dan Sophie aan haar lot over. Sophie. Hoe lang is het geleden dat ze nog echt een meisje was?

Elke keer als hij Emma ziet, neemt hij het haar kwalijk. Oneerlijk, hij weet het, maar de overtuiging dat alles anders had kunnen gaan als ze niet zo ziekelijk boven op de kinderen had gezeten om ze vervolgens weer van zich af te stoten, heeft zich een weg geboord in zijn brein. Alsof het er met grote kracht in is gedrild.

35

Mijn ademhaling onder controle krijgen. Zakje voor neus en mond, rustig ademhalen. In. Uit. In, uit. Hij probeerde niet eens te ontkennen dat hij me laat volgen, hij zei het gewoon, dat hij weet dat ik niet altijd bij Sophie ben. Tegelijkertijd doet het me niets. Niets van wat hij zei of deed raakt me, ik laat het niet toe. Hij wil van Sophie af, hij wil haar laten sterven, en alleen al daarom verdient hij mijn respect niet meer. Hij is een vluchter, geen vechter. Destijds, met de overval op dat tankstation, sprong hij de dader ook niet op zijn nek. Geen held. Ja, een op geitenwollen sokken. Als hij een echte man was geweest, had hij geen whisky gedronken met die Beelaerts, dan had hij die klootzak de hele fles achter in de keel gegoten en er een brandende lucifer achteraan gegooid.

Zodra ik weer normaal kan ademhalen, kruip ik achter de laptop, zoek Hugo op een netwerksite, schrijf en verstuur mijn bericht, en daarna ga ik naar boven. Een pil en slapen, meer verlang ik niet. Ik heb hem horen weggaan. Wedden dat hij nu pruilend bij zijn pappie en mammie op de stoep staat? Ik zal mijn kroost zelf wel beschermen, daar heb ik hem niet voor nodig. Nergens wil ik hem nog voor nodig hebben. Driftig veeg ik mijn tranen weg. Die verspil ik niet aan hem. Dan denk ik aan Lonneke. Heeft ze ons gehoord?

Op haar kamer tref ik een chaos. Rondslingerende kleren, schoolboeken, en het water in haar aquarium, waar één eenzame goudvis zijn eeuwige rondjes zwemt, is groenig. Lonneke zit met haar rug naar de deur, maar uit haar houding – gekromde rug en het hoofd steunend op haar handen – maak ik op dat ze allesbehalve vrolijk gestemd is. Wie is dat in ons huis eigenlijk nog wel? Thijs? Welnee. Hij belde eerder op de avond met de vraag of hij bij een vriendje mocht blijven slapen. Hij is overal liever dan hier.

'Moet je nog niet slapen?' vraag ik.

Geen antwoord.

'Lon, wat is er?'

Gemompel.

Ik ruim wat kleren op van haar bed, maak een stapel van haar boeken. Is Lonneke altijd al zo slordig geweest? Wanneer was ik eigenlijk voor het laatst op haar kamer, wanneer heb ik voor het laatst echt met haar gepraat? Heeft Paul me wel alles verteld wat hij weet over Sophies ongeluk? Ik geloof er niets van.

'Lieverd, je hebt vanavond niets gegeten. Je wilt toch niet net als Sophie…' Ik slaak een diepe zucht. 'Lonneke, kom op. Je gedraagt je als een klein kind.'

Een fel en afwijzend schudden van het jonge hoofd is de enige reactie. Ze lijkt op Sophie, zou ze dat zelf ook zien? Ik pak haar zacht bij haar schouder, zodat ze zich hopelijk met stoel en al zal omdraaien. Maar ze rukt zich driftig los en snauwt: 'Ga weg.'

Ik wil haar in mijn armen voelen, mijn slimme meid, die

net als haar grote zus zo graag met haar neus in de boeken zit, maar dan heb ik al een klap in mijn gezicht te pakken.

'Blijf van me af!' schreeuwt ze. 'Je bent er nooit, nooit, dus waarom nu wel? Het hoeft niet meer, ik red me heus wel.'

Verbouwereerd leg ik een hand op mijn warme wang. Ik dwing mezelf kalm te blijven. 'Lon, toe, je weet van het hoe en waarom. Ik doe mijn best, en voor dit moment heb ik even niet meer op voorraad. Ga anders mee naar Sophie, morgen of in het weekend, je weet toch dat je altijd mee mag?'

'Naar die stomme muziek zitten luisteren zeker. Alsof Sophie...' Ze maakt haar zin niet af, en ik vul hem voor haar aan. 'Alsof Sophie er iets van hoort? Denk je van niet? Denk je dat ze helemaal niets meer merkt als we bij haar zijn?'

Stilte.

'Sophie kan er ook niets aan doen. Wat moeten we dan, haar daar hele dagen alleen laten?'

Lonneke schuift ongemakkelijk heen en weer op haar stoel. 'Sophie kan er ook niets aan doen,' herhaalt ze mijn woorden op een zeurderig toontje.

'Pardon?'

Mijn opstandige dochter haalt haar lange vingers door haar haren en slaakt een hoge kreet, waar het drama vanaf druipt. Ze staat op, maakt aanstalten de kamer uit te lopen. 'Wat nou als Sophie niet zo onschuldig is als jullie allemaal denken, hè?'

Ik grijp haar arm voor ze kan vluchten. 'En nu niet weer snel ervandoor, dame. Wat bedoel je daarmee? Wat wil je zeggen?'

Ze zwijgt.

'Is er iets tussen jullie voorgevallen, voor het ongeluk? En wat dan? Heb je ruzie gehad met Sophie? Lonneke? Weet jij soms ook meer van een project over euthanasie bij Sophie op school?'

Ze zakt zo in elkaar. Ik zie het voor mijn ogen gebeuren.

Het lukt me op het nippertje te voorkomen dat ze op de grond valt. Voorzichtig manoeuvreer ik haar op het bed en ik leg een deken over haar heen. Ik wil iets zeggen als ze weer bijkomt, mijn vragen herhalen, maar ze draait haar bleke gezicht naar de muur en trekt de deken op tot ze volledig onzichtbaar is.

Slapen lukte niet, ondanks een pil, zelfs een wandeling langs de IJssel heeft niet geholpen. Ik hoorde Sophies stem, ver weg, en dat verontrustte me. Ze klonk nerveus en ze riep dat ze bang was om alleen te zijn. Ik zou bij haar moeten zijn, elk moment van de dag en van de nacht. En hier zit ik met stapels kranten, schaar en lijm aan Sophies bureau.

Misschien heeft ze een nieuwe verrassing voor me, zoals vanmorgen die pagina met liedtekst. Een teken, wat dan ook, iets wat me houvast geeft, zodat Sophie en ik met nieuwe moed aan haar herstel kunnen werken.

Intussen heb ik een geschikt artikel gevonden. 'Kijk eens aan, Sophie, hier heb ik een verkeersongeluk voor je, zo ernstig dat hulpverleners moeite hadden vast te stellen om hoeveel slachtoffers het ging. Dit vind je zeker intrigerend, leer mij je kennen! Ik zal je morgen weer voorlezen, we zullen Paul laten zien dat we niet zomaar opgeven. De genen van slagersfamilie Bloemendal heb ik niet voor niets aan jou doorgegeven. Je bent veel meer een Bloemendal dan een Korteling, dat zul je met me eens zijn.

O wacht, de hoofdverdachte in de zaak-Dirk Post heeft zijn bekentenis herhaald in de rechtbank. Dat was toch ook zo'n onfrisse moord toen, Sophie, weet je nog? Een groepje jongens die dat slachtoffertje te grazen namen in een bos? Ik plak deze er ook bij, we maken er een fraaie maand van, lieverd, maak je geen zorgen. Het verkeersongeluk past niet helemaal op de pagina, even een stukje eraf. Dan missen we het einde, maar dat geeft niet, dat houdt de spanning erin, wat jij?

Getverderrie, deze vind jij ook walgelijk, zeker weten. Minstens tienduizend verwilderde katten die jaarlijks worden afgeschoten in opdracht van de provincies! We hebben niets aan die provincies, lieverd, dat is zo'n instituut met als doel de jaarlijkse rijkssubsidie op te maken, nou, dan weet je het wel. Maar dit kunnen ze dan toch weer wel, ik zeg je: nooit onderschatten die ambtenaren. Ze zullen het echter niet zelf doen, daar zijn ze vast te laf voor.

Net als je vader, Sophie, sorry dat ik het moet zeggen. Je vader wil je laten inslapen. Versterven. Noem het zoals je wilt, ik vind het moord. De Partij voor de Dieren noemt het doden van de dieren "excessief en primitief". Dat bedoel ik. Zo. Dat stuk dan op deze nieuwe pagina. Nogal scheef, maar dat mag de pret niet drukken, het gaat om de inhoud. Ik moet niet vergeten het personeel in het verpleeghuis te zeggen dat ze geen enkele opdracht van Paul mogen uitvoeren zonder mijn toestemming. Ik vertrouw hem niet, ik ben als de dood dat hij op een onbewaakt ogenblik iets onomkeerbaars zal doen, Sophie.

Ach, Antonie Kamerling, ja, die was ik alweer bijna vergeten. Pleegde zelfmoord. Dat was nog eens droevig nieuws, niet? Breed uitgemeten in de krant, hoor, Sophie, en je kunt er straks natuurlijk het nodige over teruglezen op internet. Het aantal zelfmoorden zal de komende tijd wel weer toenemen.

Nou, nog eentje dan, die past precies onderaan de pagina, dan heb ik toch alweer drie maagdelijk witte bladzijden volgeplakt. Hier. Man overleden na eten giftige paddenstoel. Die valt eigenlijk meer in de categorie humor, toch? Ik bedoel, als je een groene knolamaniet niet kunt onderscheiden van smakelijk eekhoorntjesbrood, dan begin je toch niet aan zo'n hobby. Maar er staan wel een paar mooie plaatjes bij. Vooruit, we doen 'm erbij, dan plak ik ook die plaatjes voor je in, dat vrolijkt de boel een beetje op. Ik lees hier dat ze zelfs nog een levertransplantatie hebben geprobeerd, maar helaas, te laat. Eeuwig zonde van zo'n lever. Eigen schuld, dikke bult. Ik zou er nooit aan beginnen, die paddenstoelenhobby. Je vader wel, denk ik, misschien dat onze Paulus niet voor niets zo heet. Ach, dat weet jij natuurlijk niet meer, maar vroeger had je *Paulus de Boskabouter* op tv. Klinkt lief, het was ook voor kinderen, maar die verhalen waren soms vreselijk eng, en met nogal sinistere muziek erbij. Dat enge lachje van Eucalypta, die lelijke heks, brr, daar droomde ik soms van. Maar kijk, zo'n boskabouter, die heeft natuurlijk wel kaas gegeten van paddenstoelen.'

Ik grinnik bij mezelf. Kaas gegeten van paddenstoelen, grappig. Ik klap het plakboek dicht. O, lieve hemel. De tube lijm zit er nog tussen. Nog open ook. De plakkerige vloeistof druipt op het papier. Ik haal de tube snel weg en doe de dop erop. Vannacht zo open laten liggen, dan droogt het wel op.

'Zo, dit moet het maar zijn voor oktober, Sophie, het is qua uitvoering niet de mooiste periode in je plakboek, geloof ik, maar je hebt wel heel wat te lezen straks.'

36

Muziek, muziek, alsjeblieft. Schiet op met dat verhaal over die coma-man, ik wil het niet horen. Mijn moeder draait geen muziek meer voor me. Blijkbaar heeft ze die tekst gevonden en gedacht dat ik die speciaal voor haar op mijn kamer had neergelegd. Maar het was Lonneke. Lonneke! Ik schreeuwde het haar toe. Geluidloos. Ik zou er nu aan gewend moeten zijn dat ik geen zuchtje wind kan verplaatsen. Niet met mijn armen en niet met mijn benen. Misschien met mijn adem, maar ook daar merk ik niets van.

I came to die, terminal patient, dies inside
pain and evil, side by side
final treatment, final fear
come and take me, out of here
I came to die, to die

Natuurlijk ken ik die tekst uit mijn hoofd, ik kan alle songteksten van mijn favoriete band moeiteloos opdreunen. Niet echt, niet echt, nee, geen zuchtje wind verplaats ik.

Hoe mijn moeder erbij keek toen ze het bevend voorlas... Sindsdien krijg ik de kriebels van haar. Letterlijk. Echt letterlijk. De jeuk wordt alsmaar heftiger, en ik denk dat het een voorteken moet zijn. Nee, niet van de hel, jeuk is de voorbode van leven! Leven. Beweging. De jeuk maakt mijn spieren langzaam wakker. Ik wil – nee, ik moet, ik moet – geloven dat het een begin is, een begin van mijn weg terug, want dat is de enige manier om de jeuk te verdragen.

Toen Eduard hier was, wilde ik dood. En wel meteen. Zijn blik vol afgrijzen schoot als een gifpijl door mijn hart, kut, wat deed dat zeer. Hij vond me altijd mooi, zo slank, en intelligent. Een geboren actrice, zei hij, heel naturel. Ik kan me nu niet meer voorstellen dat ik ooit verliefd op hem ben geweest. Een kinderachtige kalverliefde, echt vreselijk not cool. *Toen hij zo naar me keek, was ik verbijsterd. Daarna heb ik hem niet meer gezien. Hij is te hard geschrokken. Het maakt niet uit. Sinds Jurgens sterven heb ik steeds meer ontzag gekregen voor de dood. Ik durf niet meer te wensen dat het afgelopen is. Het enige excuus voor mijn doodswens is dat ik alles niet heb kunnen bevatten.*

'Zo, lieverd, we kunnen verder.'

Mijn moeder is terug van het toilet. Hè, toe, een massage, een wasbeurt, alles behalve dat vreselijke verhaal, alsjeblieft! Help me!

Ik hoor papier ritselen. Haar ademhaling. 'Johnny liet haar pols los en wreef onbewust met zijn hand over zijn jas alsof hij een vlek probeerde te verwijderen, terwijl hij achter...'

De woorden gaan mijn ene oor in en het andere net zo snel weer uit. Het boeit me niet wat er met fucking *Johnny gebeurt. De klojo is wakker, en daarmee een stuk succesvoller dan ik, wat hij verder ook met zijn leven doet. Zeker als je bedenkt dat hij maar liefst vier jaar in coma heeft gelegen. Vier jaar. Tegen die tijd is er niets meer van me over. Ik wil het niet. Ik wil bewegen, ik wil drinken, ik wil zelfs wel eten. Dom dat ik ooit dacht dat ik door niet te eten iets kon bereiken. Ik zou zelfs tuinbonen lusten nu. Waar ik echt van droom is cola. Ik zou een moord doen voor een glas ijskoude cola.*

'*Voor vandaag wel genoeg, denk je niet?*'

Genoeg? Nee! Een massage, please, please, *toe dan. Ik probeer iets te bewegen, het helpt vast en zeker als jij me masseert. Niemand anders doet dat meer. De verzorgsters zijn drukker met doorligwonden dan met iets anders. Snap je dan niet dat ze me te weinig draaien? Dat ik geen aandacht krijg? O, als er in dat bed naast me maar weer eens iemand lag, dan had ik meer afleiding en kreeg ik misschien ook meer verzorging. Ze rennen nu de kamer in en uit. Er is maar één oudere verzorgster die wat meer tijd voor me neemt. En Hugo komt soms 's avonds, maar hij zit stilletjes naast mijn bed of hij leest een gedicht voor. Misschien hoopt hij op gesprekken die geen woorden nodig hebben, die plaatsvinden in onze geest. Ik weet het niet, ik doe mijn best, maar ik voel ook hem niet. Ik doe talloze verwoede pogingen hem met telepathische berichten duidelijk te maken dat hij me moet helpen. Hij is zo lief. Als ik hem maar kon bereiken. Misschien zitten we niet op dezelfde golflengte. Wist ik maar wat ik moet doen. Help me toch, schreeuw ik als hij naast me zit. Help me. Maar hij hoort me niet. Niemand hoort me.*

Mijn moeder klopt een paar keer zacht op mijn arm. 'Tot morgen, lieverd. Vanavond ben ik eregast bij een toneelstuk op je school. Een avond speciaal voor jou. Ik wilde het eerst niet, ik vond het weerzinwekkend, alsof je al... Maar nu, ja, ik geloof dat ik me er zelfs op verheug.' *Ze staat op.*

Nee! Niet weggaan, niet weggaan. Alsjeblieft, laat me niet alleen! Kijk me aan, toe dan. Kom je wel terug? Heb je enig idee hoe lang de uren, de minuten hier duren? Mam! Vergeet je me niet? Shit, ik moet haar laten merken dat ik haar hoor, begrijp, zie. Toe, mam, blijf bij me. En België dan? Ik hoor niets meer over dat comacentrum! Daar mocht ik toch naartoe? Ik wil die behandelingen, begrijp je? Laat je ogen niet vluchtig over mijn gezicht gaan, maar kijk me echt aan. Stel me een vraag, en ik zal met mijn ogen knipperen. Toe dan. Waarom vertel je me niets meer, waarom lees je alleen maar zo'n fantasieverhaal voor? Weet je wat, desnoods dat verhaal, als je maar blijft. Mam! Niet weggaan! Ik moet bewegen, nu! Gillen, schreeuwen. Luister naar me! Ik pers alles uit mezelf, concentreer me tot het uiterste. Tevergeefs. Geen enkel effect. Misschien dat ik het me verbeeld, maar ik voel tranen langs mijn slapen biggelen. Mam...

Te laat.

Ze is weg.

37

Alsof ik de koningin zelf ben, zo warm word ik onthaald. De rode loper ontbreekt, maar dat is het enige minpuntje. Eregast bij een toneelstuk waarin Sophie de hoofdrol had moeten spelen. En ik glimlach, ik neem alle troostoffers in ontvangst alsof ze me echt helpen, en ik vertel dat het elke dag iets beter gaat met Sophie, dat ze binnenkort naar een revalidatiecentrum gaat. De aula stroomt vol, een rumoerig halfuur vol stemmen en haastige voetstappen, blikken die stoer en ongeïnteresseerd willen overkomen, weergalmend gelach uit met beugels gevulde monden en jeugdige, in het rond vliegende hormonen. Zo veel belangstelling, het is hartverwarmend. Ik krijg een plaatsje vooraan.

Paul is er al en begroet me onhandig, onze blikken ontmoeten elkaar vluchtig. Volgens mij voeren wij samen als voorprogramma het beste toneelstuk van de avond op. Met een brede lach vraag ik of hij al een datum heeft gepland waarop hij Sophies infuus eruit wil trekken en of hij voor de gelegenheid kaartjes laat drukken. Hij kijkt me verbaasd aan, en ik knik vriendelijk. 'We houden jullie in de gaten, wees niet bang. Raak Sophie onverhoeds met één vinger aan, en je zult het zwaar betreuren.'

Als ik hem even later stiekem observeer, oogt hij verward en nerveus. Eigen schuld. Het valt me op dat hij magerder is geworden, dat zelfs zijn buikje verdwenen is. Zie ik dat nu pas of is het iets van de laatste tijd? Ik weet niet eens of hij nu wel of niet ons huis heeft verlaten. Soms is hij er, dan weer niet, als een verkoudheid die hardnekkig de kop op blijft steken. We ontlopen elkaar, eten niet meer samen, en ik vind het een hele vooruitgang. Nu hoef ik de schijn niet meer op te houden, te doen alsof ik het waardeer dat hij kookt of stofzuigt. Ik moet al zo veel in de gaten houden.

Op het toneel is geen enkele activiteit te bespeuren. Een geïmproviseerd toneelgordijn laat het publiek vooralsnog in het ongewisse over wat zich daarachter afspeelt. Vóór het gordijn is een deel van het podium zichtbaar, en daarop staat een standaard met een microfoon. Zou hij plankenkoorts hebben, die Beelaerts? Ik gniffel in mezelf. Als hij wist wat ik voor hem heb gemaakt, zou hij niet alleen zenuwachtig zijn, dan zou hij in zijn broek pissen. Directeur Rietman komt naast me zitten. De stoel aan mijn andere kant is vrij. Ik heb er mijn tas op gezet.

'Zo,' zegt hij terwijl hij zijn jas uittrekt en op zijn schoot legt, 'ik hoop dat het een mooie avond wordt.'

'Dat gaat vast wel lukken,' antwoord ik glimlachend.

Er klinkt enthousiast gefluit en als ik mijn blik weer op het podium richt, zie ik een lange jongen die rustig de zaal in kijkt. Ik herken hem niet eens zo snel in zijn chic ogende pak. Hugo. Hij knikt naar me, met een zachte glimlach. Sophie had daar moeten staan, in een oogverblindende jurk met veel kant en ruches, waarmee ze het publiek zou betoveren. Terwijl Hugo met een instrumentaal nummer opent, of misschien improviseert hij, gaat het gordijn open. Ik zie twee paar handen die vanuit het midden de zware stof opzij trekken, en langzaam ontvouwt zich het decor voor mijn ogen. Een groot filmscherm, waarop een veld met zonnebloemen staat afgebeeld, met de tekst VOOR SOPHIE.

Even later verdwijnt de afbeelding en begint er een tekst door het beeld te rollen. De liedtekst, begrijp ik als Hugo begint te praten. Of zingen. Het is iets ertussenin, maar het klinkt prachtig. Zijn stem is als een warme bas en klinkt opvallend volwassen. Dat heb ik laatst ook gedacht, herinner ik me. Een oude ziel in een jong lichaam. Na enkele regels moet ik een keer diep ademhalen om me niet te laten overmannen door emoties.

Het is een beetje wennen, Sophie, nu je blijheid is verstild
De woorden die ik je zeggen wou, blijven haperen verkild
door een brandende emotie die me zo beklemt.

Mag ik, lieve Sophie, stilzwijgend zeggen, met ongesproken
woorden fluisteren dat ik zo hulpeloos jouw pas ontloken
jeugd zie verstarren, door het noodlot overstemd.

Ik weet het zeker, ik voel het aan het zinderen van de lucht,
hoor het aan het zingen van de wind, het timbre van je zucht
dat jij met ons wilt blijven, dat jij onze sterkste bent.

Jouw ster blijft even stille staan, maar eerder dan de morgen
zullen we samen lachen als deze sombere tijd is opgeborgen
en weerklinkt jouw blijheid, lief, zo gul en welbekend.

Hugo herhaalt de laatste twee coupletten en speelt dan een tijdje door zonder woorden. Zijn spel raakt me tot in mijn ziel.

Zou Sophie gelukkig kunnen worden met deze jongen en zijn oude, poëtische hart? O, Sophie, meisje, je moest eens weten. Speciaal voor jou. Ik moet straks om een opname vragen op cd of via de computer, zodat we het op je iPod kunnen zetten. Dan kan ik het je laten horen. Zou je dan eindelijk reageren?

Er verschijnt een aankondiging op het bijna wandvullende scherm tegen de achterzijde van het podium. Het is zover. Na ontroerend veel brandende aanstekers die boven de jonge hoofden heen en weer worden gezwaaid en een staande ovatie ter afsluiting van de muzikaal-poëtische steunbetuiging, is het de beurt aan Eduard Beelaerts tot Rijckeland.

Hij wordt geïntroduceerd met tromgeroffel, zijn naam schermvullend in beeld. Speelt voor u. Nooit eerder vertoond. De uitzinnige kreten mixen zich met bewegende beelden en opwindende muziek. Stukjes film uit de *West Side Story*. En dan megagroot ROMEO EN JULIA. Zijn naam nog een keer. Eduard. Ik hoor geroezemoes in de zaal en ik kijk beurtelings links en rechts over mijn schouders. En dan zie ik hem. Zijn gezicht dat achter het gordijn opduikt.

38

Daar verschijnt hij eindelijk, in vol ornaat. Eduard Beelaerts. Hoewel nauwelijks nog herkenbaar als zodanig, met goudkleurige cape en pofmouwen. Ik recht mijn rug, schuif ietwat nerveus heen en weer op mijn stoel. Het is warm in de aula en ik wuif mezelf met mijn hand wat koelte toe. Ik heb net al gezien dat er op vele voorhoofden zweetdruppels parelen.

Achter Eduard staan hoge krukken, waarop hoeden liggen. Een bonte verzameling hoofddeksels. Een mat applaus klinkt, niet vergelijkbaar met dat van daarnet voor Hugo. Ik zie hem schuin achter me, sluipend op zoek naar een zitplaats. Hij ziet me en knikt.

'Dames en heren, ik heet u van harte welkom op deze bijzondere avond. Ik ga u een liefdesgeschiedenis vertellen.' Eduard buigt, maar als hij daarmee applaus wil genereren, dan mislukt die opzet. Een enkeling haalt ongegeneerd zijn neus op. 'Eh, u weet ongetwijfeld dat ik u het verhaal van *Romeo en Julia* ga presenteren in een nooit eerder vertoonde uitvoering. Vernieuwend toneel, experimenteel, zo u wilt. Waarbij we natuurlijk de vraag kunnen stellen wat vernieuwend werkelijk betekent. Zelfs Shakespeare was met zijn *Romeo en Julia* destijds een sluwe kopieerder. Er is een soortgelijk verhaal, dat stamt uit de vijftiende eeuw, ruim honderd jaar eerder dus, en dat werd opgetekend door Masuccio Salernitano. In zijn versie is er sprake van een geheim huwelijk, een samenzwerende pater en een rel waarbij een vooraanstaand burger wordt gedood. Shakespeare heeft een ander einde verzonnen voor zijn *Romeo en Julia*, een veel dramatischer einde, waarin de twee zelf verantwoordelijk zijn voor hun dood. Ach, wee, nu geef ik de ontknoping al weg!' Hij lacht, zijn armen breed spreidend, maar valt stil als een reactie van het publiek uitblijft. 'Anyway,' vervolgt hij, 'in de oudere versie werd Romeo, Mariotto, gevangengenomen en onthoofd, waarna Julia, in dit geval Gianozza, sterft van verdriet. Ook een mooie ontknoping, natuurlijk. Waarmee ik maar wil aangeven...'

Plop. Ontploffend kauwgom, ergens aan de rechterkant van de aula.

'... dat meerdere wegen naar eh... in dit geval Verona leiden.' Zijn lach is ietwat minder zelfverzekerd.

Een hardere plop links achter me. Enig rumoer van aanwezige leraren die geacht worden een paar honderd leerlingen onder controle te houden. Met de kauwgom heb ik niets te maken, maar ik geniet van elke spontane plop.

'Ssshtt, stil zijn,' hoor ik achter me, op een luide toon die iedereen kan horen. 'Hier staat een toekomstige Oscarwinnaar.'

Gegiechel, hier en daar gemompel en gefluister.

Eduard buigt lichtjes, en ik neem mijn petje voor hem af, want hij begint ogenschijnlijk onverstoorbaar aan zijn stuk.

We hebben op het scherm een paar schermutselingen en zwaardgevechten gezien, waarop Eduard inhaakt met een vertolking van prins Escalus, uitgedost met een zwart-oranje gestreepte hoed, die zijn ogen overschaduwt.

'Jij, oude Capulet, jij, Montague, driemaal heeft jullie twist ertoe geleid dat oproer onze rustige stad verstoort, dat in Verona het bezadigd volk het stemmig-statig kleed heeft afgelegd, in de oude hand neemt de oude partizaan, – doorleefde vree tegen doortrapte haat. Als jullie ooit de straten weer verstoort...'

Eduards woorden glijden langs me heen. Mijn gedachten dwalen af naar Sophies ongeluk, en dan naar de man die daar zijn ding staat te doen, alsof er niets aan de hand is, terwijl hij mijn leven tot de grond toe heeft afgebroken.

Plop. Plóp. Paul staat op, draait zich om naar de zaal en maant de leerlingen tot stilte.

Ik grinnik als er opnieuw een bel kauwgom ontploft. Laat maar eens zien of je in je rol kunt blijven, Edje, of je een goede acteur bent. Of je een knip voor de neus waard bent. Wedden van niet? Een van de leerlingen laat een boer. Een droog, respectloos geluid. Plotseling is de zaal doodstil. Ik kan het me verbeelden, maar ik geloof dat Eduard lichtjes zwalkt als hij naar een kruk loopt. Hij pakt zijn Julia-pruik en zet die op. Dan draait hij zich om, richting het publiek, terwijl zijn ogen in een verre duisternis lijken te staren. Hij heft zijn armen moedeloos hemelwaarts.

'O Romeo, Romeo, waarom ben jij Romeo? Verwerp je vader, en verzaak je naam. Wil je dat niet, zweer dat je van mij houdt, dan heet ik hierna nooit meer Capulet.' Ik zie rode vlekken in Eduards nek. Achter hem verschijnt de afbeelding van Romeo. Eduard verwisselt zijn pruik voor een mannelijker hoofddeksel, draait een halve slag zodat ik hem van zijn linkerzijde zie.

'Luister ik verder,' zegt hij, 'of zeg ik nu iets.' Waarop hij snel weer wisselt van pruik en declameert: 'Het is jouw naam maar, die mijn vijand is. Jij bent jezelf, en dus geen Montague.

Wat is Montague? Dat is geen hand, geen voet, geen arm, gezicht of enig ander deel dat bij een man hoort. Noem je anders dan.'

Zweetdruppels lopen langs zijn slapen en zijn hoofd ziet rood van inspanning. Of van de warmte. In een andere situatie was zijn performance lachwekkend geweest.

'Hé, ouwe travestiet,' roept iemand, 'wordt het niet eens tijd voor een paar whisky's? Misschien ben je beter te verteren als je gezopen hebt.'

Een ander valt de stem bij. 'Je had beter *Dinner for one* kunnen spelen, dat zou je vast veel beter afgaan.'

Paul veert opnieuw op, kijkt verstoord de zaal in. De directeur loopt naar het einde van de voorste rij en onderneemt vergeefse pogingen zijn leerlingen tot stilte te manen. Het gonst in de aula, en ik hoor het stampen van voeten op de grond. Eerst zacht, maar het geluid zwelt aan. Ik schiet in de lach. Niets van dit alles had ik gepland of voorzien, maar een gevoel van triomf welt in me op. Ik kijk schuin naar achteren, en mijn blik vindt die van Hugo. Ik knik. Dit is een geschikt moment. Als ik mijn tas van de stoel naast me wegpak, voel ik mijn mobiele telefoon trillen. Hugo sluipt ineengedoken naar me toe, en voorzichtig tilt hij van achter mijn stoel mijn creatie op, en zet die op de lege zitting.

'Perfect,' fluister ik. 'Zo te horen heb je flink uitgepakt.'

Hij schudt zijn hoofd. 'Ik heb alleen rondgestrooid wat u mij vertelde. Dat hij Sophie heeft aangereden in een dronken bui.'

Ik leg even mijn hand op zijn arm en schenk hem een dankbare glimlach.

'Wat zegt een naam,' vervolgt Eduard op het podium. 'Een roos blijft zoet van geur, al geven wij haar nog zo'n vreemde naam. Zo ook Romeo; zonder dat Romeo zou hij even vol-

maakt blijven als nu, mij even lief. Romeo, weg, die naam…'
Eduards stem stokt, midden in die beroemde zin. Hij wankelt, en ik zie hoe de blonde pruik lachwekkend scheef op zijn kruin staat.

En dan zie ik zijn blik. De verbijsterde ogen, gefixeerd op de stoel naast me. Enkele jongeren op de voorste rij hebben hun hoofd opzij gedraaid en ik bespeur de ontzetting, die bijna tastbaar wordt. Op de stoel ligt een krans van witte lelies en rozen. De krans is bevestigd aan een kruis, en daarop staat een tekst. VOOR EEN DRONKEN AUTOMOBILIST – MOGE HIJ RUSTEN, MAAR NOOIT IN VREDE. De zwarte letters op het witgeverfde hout van het kruis moeten zelfs achter op het podium leesbaar zijn. Ik kijk naar Eduard en grijns. Ik voel de behoefte keihard te gaan lachen en moet mezelf geweld aandoen om kalm te blijven.

Met tergend langzame bewegingen richt Eduard zich weer tot zijn publiek, terwijl hij, behoedzaam, de pruik recht op zijn hoofd schuift. Hij ziet nu doodsbleek onder de laag glimmend zweet op zijn gezicht.

'Wie ben jij, die verborgen in de nacht komt afluisteren wat ik hier zeg.'

Eduard fluistert de woorden, hakkelend. Zijn acteerprestaties laten nu echt te wensen over. Hij gaat evengoed dapper door, ondanks die onverwachte wijziging in zijn programma.

Steeds duidelijker klinkt het stampen van voeten op de grond. Bof. Bof. In een strak, staccato tempo volgen steeds meer schoenen en laarzen die op de houten vloer bonken. Bóf. Bóf!

'Geen honderd woorden hoor ik van jouw tong, en toch weet ik al wie die klanken uit.' Eduard moet nu schreeuwen om zich verstaanbaar te maken.

Ik ben geroerd door de spontane medewerking van zoveel

leerlingen, en ik sta op het punt te applaudisseren voor zoveel steunbetuigingen.

Directeur Rietman wil het podium op, maar zodra hij een voet op de eerste traptrede probeert te zetten, wordt hem de weg versperd door enkele leerlingen. Anderen staan eensgezind op. Ik zie Eduards beduusde blik. Steeds meer leerlingen staan op, lopen weg. In gelijk tred, hun ogen strak op het podium, op Eduard, gericht, alsof ze in het Chinese leger hebben geoefend. Bóf. Bóf!

Hij weet van volhouden, al ontbreekt hem de professionaliteit om stoïcijns in zijn rol te blijven. Hij is geen getalenteerd acteur, nee, nu begrijp ik wel waarom hij zich moet beperken tot een rol achter de schermen. En het zweten van die man!

'Hoe ben jij hier gekomen, en waarom? De muur is hoog, en klimmen valt niet mee, en, wetend wie je bent, is het je dood...' Verder komt hij niet meer.

De eerste zes rijen zijn nu leeg. Andere jongelui, die nog zitten, stampen door, steeds harder, fanatieker. Een angstaanjagend geluid. Bóf. Bóf! De leraren doen niet al te serieuze pogingen het onwillige publiek rechtsomkeert te laten maken, terug naar hun stoelen te dirigeren. Ik denk dat ze voor de vorm in hun rol blijven, beter dan Eduard zelf, maar dat ze als ze hun gang konden gaan, zouden meestampen.

Eduard houdt zich zichtbaar moeizaam staande dankzij de kruk naast hem. Alles wat erop lag, ligt nu op de grond, en zonder de pruik oogt de artiest als een zielige, eenzame figuur. Ik lach, ik lach een intens tevreden lach als ik hem zie bezwijken. Onduidelijke woorden brabbelend gaat hij onderuit. Hij neemt de kruk in zijn val mee, en die belandt met een doffe klap op de grond. Een zeer toepasselijk einde. Een gevallen mens.

Rietman komt naar me toe en legt zijn hand op mijn arm.

'Het spijt me,' zegt hij. 'Ik weet niet wat hier aan de hand is vanavond.'

Maar ik wel. Ik denk dat we meneer Beelaerts niet meer terugzien op deze school. Het zal hem menig autoritje besparen en dat is goed. Hoe minder hij op de weg is, hoe veiliger onze stad wordt. Wat ik ook doe, wat ik ook zeg, elke minuut van de dag ben ik me bewust van de opdracht die ik nog te vervullen heb. De taak die me draaiende houdt.

Helaas krijg ik weinig tijd om na te genieten van deze avond. Als ik in de auto stap, herinner ik me het trillen van mijn mobiele telefoon. Ik luister naar het achtergelaten bericht en begrijp dat ik met spoed terug moet bellen. Sophie? Mijn adem stokt, ook als ik meteen daarna tot me laat doordringen dat dit telefoontje niet van het verpleeghuis kwam. Het gaat om mijn moeder.

39

Enkele ogenblikken beseft Eduard niet waar hij is of wat hij doet. Hij voelt zich duizelig. Felle lichtflitsen schieten voor zijn ogen heen en weer, alsof zijn hoofd vol zit met op hol geslagen kometen. Wat is er gebeurd? Waarom ligt hij op de grond? Langzaam dringt het tot hem door. Hij is gevallen, ook al probeerde hij zich nog aan een kruk vast te houden. Hij voelt een zeurende pijn in het been dat gebroken is geweest, maar dat is niets vergeleken bij de misselijkmakende angst die het bloed opnieuw door zijn aderen doet razen. O god. Die vrouw. Die moeder. Hij krijgt een bekertje water aangereikt door een man. Paul, het is Paul. In een automatische reactie veegt hij langs zijn hoofd. Zijn huid voelt koel en klam aan. Hij huivert bij de herinnering aan de denigrerende blikken van de jongeren, hun stampende voeten, en met bevende handen neemt hij een slok water, waarbij hij het meeste vocht langs zijn kin voelt druipen.

Hij dacht dat het over was, allang over was, dat ze haar woede kwijt was, maar hij had het mis. De blik in haar ogen, die blik vol haat, alsof hij uitschot is, onkruid dat verdelgd moet worden. Nee, nee, het was haar lach, hij hoort die lach nog, die echoot na in zijn hoofd. Zo hysterisch, onmenselijk. Na die lach zakte hij door zijn benen en hij pieste bijna in zijn broek, al zal hij dat nooit aan iemand toegeven. Paul reikt hem de hand, en hij laat zich overeind helpen.

'Nou, dat was een bijzondere voorstelling,' zegt Paul. 'Romeo is nog nooit zo overtuigend ten onder gegaan.'

'Wat grapjes betreft zit ik vandaag aan mijn taks,' antwoordt hij afgemeten. Hij raapt kleding bijeen en probeert haar lach uit zijn gedachten te bannen.

'Leerlingen,' zegt Paul knikkend, 'ze zijn tegenwoordig wel erg assertief. Veel te vrij opgevoed, en in de klas mogen we niets corrigeren, het is te zot voor woorden. Het spijt me, ik probeerde ze stil te krijgen, maar ze waren niet te houden.'

Hij kijkt Paul polsend aan. Die geitenwollen sok denkt toch niet dat die leerlingen... hoewel? Of is de wens dan de vader van de gedachte? Heeft Paul gelijk? Natuurlijk. Die vrouw kan niet in haar eentje een hele aula vol leerlingen tot actie aanzetten.

'Kom, ik help je met de spullen. Wil je die in de auto hebben?'

'Ja.' Weg hier, en nooit meer terugkomen op deze duivelse plek vol cultuurbarbaren. Hij zal nog eens een show uit de kast trekken. Goeie genade. Daarvoor heeft hij zich dan wekenlang uit zitten sloven. Honderden euro's aan dure stoffen uitgegeven en kostuums laten maken. Het filmpje gemonteerd. Avonden lang met vierkante ogen achter zijn computerscherm gezeten. Geoefend tot in de kleine uurtjes. Gisteren nog. Verdomme.

Hij herinnert zich de krans, en vooral die tekst op het kruis. De wrede, niets verbloemende woorden: VOOR EEN DRONKEN AUTOMOBILIST – MOGE HIJ RUSTEN, MAAR NOOIT IN VREDE. De uitdagende blik van die vrouw. Sophies moeder. Ze wist wat er op dat kruis stond, ze wist het. Misschien heeft ze dat ding zelfs eigenhandig gemaakt en vol leedvermaak de letters op het hout geschilderd. Elk woord vermengd met haat, met duivelse afkeer, met de bedoeling hem kapot te maken. Ze heeft die leerlingen wel degelijk zover gekregen dat ze meewerkten, hij durft er zijn nieuwste kunstaanwinst onder te verwedden.

Nee, natuurlijk doet hij dat niet. Die Picasso moet voor een bedrag met vijf nullen de deur uit. Dat lijkt er meer op. Concentreren op de goede dingen van het leven. Hij pakt zijn spullen hier in en komt nooit meer terug. Hij zal schoon schip maken met die vrouw, zal haar opzoeken en haarfijn vertellen wat er precies is gebeurd en uitleggen waarom ze dat mannetje van haar maar eens moet vierendelen in plaats van hem, Eduard, het leven zuur te maken.

'Ik ga je vrouw vertellen wat er precies gebeurd is, die middag,' zegt hij, terwijl hij de laatste hoed opvouwt zodat die in de kartonnen doos past. 'Ze zal weten dat ik niet als enige verantwoordelijk ben voor de puinhoop in haar leven.'

'Wat?'

De doos met kleding die Paul in zijn handen heeft, valt met een doffe bons op de grond. Kijk, dan heeft hij ineens wel alle aandacht van die angsthaas. Beetje filosoferen over bloemetjes en bijtjes, ja, daar zou hij de dag ook wel mee kunnen vullen en dan zonder enige stress de pensioenleeftijd halen. 'Het kan me niet schelen wat je verder over mij wilt lullen, vrind, ik heb er schoon genoeg van.'

Pauls gezicht betrekt, de rimpels in het voorhoofd verdiepen zich. Hij komt vlak voor hem staan en drukt een priemende wijsvinger tegen zijn borst. 'Nu moet jij eens even stevig luisteren, jij halfbakken Limburgse vlaai. Als jij meent uit de school te moeten klappen, dan weet je niet half wat je je op de hals haalt, laat dat even duidelijk zijn. Wat denk je ervan als ik je ouders eens verras met een spontaan bezoekje, om ze te vragen of ik de mooie kunstverzameling in hun riante villa mag bewonderen? Of misschien moet ik gewoon de politie bellen? Kan ik ze je vissen laten zien en een boekje opendoen over je illegale kunstpraktijken.'

De vijandigheid van Paul verrast hem. Niks geitenwollen sokken. Dit is ook weer niet de bedoeling. 'Nou ja, rustig maar,' krabbelt hij terug, 'zo serieus moet je het ook weer niet opvatten. Je snapt toch wel dat ik stoom moet afblazen? Ga jij maar eens op een podium staan en een compleet toneelstuk in je eentje opvoeren, om dan te worden uitgejouwd door een kudde hersenloze monsters. Ik weet heus wel dat de beste acteur dat kan overkomen, maar...'

'Dat was jouw eigen keuze, meneer de regisseur,' onderbreekt Paul hem. 'Hoogmoedswaanzin, heb je daar wel eens van gehoord? Dan moet je niet raar staan kijken dat je een keer een flinke smak maakt. Laten we eerlijk wezen, vrind...' Paul spuwt dat laatste woord in zijn gezicht, 'die voorstelling van jou was om te janken, en dat je afging als de eerste de beste valse kraai in zo'n liveshow voor zingende randdebielen heb je alleen aan jezelf te danken, en je maakt mij niet wijs dat echte acteurs dat ook overkomt. Een rasacteur kent zijn mogelijkheden, en ook zijn grenzen.'

Hij is even van zijn stuk, maar beseft dan dat Paul die hele krans – en die woorden, o, die woorden – natuurlijk niet eens heeft gezien.

Paul slaat een arm om zijn schouder. 'Kom op. Alles is betrekkelijk, de leerlingen zijn het morgen vergeten, wat zeg ik, wedden dat ze nu alweer druk zijn met andere dingen?'

Dan loopt Paul weg, hem achterlatend met zijn dozen vol ellende.

40

Het is moeilijk. Moeilijk om aan mijn moeder te denken zonder daarbij ook haar laatste ogenblikken voor me te zien. De afgelopen dagen kan ik aan weinig anders denken dan aan haar, aan ons afscheid. Bijna was ik nog te laat gekomen, en nu wens ik soms dat Paul niet zo snel in de gaten had dat hij me naar het psychiatrisch ziekenhuis moest brengen, dat het verkeerslicht langer op rood had gestaan, of dat die parkeerplaats vlak bij de ingang niet vrij was geweest. Als. As. Verbrande turf. Mijn moeders as door de schoorsteen. Weg zijn de grijze ogen, ogen met een geruststelling die ze er speciaal voor mij in legde.

'Het is goed,' prevelde ze vlak voor de laatste zucht.

Hoezo, het is goed? Het is helemaal niet goed. Ik heb medicijnen gekregen om de ruwe kantjes eraf te halen, zo zei de arts het. Maar ik wil die troep niet, ik word er duizelig en suf van. Zulke bijwerkingen kan ik me nu niet permitteren. Ik leef me uit in voor- en achtertuin. Van Paul mocht ik me nooit bemoeien met de tuin, want ik schoffel plantjes kapot en laat het onkruid staan, maar hij is er niet, of hij durft er niets van te zeggen. Ik weet het niet, ik wil het niet weten, ik snoei, knip en shredder alsof mijn leven ervan afhangt. Misschien is dat ook wel zo. Verward. Ik voel me verward. Als ik mijn ogen sluit, zie ik mijn moeders gezicht voor me. Een gezicht waaruit het leven is weggevloeid, en dat na enkele seconden steevast in dat van Sophie verandert. Ligt er een boodschap verborgen in haar sterven? Moeder, Sophie, het is alsof ik van beiden elke dag iets meer afstand moet nemen, terwijl de een dood is en de ander leeft. Is het verschil minder groot dan ik denk? Alle leven is eindig, zei Paul. Moet ik zijn overtuiging overnemen en de dood een nieuw licht laten werpen op het leven? Hoe dan? Sophie laten gaan? Ik kan mijn dochter toch niet moedwillig...

Het verwijderen van onwillige boomtakken vergt het uiterste van mijn krachten. Een enkele dikke moet ik met de zaag te lijf. Ik wil vernietigen, slopen, verwoesten. Niemand die zo verwoestend kan zijn, zo radicaal kan ruïneren als ik. Geef het op, kreng, geef je over aan mijn shredder, je uren zijn geteld, ik verban je naar een toekomst als bodembedekking voor ons looppad. De tak is dik en eigenwijs, het is haast onmogelijk het hout door de tanden van de shredder te duwen. Als ik me voorstel dat het Eduards arm is, maakt dat de klus een stuk lichter. Ik hoor er zijn paniekerige stem bij. Een hoog, vibrerend geluid dat klinkt als vogelgekwetter.

Vorige week ben ik opnieuw begonnen in Stephen Kings *Dodelijk dilemma*. Ik heb het verhaal van begin tot einde voorgelezen aan Sophie, en ze heeft geen enkel teken van leven gegeven. Het is zo onverteerbaar. Maar ik houd vol. Laat niemand zeggen of zelfs maar denken dat ik het opgeef. Opgeven is het begin van het einde. Alle leven mag dan eindig zijn, dat van Sophie is net begonnen, ik wil niet dat ze het opgeeft, en ik wil zeker niet dat ze ook maar enigszins kan vermoeden dat ik haar opgeef. Nooit.

Ik leg haar laken recht en verschuif de kaart op haar nacht-kastje een klein stukje. Als ze zich op haar zij draait, ziet ze Hugo's gedicht, dat hij speciaal voor mij, of eigenlijk voor Sophie natuurlijk, op een immense wenskaart heeft geschre-ven, in duidelijke blokletters.

'Die Hugo. Over stille wateren gesproken. Lig je zo goed? Je moet eigenlijk op je rechterzij gaan liggen, dan kun je Hugo's gedicht zien. Het heet *Het zingen van de wind*. Heeft hij het je zelf al voorgelezen? Het is echt prachtig.' Het papier begint aan de hoeken krom te trekken. Alles trekt hier krom. Misschien is de lucht hier besmet met een raar virus.

Ik zal hem vragen het opnieuw op te schrijven en het dan laten inlijsten.

Er is een beademingsapparaat uit het ziekenhuis overge-bracht naar haar kamer, na overleg met een specialist. Beter dan Sophie te verhuizen, haar heen en weer te schuiven tussen verpleeg- en ziekenhuis. Soms zou ik willen schreeuwen als ik naast haar bed zit. Haar door elkaar willen schudden, haar onder mijn arm nemen en in een zwembad gooien. Dan móét ze wel iets doen. Ze zou zich herinneren dat ze kan zwemmen als een dolfijn, ze zou automatisch haar armen en benen gaan bewegen, net zoals een baby dat doet. Instinctief. Ik ontwijk alleen haar ogen. Als ik daarin kijk, zal ik in tweeën breken. Ik doe liever mijn ogen dicht om de Sophie te zien van jaren ge-leden. Dat spelende kind. Beweeglijk, sportief, mooi. Gezond.

Ik installeer me met het boek op schoot naast haar bed. 'Tegen de tijd dat hij zijn studie had afgerond, was John Smith allang vergeten dat hij op die dag in januari zo'n harde smak op het ijs had gemaakt.'

Gewoon weer bij het begin beginnen. Sophie zal weten dat

ik niet opgeef, dat ze haar doorzettingsvermogen van geen vreemde heeft.

'Weet je nog iets van de smak die jij hebt gemaakt, lieverd? Het was in maart, herinner je je nog hoe warm het was voor de tijd van het jaar, die dag? Ik weet nog steeds niet waarom je op dat moment op die rotonde fietste, volgens de politie tegen het verkeer in. Ze hadden het vast mis, met hun idiote conclusie. Net zoals ze die chauffeur ongestraft hebben laten lopen, terwijl hij straalbezopen was. Maar je moet het me toch eens vertellen, Sophie. Kwam je van school? Als dat zo is, zou je bijvoorbeeld je arm kunnen bewegen. Dat is toch niet te veel gevraagd? Een arm, wat is nou een arm? Wat is nou een arm? Lieve hemel! Had ik je al verteld dat oma is overleden?'

41

Als kleine Emma alleen thuis was, omdat haar moeder moest werken, speelde ze dat haar vader en moeder en Bas bij haar aan tafel zaten, zoals ze altijd gewend was geweest. Ze vroeg hoe haar vader het in de slagerij had gehad, en of mevrouw Klunder nog in de winkel was geweest voor de varkenspootjes. Ze aten boerenkool met rookworst, en haar moeder schonk een straaltje jus in de kuil, midden in de portie boerenkool. Emma sneed de worst in dunne plakjes, zette die rechtop in de groen-gele bult. Zo werden het soldaten, die de schat in het water moesten bewaken. 'Bruin water?' vroeg Bas, en ze legde uit dat het roest was, van de schatkist op de bodem. Tegen de tijd dat ze haar bord leeg had, geloofde ze zelf bijna in de door haar gecreëerde illusie. Maar zodra haar moeder thuiskwam, werd het precies dat. Een illusie.

De brand betekende het onomkeerbare einde van het huis waarin Emma zich veilig had gewaand, en het einde van het gezin waarvan ze dacht dat het er altijd zou zijn. Maar de brand betekende ook het einde van haar moeder zoals ze die altijd had gekend. De slagerij moest worden verkocht, haar moeder bleef voor de nieuwe eigenaar in de zaak werken. Niemand wachtte meer op Emma als ze uit school kwam.

Emma dacht dat een monster langzaam maar zeker haar moeders levenslust opvrat, want ze oogde steeds grauwer en doffer. De kleur verdween uit haar moeders gezicht, uit haar kleding en uit haar ogen. Het leek of ze onder een laag grijze, grauwe as was verdwenen.

Het ergst vond Emma de stilte in hun huis. Waar buren zich lieten horen, met stemmen, met muziek en allerlei geluiden die nu eenmaal horen bij het leven, was het in hun tweekamerflat ijzig stil. Alsof ze continu op hun tenen liepen en niemand mocht weten dat Emma en haar moeder bestonden. Alleen als de nachtmerrie kwam, dan gilde ze iedereen wakker.

Haar moeder wilde er niet meer over praten. Over die nacht en het onomkeerbare. Emma wilde weten, wilde begrijpen, maar ze stuitte op een muur van verdriet en zwijgzaamheid.

Op een avond kwam er een man bij hen thuis. Emma stond in de andere kamer met haar oor tegen de deur en luisterde gespannen naar de twee, die praatten over een rapport. Ze vroeg zich af waarom een man die ze niet kende zich met haar schoolprestaties bemoeide, maar even later begreep ze dat het een politieman was en dat het om een ander soort rapport ging. Over de brand. Emma's mond viel open toen ze haar moeder hoorde vertellen over de sigaret. Dat het vuur was ontstaan in het kantoortje boven, door de sigaret die ze niet goed had gedoofd. Emma schrok, want op datzelfde moment zette een bliksemflits de kamer in een vreemd, fel licht. 'Ik deed 's avonds in mijn kantoortje de boekhouding van onze slagerij,' hoorde ze haar moeder zeggen, met de monotone stem die ze sinds die nacht had, alsof elk woord voor haar een onmogelijke krachtsinspanning was. 'Ik. Ik.'

De heftige donderslag die erop volgde, deed Emma's hartslag versnellen.

Toen de politieman weg was, stoof ze de kamer in en ze ramde huilend met haar vuisten op haar moeders borst.

Vanaf dat moment zat Emma alleen met haar vader en haar broertje aan tafel, en was het haar vader die de jus in het kuiltje schonk. Haar moeder was verbannen naar een onbewoond eiland, waar ze leefde in ondergrondse tunnels tussen stinkende bruine ratten, en elke keer als ze wilde uitrusten hard moest rennen, omdat het vuur haar achternazat. Het was haar moeders eigen schuld dat ze niet meer aan tafel mocht zitten. Zodra haar moeder thuiskwam, haastte Emma zich naar de andere kamer, waar ze huiswerk maakte of in bed kroop. Ze zag de pijn wel in haar moeders blik, maar ze moest opkomen voor haar vader en voor Bas. Iemand die een brandende sigaret durfde te vergeten, hoorde in de gevangenis, vond Emma. Eigenlijk verwachtte ze elke dag een telefoontje van een politieman, dat haar moeder van een hoge brug was gesprongen.

42

Een arm optillen? Shit, heb je enig idee hoe vaak ik dat al heb ge-
probeerd? Mijn moeder heeft makkelijk praten, ik oefen me het ape-
lazarus, maar ik heb een beetje hulp nodig. Help me dan, toe, je kunt
wel zeggen dat het niet te veel gevraagd is, een arm bewegen, maar
zullen we eens ruilen van plek, kijken hoe jij het ervanaf brengt?
En wat zei je nou? De chauffeur straalbezopen? Had Eduard ge-
dronken? Hoezo hebben ze hem dan laten lopen? Ik begrijp het niet.

Ze begint gewoon weer opnieuw met dat gruwelijke verhaal. Het
maakt me niet uit, als ze maar hier is. Ik wil haar stem horen. Alles
beter dan alleen zijn. Met mijn linkeroog zie ik sinds gisteren alleen
maar grijze vlekken. Er jaagt een wolkendek over me heen. Wat als
rechts me ook in de steek laat? Ik moet er niet aan denken, want dan
stokt mijn ademhaling en ik ben doodsbang dat ik zal stikken.

Oma is dood. Ik kwam het eerst per ongeluk te weten, omdat mijn
moeder iets tegen een van de verzorgsters zei over oma's kleren, die ze,
geloof ik, hiernaartoe verhuist. O wee als ze mij in een van oma's
nachtjaponnen hijst! En nu heeft ze het me ook zelf verteld. Ik heb
er niets van gemerkt of gevoeld, dat oma is gestorven. Ik bedoel, als er
dan iets van geestelijke verwantschap bestaat die voorbij het leven

gaat, dan moet die toch bij familieleden voelbaar zijn? Maar nee.
Niets. Ze heeft me niet bezocht tijdens een van mijn eenzame nachten,
niet toen ze stierf, en ook niet daarna. Ik zou haar wel als geest om
me heen willen hebben. Zodat ze me gerust kan stellen en ik iemand
heb om mee te praten. Oma. Ik kende haar nauwelijks en dat spijt me
nu. Anders was ze misschien wel bij me gekomen.

Ik ben bang dat ik langzaamaan gek aan het worden ben. Over-
dag lukt het me best om mijn gedachten op orde te houden, maar de
nachten zijn echt de hel. In die doodstille, eindeloze uren denk ik
steeds vaker terug aan iets wat me is overkomen toen ik veertien was.
Ik had het diep weggestopt, wil er niet aan denken, maar in het
donker heb ik niets te willen. Ik heb sowieso niets te willen. Alain,
zo heette hij. Een klas hoger dan ik, en twee koppen groter. Smoor-
verliefd was ik, op de manier waarop hij zijn hoofd naar achteren
kon bewegen om zijn pony uit zijn gezicht te krijgen. En op zijn iet-
wat cynische lachje. Mysterieus. Hij vroeg me mee uit. Een feestje bij
een vriend van hem, en de dagen ervoor zweefde ik. Hij kwam me niet
ophalen, maar hij zou me opwachten voor het huis. Ik smolt toen ik
hem zag en hij glimlachend naar me zwaaide. We dansten en zoen-
den. Om twaalf uur was het afgelopen en Alain liep met me mee naar
buiten, zijn warme arm om mijn schouders. Hij rook naar sigaretten
en naar bier, ik vond het heerlijk. Achter een muurtje begon hij me te
tongzoenen, en ik deed mee. Mijn eerste tongzoen, ik voelde me opstij-
gen, ik klampte me aan hem vast, ik hield van hem, onze liefde zou
nooit meer overgaan. Hij sjorde aan mijn kleren. 'Uit,' hoorde ik hem
hijgen, en even voelde ik een kleine triomf dat ik dat bij hem teweeg
kon brengen. 'Laat me voelen, kom.' Mijn rokje gleed langs mijn
benen op de grond. Hij pakte mijn hand en stopte die in zijn broek,
zijn andere hand tastte rond in mijn slip, streek tussen mijn benen.
Ik verstijfde. Niet zo, ik wilde het niet zo, stiekem achter een muurtje.
Ik wilde het nog helemaal niet. Dit was voor later, als ik hem beter zou
kennen. Dan zouden we champagne drinken, uit eten gaan, elkaar

langzaam verleiden met mooie muziek op de achtgrond... Ik had van een klasgenootje een stoer verhaal gehoord over haar ervaringen op de achterbank van een auto, maar dat was niet mijn idee van een eerste keer. En dit met vogelpoep besmeurde muurtje was nog duizend keer minder elegant.

'Nee,' zei ik zachtjes, 'niet zo, ik wil niet hier, dit...'

Ik klemde mijn benen bij elkaar tot zijn hand verdween en ik wilde mijn kleren fatsoeneren, mijn rokje van de grond rapen, toen hij me een stomp in mijn maag gaf. Ik klapte dubbel, en hij duwde me gelijk op de grond. Ging boven op me zitten, greep mijn handen en hield ze gestrekt boven mijn hoofd. Ik probeerde me tevergeefs los te wurmen, zelfs met één hand hield hij mijn polsen met gemak in bedwang. Ik schreeuwde om hulp, en hij legde zijn hand op mijn mond. Ik vocht, wilde hem schoppen, zodat hij van me af moest, en zijn hand klemde zich nog harder om mijn polsen. Hij drukte zijn knie tussen mijn benen.

'Je houdt je stil,' zei hij, met een enge, kalme stem. 'Begrepen?'

Mijn uitpuilende ogen moeten hem hebben overtuigd, hij haalde zijn hand van mijn mond. Ik hapte naar adem.

'Wat denk je wel? Me eerst gek maken en dan afwijzen? Mij?' Hij lachte. 'Je bent opgewonden,' zei hij, en ik voelde zijn vingers tussen mijn benen. 'Ik wist het wel.'

Ik opende mijn mond, wilde iets zeggen, misschien zelfs gillen, maar hij kneep in een woeste reactie mijn keel dicht.

Het werd zwart voor mijn ogen, ik dacht dat mijn hoofd zou exploderen en op dat moment was ik ervan overtuigd dat ik zou stikken. Tot zijn greep verslapte. Ik opende mijn ogen, en hij keek me aan. Ik verstijfde toen ik de wilde blik in zijn ogen zag. Hij zweeg, en ik begreep het. Hij gaf me nog een kans. Ik verzette me niet meer, liet hem zijn gang gaan. Terwijl ik geluidloos huilde, streelde hij me. Over mijn billen, over mijn borsten die ik nog amper had. Hij likte mijn tepels, zoog eraan, en ik zei kreunend dat ik het lekker vond. Dat ik van hem hield. Die woorden had hij nodig, zei hij, anders kon hij niet klaarkomen.

Toen hij zijn broek dichtknoopte, zette hij zijn laars op mijn onderbuik. Hij zei dat ik te dik was, en te lelijk om zijn vriendin te zijn. En als ik iemand iets anders vertelde dan dat ik geweldige seks met hem had gehad, zou hij zorgen dat iedereen te weten kwam hoe waardeloos ik was. Het was een wonder, zei hij, dat hij bij mij was klaargekomen.

43

Paul schrikt wakker en grijpt naar zijn nek, waar een heftige pijnscheut doorheen trekt. Hij voelt zich gedesoriënteerd, kijkt om zich heen, beseft dan dat hij zittend op de bank in slaap is gevallen, met een leeg whiskyglas in zijn hand. Er klappert iets buiten, hij vermoedt dat de gure novemberwind aan de kapotte dakgoot rukt en dat hij daarvan wakker is geschrokken. Hij zet het lege glas op tafel, merkt dat hij amper twee uur heeft geslapen, strekt zijn nek om de pijn te verlichten en sjokt naar boven. Niet om bij zijn vrouw – als hij Emma nog zo kan noemen – in bed te kruipen. Meestal laat hij zich na enkele glazen whisky op Sophies bed vallen, soms lukt het hem de nacht door te komen in de kamer, op de bank, met de whisky als partner. Wakker liggen deed hij vroeger nooit, maar is nu eerder regel dan uitzondering. Hij beseft dat hij Emma heeft gehoord. Ze is het huis uit geslopen, ondanks dat verrekte weer.

Op Sophies bed kan hij niet in slaap komen en hij sleept zich de trap op naar de zolder. Zijn meditatiekamer, schampert Emma soms. Op een oude eettafel ligt de grote hardboardplaat, met daarop de legpuzzel die hij met Lonneke had willen maken. Vijfduizend stukjes, een cadeau van Lonneke en Thijs voor zijn verjaardag, enkele jaren geleden. Hij puzzelt en het maakt hem wonderbaarlijk rustig, ondanks het feit dat de meeste puzzelstukjes zandkleurig en grijsachtig zijn. Hij heeft intussen stukken aaneengelegd van wat een Afrikaanse vlakte met een kudde olifanten moet worden. Het leidt hem af van dringende vragen. Van onafwendbare beslissingen. Toen de puzzel nog beneden lag, was Lonneke een keer bij hem gekomen en aangeschoven, haar ogen flitsend over de vele stukjes. Hij zei niets, puzzelde door, ervan overtuigd dat ze haar hart kwam luchten. Maar even later gooide ze de paar stukjes die ze in haar hand had op tafel en verdween naar haar kamer.

Hij steekt een sigaret op en staart peinzend naar de stukjes, die allemaal op elkaar lijken. Wat kreeg hij eigenlijk van Sophie voor zijn verjaardag in dat jaar? Of kwam de puzzel ook van haar? Vreemd dat hij zich zulke dingen niet herinnert. Emma had het een tijd geleden over een man die vier jaar in coma had gelegen. En toen alsnog wakker werd. Met een zucht had hij bedacht dat vier jaar in zijn beleving zo'n abstract lange tijd is dat hij die niet kan overzien, althans niet als het om Sophies toestand gaat.

Hij heeft serieus overwogen weg te gaan, maar hij kan de kinderen niet aan hun lot overlaten. Als hij het positief bekijkt – wat hem tegenwoordig een bovenmenselijke inspanning kost – denkt hij dat het juist die zorg is waardoor hij zich beperkt tot enkele glazen whisky, terwijl hij het liefst de hele fles tot de laatste druppel achterover zou slaan. Zijn lessen zijn overgenomen door een invaller. Nadat hij de afgelopen maand tot driemaal toe tijdens een lesuur in huilen was uitgebarsten, heeft Rietman hem dringend verzocht met ziekte-verlof te gaan. Het wordt tijd voor een omslag. Een daad. Hij zal schoon schip moeten maken, wil hij ooit nog iets van zijn gezin redden.

Het wordt niets met die puzzel. Hij weet hoe het voelt als een stukje past, soms zelfs bijna voor hij het daadwerkelijk heeft neergelegd, maar na een eeuwigheid oeverloos turen is hij geen millimeter opgeschoten.

Het is vroeg, buiten is het nog vrijwel donker als hij bood-schappen wil gaan doen. Sombere, dreigende luchten beheer-sen het zwerk, vermoedelijk barst de hemel straks open. En dan moet de winter nog beginnen. Hij houdt van meikevers en bloesemgeuren. Niet van verrotte bladeren en windvlagen. Hij houdt van groen, niet van bruin. Ooit verheugde hij zich in deze periode op de kerstvakantie, en trotseerde het af-stervende leven. Sophie. Als iemand naar haar vraagt, houdt hij het niet droog. Hij vreest, twijfelt, ontkent en ontwijkt. Daar is niets heroïsch aan, maar wie voorspelt hoe iemand zich houdt in extreme omstandigheden? Hij heeft nooit beweerd een held te zijn. De grootbekken beweren altijd dat ze zullen ingrijpen als er wordt gevochten, achter een drenkeling aan zullen springen. Maak het eerst maar eens mee, denkt hij dan.

De auto wil niet starten. Een kort gebrom, dat niet wordt ge-volgd door het aanslaan van de motor. Hij schudt een keer met zijn hoofd, zich afvragend of hij iets verkeerd heeft gedaan, en probeert het nogmaals. Nu geeft de auto geen kik meer. Accu naar de filistijnen? Dat betekent vast weer een rekening van een paar honderd euro. Hij laat zijn hoofd moedeloos op het stuur zakken. Zaterdag. Geen kans op hulp van de garage vandaag. Boodschappen doen met de fiets. Hij zucht. Kwart over acht, en hij heeft nu al schoon genoeg van de dag.

's Middags halen zijn ouders Lonneke en Thijs op. Opa zal met Lonneke meegaan, ze moet volleyballen. En ja, ze mogen blijven logeren, vanavond, een paar dagen zelfs. Hij omhelst zijn ouders dankbaar, ze staan toch maar elke keer klaar. Hij wordt met Emma om twee uur in het verpleeghuis verwacht. Maandelijks overleg over Sophies toestand. Over de benodigde medische zorg, uitwisseling van informatie. Eventuele ontwikkelingen. Een noodzakelijk treffen, ook tussen hem en Emma, en de hele ochtend heeft hij al last van zijn maag, al wijt hij dat bij voorkeur aan de autostress en de puzzelnacht.

Tegen half twee fietsen ze erheen, eensgezind lijkt het, voor een buitenstaander. Het is droog, en dat is het enige positieve dat hij van het moment kan zeggen. Emma fietst in hoog tempo, zwijgend, strak voor zich uit kijkend. Hij herinnert zich hoe hij zich tot haar aangetrokken voelde, vanaf zijn kindertijd al, maar later nog veel meer. Haar zinnelijke, broeierige uitstraling, de ondoorgrondelijke, donkere ogen. Ze verborg haar oren onder haar lange haren, ze vond dat ze iets te ver naar buiten stonden. Hij kon haar furieus krijgen met grapjes over flaporen, terwijl hij ze juist aandoenlijk vond en zijn tong graag over de zachte lelletjes liet glijden. Emma. Vorige week heeft hij haar zo ongeveer meegesleurd naar Brinkgreven. Ze moet onder behandeling, met medicijnen alleen redt ze het niet, en hij vraagt zich trouwens af of ze die wel inneemt. Misschien moeten ze samen in therapie. Ze wilde niet blijven, ondanks een genereus aanbod van de behandelend arts om ogenblikkelijk een plek voor haar vrij te maken. 'Binnenkort,' zei ze, 'binnenkort kom ik terug.' Hij begrijpt het niet. Ze zou gewoon naar Sophie kunnen blijven gaan. Er is zo veel dat hij niet begrijpt. Misschien is het leven ook niet om te begrijpen, maar om te geloven. Hij is jaloers op zijn ouders, op hun onwrikbare geloof in God en het hiernamaals. Als Darwin-aanhanger heeft hij het christendom weggezet als een mythe, een oud, Romeins verhaal, en in discussies wil hij het nog wel eens beschrijven als een manier om de samenleving te beheersen, maar als hij denkt aan de steun die zijn ouders ontlenen aan hun geloof, zou hij zich willen laten bekeren.

44

Paul kijkt naar Emma, op de stoel naast hem. Ze tikt ongeduldig met haar vingers op het houten bureaublad. Zou ze
zich ergeren aan de arts, die veelvuldig zijn papieren raad-
pleegt voor Sophies gegevens? Hij heeft de man, die zich
voorstelde als dokter Ignas Hunink, wel eens eerder gezien
in het verpleeghuis, maar niet bij de maandelijkse evaluatie,
voor zover hij het zich herinnert althans. Het is niet belangrijk.
Niet een van de mannen in witte jassen heeft het vermogen
wonderen te verrichten. Net zomin als hijzelf, trouwens.

'Even kijken...' De arts bladert door het lijvige dossier
waarin Sophies leven van de afgelopen acht maanden in medische termen is verwoord. 'België. Ja, het comacentrum in
Luik. We hebben het er al een paar keer over gehad. Ik denk
dat het de beste kans is voor Sophie. Ik zie geen enkele aan-
leiding de conclusie dat uw dochter hier geen vooruitgang
boekt, bij te stellen, hoezeer me dat ook spijt.'

Geen vooruitgang, en ze moet hier weg. Een pijnlijk,
schrijnend oordeel. Paul verlangt naar buiten, zelfs nu het
weer pijpenstelen regent.

'Dat is ook wat ik wil,' zegt Emma. 'En het gaat ook gebeuren. Zeer binnenkort zelfs, want er is op internet een actie
op touw gezet om geld in te zamelen voor Sophie.'

Hij schrikt van haar woorden. Heeft ze daar haar hoop op
gevestigd?

'Zullen we tot slot even bij Sophie langsgaan?' stelt de arts
voor. 'Ik heb haar deze week nog niet gezien, en ik wil bij de
verzorging informeren of de beademingsapparatuur weg kan.'

'Nee,' reageert Emma fel, 'dat kan niet. Sophie kan die nodig
hebben. U kunt die machine niet zomaar bij haar weghalen.'

'Dat gebeurt ook niet, maakt u zich niet ongerust.' De arts
maakt een aantekening in zijn papieren en staat dan op. Paul
doet hetzelfde. Zou de arts nu berekenen wat de kosten zijn
van dat apparaat? Zich afvragen of het uit kan? Wat hij moet
declareren bij de zorgverzekeraar?

Hij loopt achter de twee aan. Luistert naar hun stemmen.
Zinloze gesprekken, zinloze bezoeken, zinloos alles.

Hooguit vijf minuten staan ze voornamelijk zwijgend naast
Sophies bed. Dokter Hunink neemt niet eens de moeite Sophies pols te voelen, legt alleen even een hand op hun dochters arm, al doet hij dat waarschijnlijk meer voor Emma dan
voor Sophie. Paul leest in dat gebaar geen hoop. Medelijden,
misschien. De hoop is opgegeven, ze weten niet meer wat ze
moeten doen, en in feite hebben ze dat ook nooit geweten. Hij
ziet Sophies ogen bewegen als hij een moment de moed heeft
echt naar haar te kijken. Reflexen. Die zijn misschien nog wel
het meest onverteerbaar. Hij kan er niet naar kijken.

Nadat de arts is vertrokken, wacht hij tot Emma hier klaar
is. Hij observeert zijn vrouw, die hun dochter wast, en hij
wendt zijn blik af als ze Sophie omdraait. Het vervult hem met
onmacht, en hij verlaat de kamer.

Koffie. Een broodje, nog een kop koffie. Die net als de eerste naar teer smaakt. In het toilet gooit hij alles eruit. Kokhalzend boven de stinkende pot vraagt hij zich af of hij nu het absolute dieptepunt heeft bereikt.

Hij dwaalt rond in het verpleeghuis, tot Emma eindelijk zover is om mee terug te gaan.

Ze verlaten het deprimerende gebouw, ondanks de regen, die hen binnen enkele minuten verandert in verzopen katten. Zou Emma zich herinneren dat ze zich ooit vrijend hebben laten natregenen, in het gras langs de IJssel?

'Hoeveel is er binnen?' vraagt Emma.

'Binnen?' Wat bedoelt ze? Door het geluid van de regen hoort hij haar nauwelijks. 'Wat zeg je?'

'Hoeveel geld we nu hebben, met die actie!' schreeuwt ze.

'Vierhonderdzestig euro,' zegt hij.

'Hoeveel?'

'Vierhonderdzestig. Niet genoeg voor Luik!' roept hij. In geen duizend jaar, denkt hij. Niet eens genoeg voor een dag. Hij veegt de regen uit zijn ogen.

Ze rijden door de fietstunnel. 'Zo weinig? Hoe kan dat?' Emma's stem weergalmt tegen het beton.

'Ik weet het niet,' antwoordt hij, terwijl hij druppels water van zich af schudt. 'Misschien hebben ze er genoeg van, al die acties voor mensen die ze niet kennen.'

Ze gaat er niet op door. Gelukkig. Wat een rotweer. Even later wil hij rechtsaf, de Ceintuurbaan op, rechttoe rechtaan naar huis, maar Emma wil de Rielerweg volgen. Korter, meer slingeren.

Op het moment dat ze langs Thijs' school fietsen, een paar straten van hun huis verwijderd, barst ze los. Ze stopt abrupt, laat haar fiets vallen en trekt aan zijn jas. 'Je had het beloofd, Paul, dat we Sophie naar België zouden overbrengen. Nog geen vijfhonderd euro? Ik geloof het gewoon niet.' Hij schrikt van de hysterie in haar stem. 'Mensen hebben veel meer over voor mijn dochter! Belazer je de boel?'

Ze kijkt hem aan, en hij zwijgt. Hij denkt aan een sigaret, aan het rustgevende effect van nicotine. Wat moet hij zeggen? Niets van wat hij kan tegenwerpen zal haar geruststellen, de waarheid al helemaal niet.

'Zie je wel, ik wist het. Ik wist het. Jij en die Beelaerts. Oplichters, leugenaars.'

Ze gaat hem te lijf met gebalde vuisten, de natte haren aan haar wangen plakkend. Ze stompt, tiert, en enkele uithalen komen hard aan. Een ervan belandt tegen zijn neus en een felle pijn doet de tranen in zijn ogen schieten. Hij was vergeten hoeveel kracht ze heeft. Hij weert haar af, probeert haar polsen te grijpen. Ze wringt zich los uit zijn greep en sprint weg. Hij rent haar achterna, bezorgd dat ze de drukke Zwolseweg zal oversteken. Maar ze gaat naar rechts, langs de speeltuin. Ze kijkt om, struikelt over een driewieler en valt.

'Heb je je bezeerd?' vraagt hij. Hij veegt langs zijn neusgaten en ziet bloed op de rug van zijn hand.

Ze staat op, hijgend, en weigert zijn helpende hand. 'Jij... jij klootzak, je wilt het gewoon niet, je wilt Sophie niet helpen, je wilt haar dood laten gaan!'

Hij is ontzet, tegelijkertijd bang voor de intense haat in haar ogen, een emotie die hij niet eerder bij haar zag.

'Je hebt niet eens gekeken, met haar gepraat, je zit daar maar als een zoutzak naast haar bed. Ik zie je denken: wat een kinderachtige, zinloze vertoning. We moeten verder, hè? Verder zonder Sophie.'

'Maar, Emma, toe...'

Een volgende slag treft hem vol op zijn kin. Hij wankelt en valt. Zijn hoofd raakt iets hards, en even ziet hij grijze vlekken voor zijn ogen.

'Hoe zei je dat ook alweer zo mooi? De dood kan een nieuw licht werpen op het leven. Ja, dood, Sophie moet dood. Een plantje, gewoon geen water meer geven en dan verpietert het vanzelf.'

Allemachtig, Emma.

Ze drukt een knie in zijn maag. 'En nu wil ik het weten ook. Ik wil weten wat jij met Sophies toestand te maken hebt.'

'Emma… ik…'

Ineens ziet hij het mes in haar handen. Hij schrikt van het glimmende staal, de scherpe punt die ze bij zijn gezicht houdt.

'Ik meen het, Paul. Het is genoeg geweest, ik kan niet meer, ik wil niet meer, niet met leugens, niet met jou… Wat is er gebeurd die middag?' Het mes prikt in zijn huid. 'Denk niet dat ik het niet zal doen. Ik wil een antwoord. Een eerlijk antwoord.'

'Emma.' Hij hoort hoe haar naam als een kreun over zijn lippen komt. Hij hoest, proeft bloed, en voor het eerst vreest hij dat ze hem echt iets aan zal doen. 'Toe, laten we naar huis…'

'Nú, ik weet dat er iets is, en ik wil het nu weten.'

Ze klinkt iets minder hysterisch, maar de druk van het mes op zijn keel is intenser, hij voelt dat ze aandringt, ongeduldig is. Het moet maar. Hij was het immers toch al van plan.

'Ik… we waren bij elkaar, die middag. Eduard en ik.' Ze haalt het mes weg bij zijn keel. Tot zijn stomme verbazing is het niet zomaar een exemplaar uit hun keuken. Het oogt als een dodelijk wapen, zo'n mes waarbij het lemmet in een flits uit de handgreep schiet. Wat moet ze…

'Ja?' dringt ze aan.

'Eduard was op mijn kantoor, die middag, en we dronken allebei whisky. Hij wilde eigenlijk niet, maar ik drong aan.'

'Maar hij stapte daarna wel in een auto.'

'Net als ik, Emma. En ik was degene die hem verzekerde dat hij rustig nog kon rijden, dat drie glazen whisky echt geen probleem was bij een controle.'

'Twee. Hij had er twee op.'

'Nee, drie. Hij had mazzel dat pas uren later in het ziekenhuis bloed werd afgenomen. Daarom bleef hij net binnen de limiet.' Hij zucht. 'Ik zat erdoorheen, Em. Ik was van plan je die middag te vertellen dat ik zo niet verder kon.' De woorden komen fluisterend over zijn lippen. 'Na het ongeluk chanteerde Eduard me. Als ik de politie zou vertellen hoeveel hij werkelijk had gedronken, zou hij jou vertellen wat de reden daarvan was. En hij zou je ook vertellen dat... dat Sophie verliefd op hem was. Dus ik zweeg. Ik wist dat je daar kapot van zou zijn.'

'Sophie verliefd op die... nee. Hij... heeft hij aan Sophie gezeten met zijn smerige... Nee. Dat kan niet. Daar had ik iets van gemerkt, ik beschermde haar, waarschuwde haar voor dat soort... Dat kan niet waar zijn. Nooit. Nee!'

'Ik heb niet gezegd dat hij aan haar zat, Em. Sophie was verliefd op hem.'

'O, en dan denk jij dat zo'n man daar stoïcijns onder blijft?'

Ze wil hem opnieuw te lijf gaan, en hij grijpt haar polsen. 'Rustig, Em, doe nou niet zo paniekerig.' Ze schreeuwt, en haar wanhoop gaat hem door merg en been. Hij wil haar omarmen, haar ervan overtuigen dat ze veilig is bij hem, dat alles in orde zal komen, maar ook nu laat ze het niet toe.

45

Het is niet waar. Paul kraamt onzin uit. Hij strooit met leugens, en ik snap wel waarom. Hij wil dat ik een hekel krijg aan Sophie, hij wil niets voor haar vragen, lenen, eisen. Niet voor haar, niet voor mijn dochter. Hij wil dat ze sterft. Probleem opgelost. Ik overweeg het mes diep tussen zijn ribben te steken en het heft rond te draaien tot hij zoveel bloed ophoest dat hij geen woord meer kan uitbrengen. Hij verdient het. Maar ik fiets uitgeput en rillend van de kou het laatste stukje naar huis. Ik sla zijn arm tegen mijn rug van me af. Rot op, ik wil je hulp niet. Sophie en Eduard. Het is een onmogelijke combinatie, het is om te gieren, om gek van te worden, hij verzint het om mij te kwellen, om zich eruit te redden, om... Ik weet het niet.

Eenmaal thuis vlucht ik naar boven. Douchen, andere kleren. Ik wil terug naar het verpleeghuis, ik heb Sophie nog niet voorgelezen en ik moet haar vertellen dat... Ja, wat? Wat moet ik zeggen? Het gesprek met die arts deed me huiveren; hij wil Sophie daar weg hebben. Het is een uitkomst dat ze naar België kan, dacht ik op dat moment, maar dat is nu dus geen optie meer? Ik heb het benauwd, en ik moet gaan zitten en in een zakje ademen. In, uit. Geen geld, geen België. Sophie. Eduard. Ik moet me concentreren. In, uit.

En dan begrijp ik het. Het is alsof er onverwacht een glimp helderblauwe lucht tussen de onweerswolken doorbreekt. Nieuw leven dient zich aan. Hoop. Ik adem zo rustig mogelijk in en uit tot ik het zakje niet meer nodig heb, gooi het mes in mijn tas, trek mijn leren laarzen aan en pak een droge jas.

Paul zal wel op zolder zijn, druk met zijn geestdodende peuterpuzzel; ik leg een briefje voor hem neer, zodat hij het niet in zijn hoofd haalt me te gaan zoeken. *Ik ga met de trein naar Luik*, schrijf ik, en: *Maak je geen zorgen, ik verzin wel iets*. Glimlachend voeg ik er nog aan toe: *Desnoods vraag ik koning Albert om hulp, of die toffe zoon van hem*.

Paul zal blij zijn dat ik alles ga regelen. Ik moet wel. Anders zal hij stiekem naar het verpleeghuis gaan en zijn maatregelen treffen. Voorlopig heb ik geen andere keuze dan te vertrouwen op het personeel daar, dat instructies heeft gekregen dat wij allebei aanwezig moeten zijn bij elke beslissing die omtrent Sophie wordt genomen.

Mijn vertrouwde bankje aan de Lokersdijk staat eenzaam en verlaten weg te rotten, de planken waar ik ooit aan één kant op kon zitten, zijn helemaal vergaan. Er brandt licht in Eduards woonkamer en in een ruimte boven. Ik fiets langzaam langs de zijkant van het huis en begroet de verroeste reiger. Even later zet ik mijn fiets bij de achterdeur en gluur naar binnen. Zijn woonkamer oogt verlaten, ik zie geen teken van leven. Is hij boven? De achterdeur zit op slot en in een opwelling besluit ik aan te bellen.

Het duurt even voor hij opendoet. Hij schrikt en wil de

deur voor mijn neus dichtslaan, maar ik zet snel een stap naar voren, de hal in. Met mijn hooggehakte laarzen kijk ik op hem neer. Dat een onbeduidend mannetje zo'n immense impact kan hebben op mijn leven.

'We moeten even praten, meneer Beelaerts, volgens mij is het de hoogste tijd. En ik weet zeker dat u het diep in uw hart met mij eens bent.'

Hij zet een paar stappen naar achteren, mij polsend opnemend en met duidelijke tegenzin. Ik sluit de deur achter me, loop de hal door, de keuken in, terwijl ik ondertussen mijn doorweekte jas uittrek.

'U hebt vast een goede wijn onder de kurk, daar lijkt u me nou echt het type voor. Hoewel, nee, u houdt van het zwaardere werk. Whisky, toch?'

'Eh...'

Ik wuif zijn poging tot antwoorden weg. Hij volgt me op de voet als ik vanuit de open keuken de kamer in loop. 'Ik weet wel wat u gaat zeggen, ik ben niet achterlijk.'

Ongelukkig, ja, zo moet ik de uitdrukking op zijn gezicht omschrijven. Alsof hij graag ergens anders zou zijn. En hij heeft nog wel zo'n geweldig huis.

'Ach, kijk nou, een tropisch aquarium! Wat een prachtige hobby, en die visjes, ze geven licht! Een niet alledaagse liefhebberij.'

Hij kijkt me aan alsof ik van een andere planeet kom.

'Ik denk dat we beter een andere keer...'

'Menige man zou zich verre houden van een dergelijke hobby, maar u komt er gewoon dapper voor uit dat u dit mooi vindt, al die felle, snel bewegende kleurtjes in uw kamer! Petje af, hoor, Eduard. Mag ik Eduard zeggen? Per slot van rekening kennen we elkaar zo langzamerhand. Hoe is het nu met je, is je been helemaal hersteld?' Terwijl ik naar hem kijk, zie ik voor me hoe hij, kwijlend, met zijn handen naar Sophies jonge lichaam graait. 'Wist je dat mijn dochter nu al weer acht maanden in coma ligt?'

Nog voor hij kan reageren, ram ik mijn elleboog in zijn oogkas. Een flinke uithaal waarin ik veel snelheid en kracht leg, en ik zie dat het in één keer raak is. Hij schreeuwt, grijpt naar zijn hoofd en zakt door zijn knieën. Het ziet er een stuk overtuigender uit dan wat hij op het toneel heeft laten zien.

'Zie je wel, je kunt het best,' zeg ik knikkend. 'Als je fantasie niet groot genoeg is en je wilt overtuigen als acteur, dan moet je teren op eigen ervaring. Je laatste optreden was niet geschikt voor publiek, vond je wel? Dat is het ergste wat je kunt doen, Eduard, je publiek onderschatten.'

Hij doet een poging om op te staan, ik vermoed dat hij zich van mij weg wil bewegen. Zodra hij half overeind is gekropen en mijn armen wil grijpen, trap ik hem met de punt van mijn laars in zijn kruis. Een felle stoot die er onprofessioneel uitziet, maar zeer effectief is. De bevrijdende werking van die trap, waarin ik al mijn woede heb verzameld, verbaast me. Doet me verlangen naar meer. Zijn reactie is weinig verrassend: hij zakt opnieuw in elkaar. Ditmaal klinkt hij als een gillend varken, vlak voor de verdovende stroomstoot die het einde inluidt.

Ik moet eerst zorgen dat hij er niet vandoor kan gaan, bovendien wil ik niet dat hij steeds zo gaat schreeuwen. Wie weet slaan de buren dan alarm, hoewel ik in zijn naaste omgeving tot dusver nauwelijks iets van leven heb waargenomen. Waar had ik de tape ook alweer zien liggen? Ik open keukenlades, kijk in kasten in de kamer en vind een rol in het kastje waar het aquarium op staat. Twee rollen, zelfs. Het is geen grijze tape, maar witte, bedoeld voor geblesseerde enkels en knieën. Eduard is niet sportief, ik heb hem nooit een meter zien hardlopen of fietsen. Des te attenter dat hij het spul in huis heeft.

Ik probeer me over mijn weerzin heen te zetten hem aan te raken. Op het moment dat ik me over hem heen buig, verrast hij me met een snelle beweging van zijn armen. Zijn vingers als klauwen, die me te pakken krijgen, aan mijn haren trekken, terwijl hij zichzelf kreunend overeind hijst. Ik gil het uit, haat mezelf om mijn onoplettendheid, mijn stupiditeit, terwijl ik naar mijn hoofd grijp, zijn vingers probeer los te trekken. Het lukt me niet. Ik kan geen kant op. Ik vloek en hoor mezelf schreeuwen, terwijl Eduard een arm om mijn nek slaat, hoe ik ook probeer me los te rukken. Ik ruik zijn zweet, voel zijn hete adem vlak bij mijn oor. Het maakt me razend, die geur, zijn stank, zijn weerzinwekkende lichaam in contact met het mijne. Ik snak naar frisse lucht, voel hoe de druk in mijn hoofd toeneemt, en dan raak ik in paniek. Ik sla wanhopig om me heen, in het luchtledige, tot ik met mijn rechterhand de ruwe stof voel van mijn tas. Ik verstijf. Heel even maar, want vrijwel onmiddellijk is er het besef. Het mes. Ik concentreer me, ik graai, probeer de pijn en zijn geur te negeren, en dan heb ik het eindelijk te pakken. Ik vind het knopje waarmee ik het wapen openklik en steek het lemmet met kracht naar achteren.

Een oorverdovende kreet.

Ineens is de druk weg, ben ik bevrijd. Kokhalzend grijp ik naar mijn pijnlijke keel. Hij haalt uit met zijn vuist, maar hij is niet snel genoeg. Ik ontwijk hem en steek opnieuw. Het mes belandt in zijn bovenbeen, vlak naast een verse wond. Er gutst bloed uit. Daar heb ik hem dus de eerste keer geraakt. Hij kreunt en zakt op de grond. Ik zie zijn ogen even draaien, en dan beweegt hij niet meer. Ik druk twee vingers in zijn nek en voel de pulserende ader. Hij ligt op de keukenvloer, zijn roze trui steekt fel af tegen de zwarte tegels. Ik bind zijn handen op zijn rug door de tape om zijn polsen te winden. Voor zijn mond begin ik op zijn wang met plakken, en dan wind ik vervolgens de rol ook om zijn hoofd. Hetzelfde doe ik bij zijn enkels. Ik ruk en trek wat aan zijn armen en benen, de tape geeft op geen enkele manier mee. Bij de steekwonden in zijn been vormt zich een plasje bloed.

'Zo, meneer Beelaerts.' Mijn stem klinkt raar, en ik schraap mijn pijnlijke keel. 'Als uw middelste naam geen Houdini is, ben ik nu voorlopig degene die hier de beslissingen neemt.' Ik haal een keer diep adem, verman mezelf en trek zijn slappe lichaam de kamer in, een klus die dankzij de gladde tegelvloer en zijn niet erg indrukwekkende gewicht meevalt. Ik kijk om me heen, in twijfel over een geschikte plek voor mijn vangst. Mijn blik blijft steken op het kookeiland met de afmetingen van een eenpersoonsbed.

Ik sleep hem terug naar de keuken en manoeuvreer hem daar eerst in een zittende houding. Ik verwijder een vaas en een fruitmand van het blad en dan sla ik mijn armen om zijn borst. Ik houd mijn adem in als ik met mijn neus vlak bij hem ben. Optillen lukt me pas de derde keer, als ik al mijn kracht en woede mobiliseer. Een kreet van ontlading ontsnapt uit mijn keel als hij eindelijk op het vuistdikke, houten blad ligt. Het hele eiland heeft zo iets van een groot hakblok. Met een schaar knip ik de tape om zijn polsen los voor een betere oplossing: de armen apart vastmaken, de tape eerst om zijn pols en dan afrollen, als een touw, tot ik het onderaan bij de poot kan vastplakken. Voor de zekerheid herhaal ik die truc een tweede keer. Hetzelfde doe ik bij zijn voeten. Hij ligt erbij alsof hij in een gestrekt uitgevoerde radslag is blijven steken, alsof hij is geprepareerd om gevierendeeld te worden. Ik haal ook de tape om zijn hoofd weg, want ik wil straks een paar dingen van hem weten. Ik tik een paar keer tegen zijn wangen, en net als ik een prop heb gemaakt van het restant tape en die in zijn mond druk, komt hij bij. Hij begint te kokhalzen, en ik moet de tape tot drie keer toe terugproppen.

'Ophouden nu, Eduard, anders plak ik je mond weer dicht.' O, wacht, dat kan ik sowieso doen, met een kort stuk over zijn mond. 'Gelukkig heb je niet bezuinigd op de tape, ik had nogal wat nodig, zeg. Waar heb jij dat plakspul trouwens voor nodig? Geblesseerde visjes?'

46

Terwijl Eduard zich keurig stilhoudt, zoek ik in de keukenlades naar gereedschap. Een mes heb ik al, maar dat is van
mij. Misschien heeft hij zelf wat. Een schaar. Dat is alvast iets.
Ik haast me door de regen naar de schuur, waar de tuinspullen
nog steeds keurig geordend zijn opgeruimd. Stoelen, een pa-
rasol, een barbecue. In een koffertje op de houten werkbank
ligt een elektrisch apparaat dat ik in eerste instantie niet kan
thuisbrengen, maar het blijkt een soort pistool te zijn om
nietjes mee te schieten. Alhoewel, 'nietjes' dekt nauwelijks
de lading; de haken die erin gaan, hebben de lengte van een
forse spijker, minstens drie of vier centimeter. Kleine cricket-
poortjes zijn het eigenlijk, wat schattig. Aan de wand hangt
een brandblusapparaat en ik moet meteen aan vroeger denken.
Ik huiver.

Eenmaal weer binnen merk ik pas hoe nat ik ben geworden
van dat kleine stukje heen en weer rennen tussen huis en
schuur. Ik strijk de vochtige haarslierten uit mijn gezicht en
veeg de druppels van mijn mouwen. Ik sluit de luxaflex zo ver
dat we geen last van inkijk hebben. Uit zijn kantoor haal ik

zijn laptop. Terug in de keuken start ik hem op; er is geen wachtwoord nodig.

'Eduard, we kunnen dit eenvoudig en snel afhandelen als je meewerkt, anders duurt het lang en wordt het, vrees ik, pijnlijk. Voor jou. Wil je er even over nadenken?'

Ik pak de schaar en knip van bovenaf zijn trui kapot. Daarna zijn overhemd. De geur van die man. Zijn gore zweetlucht. Dan pas zie ik ook de donkere plekken onder zijn oksels. Ik ruk het overhemd van zijn bovenlijf. De stof voelt vochtig.

'Daar moet ik eerst iets aan doen, ik hou dit niet langer vol.'

Op het toilet was ik mijn handen en ik gebruik de met vrolijke bloemen bedrukte spuitbus, die verfrissende lenteluchtjes belooft. Terug in de kamer valt mijn oog op de whiskyflessen, sommige halfleeg, maar andere voor meer dan de helft gevuld. Ik heb geen verstand van whisky en ik kies voor het etiket met de vogel. *Famous Grouse.* Een nepfazant met een minderwaardigheidscomplex.

Ik giet de drank over zijn gezicht, zijn bovenlijf, terwijl hij rochelt en verwoede pogingen doet los te komen. Met een kritische neus snuif ik de geur om me heen op. 'Ik lust het spul niet, maar het ruikt pittig, en jij weet er wel raad mee, toch?' Ik veeg spetters van de laptop, die ik voor de zekerheid even had dichtgeslagen. Het internet. Ik kijk bij zijn favorieten. Ja hoor. Als een van de eerste staat zijn bank vermeld, met het groen-gele logootje. 'Eduard, waar is je identiteitsapparaatje, je weet wel, waarmee je moet inloggen?'

Hij murmelt iets onverstaanbaars, de tape zit hem in de weg, dus ik scheur het strookje los. Hij spuugt de prop uit, hij gorgelt, hoest en begint tegen me uit te vallen. Ik plak zijn mond weer dicht. 'Als het zo moet, wordt het een lange dag, Ed. Ik zal je één keer vertellen hoe het werkt. Ik vraag iets, en jij geeft antwoord. Zo niet, dan knal ik een cricketpoortje in je lijf. Niet moeilijk, toch?' Ik pak het nietpistool en stop de stekker in het stopcontact. 'Je hebt het mooi voor elkaar, zelfs aansluitingen bij het eiland. Chic hoor.' Ik zet de machine op zijn blote buik. Een behaarde buik, vol donkere krulletjes. Aapachtig. Sophie zal hier toch niet aan hebben willen zitten? Ik hoor hem piepen en trek de tape los. 'Weet je het al?'

'In de onderste la van het bureau in mijn kantoor.'

'Pasje?'

'Dat zit erin.'

'Goed zo.'

Het is echt net een pistool, merk ik als ik bekijk hoe het moet werken. Knopje indrukken voor 'aan', en dan dat zwarte ding naar me toe halen. Páts! Ik schrik ervan, niet in het minst omdat Eduards buik onder mijn handen schokkend omhoogkomt en hij een geluid uitstoot dat ik nog niet eerder van hem heb gehoord.

'Waarmee ik maar even duidelijk maak dat ik niet te vertrouwen ben, net zomin als jij.' Ik houd het pistool wat lager en vuur nog een poortje af. Páts!

Even later ben ik terug. Ik houd een pak papier voor zijn neus. 'Zeg, kijk eens wat ik ook nog vond in je kantoor. Pagina's getypte tekst! Je gaat me toch niet vertellen dat je een boek aan het schrijven bent, hoop ik? Een om te lachen, dan toch?'

'Een toneelstuk,' fluistert hij.

'Hmm. Of dat wel zo'n geniaal idee is?' Ik leg het papier aan de kant, en sluit de e-dentifier aan op de laptop. 'Weet je wat het is, Eduard, je mag blij zijn dat jij nog iets kunt voelen, dat je in staat bent om te schreeuwen. Sophie kan dat al heel lang niet meer.'

Zonder enige hindernis heb ik even later zijn persoonlijke, financiële gegevens voor mijn neus. In eerste instantie denk ik dat ik niet goed kijk, daarna word ik kwaad. 'Wat... maar zeshonderdvijftig euro op je spaarrekening? Bijna niets op je lopende? Hoe kan dat? Bij welke bank heb je de rest ondergebracht? Heb je nog zo'n beveiligingsding?'

Eduard schudt zijn hoofd. Paniekerig. Aansteller. Ik zet het pistool op zijn onderbuik en haal de trekker opnieuw over. Páts. Een kort, fel geluid dat nasuist in mijn oren. Nog een. Iets lager. Páts.

Hij gilt, en ik druk snel de tape over zijn mond. Ik trek aan de ijzeren haken en verbaas me erover hoeveel kracht het vergt om die dingen uit zijn lijf te trekken. Naar zijn piepende protest weiger ik te luisteren; er is er maar een die hij de schuld kan geven van al deze ellende. In een van de bovenkastjes vind ik handdoeken. Uit de ontstane gaten in zijn buik stroomt bloed. Een van de handdoeken leg ik op zijn buik, zodat het bloed niet op de grond druppelt, met het risico dat ik op een onverhoeds moment uit zal glijden. Een andere handdoek wikkel ik om zijn rechterbovenbeen; daaronder heeft zich ook een roodkleurig plasje gevormd. Eduard is stil, even vrees ik dat hij buiten bewustzijn is, maar zijn ogen gaan open zodra ik de tape lostrek.

'Heb niet meer,' kermt hij. 'Pijn, niet doen, alsjeblieft.'

'Paul heeft het geld van de actie aan jou overgemaakt, je hoeft mij niets wijs te maken. Hadden jullie het nodig om mij te laten bespioneren? Om dokters om te kopen die Sophie moeten laten inslapen?'

Hij kijkt me met open mond aan. Schudt zijn hoofd.

'Je gaat me toch niet vertellen dat het op is, wel?' Ik maak aanstalten om poortje nummer zoveel een plek te geven, met het pistool op zijn linkerwijsvinger. Ik ben benieuwd of het ijzer als ik schiet in het hakblok verdwijnt, en hoe zijn vinger daarop zal reageren.

Hij draait zijn hoofd opzij om te zien wat ik doe, en zijn ogen worden groot, puilen uit. 'Wacht!'

Ik zie tranen langs zijn slapen biggelen. Krokodillentranen. Zeker uit medelijden met Sophie, maar daar is hij nu te laat mee. Veel te laat. 'Stel je niet aan,' zeg ik streng.

'Niet doen, alsjeblieft... Ik vertel je wat je wilt weten. Alles!'

'Het geld van Pauls actie!'

'Pauls actie? Wat heb ik daarmee te maken? Ik ben blut, ik... ik had wat geld, maar daarmee heb ik de auto betaald, ik heb ervan geleefd. Het spijt me.'

Hij kreunt als ik het pistool op zijn borst leg en de schaar pak. Ik maak zijn broek los en knip vanaf de broekspijpen de stof door.

'Nee, nee, niet doen, alsjeblieft. Ik vertel je toch wat je wilt weten? Ik lieg niet, ik zweer het. In vredesnaam...'

Eduard heeft nog steeds te veel ego. Hoe minder kleding, hoe kleiner het ego. Daar ben ik van overtuigd als ik zijn lichaam bekijk. Zijn rechterbeen is dunner dan het linker. Hetzelfde been waarin ik tweemaal het mes heb gezet. Het been waarmee hij had moeten remmen. Zijn ademhaling gaat razendsnel, ik zie hoe zijn buik onder de roodkleurende handdoek in een hoog tempo op en neer beweegt.

'Ik vind het ook erg, geloof me, ik schrik nog steeds wakker terwijl ik die doffe klap hoor, en dan zie ik haar voor me.'

'Haar? Haar? Mijn dochter heeft een naam.'

'S-Sophie.'

'Zoveel zorgen heb jij niet. Hooguit over een mislukt optreden, dus kom op, zeg, laat me niet lachen. En hou op met dat kinderachtige gejank.'

Hij beweegt zijn hoofd opzij. Ik hoor hem snuffen, het klinkt als een kind met een snotneus.

'Wat kon ik eraan doen? Goeie genade, het was een ongeluk, het was in een seconde gebeurd, het had iedereen kunnen overkomen, echt waar. Wil je nu dat enge ding wegdoen? Alsjeblieft, ik smeek het je. Ik bloed dood.'

'Zo snel gaat dat niet, hoor. Een volwassen varken bevat geloof ik vijf liter bloed, bij mensen zal dat wel vergelijkbaar zijn. Bij jou dan iets minder, hè?' Ik pak het pistool op. 'Je had ons moeten helpen. Je had geld, was er niet iets met schilderijen wat niet door de beugel kon?'

'Ik... eh... ik wilde een Picasso verkopen. Maar dat liep mis. Anders had ik jullie kunnen helpen.'

'Je liegt. Jij denkt alleen aan jezelf, aan je auto, je whisky, in plaats van aan Sophie. Ze heeft nogal wat nodig om in België opgenomen te kunnen worden, heeft Paul dat niet verteld?'

Hij knikt. 'Jawel, een tijd geleden al. Ik heb er niet meer aan gedacht.'

'Kijk, die optie heb jij dan. Ik fiets elke dag naar het verpleeghuis. Elke dag. Geen kans op vergeten. Geen tijd voor iets anders. Volgens Paul had jij iets met Sophie. Was ze verliefd op je. Dat zei hij om mij van streek te maken, toch, Eduard? Vertel me niet dat je met een minderjarige hebt liggen rotzooien. Je weet toch wel dat ze toen nog maar zeventien was? Toen je haar met je auto ramde?' Ik druk het pistool opnieuw op zijn wijsvinger. Dan bedenk ik me en verplaats het naar zijn ringvinger.

'Nee, nee, ik zweer het je.'

'Ik zou de politie kunnen bellen. Paul zal getuigen dat je meer dan twee whisky's ophad. Ze sluiten je voorgoed op, wedden? Dan kun je nooit meer optreden. En dat is voor iedereen geweldig nieuws.' Ik pak met mijn vrije hand mijn mobiele telefoon uit mijn tas.

'Nee! Ik zweer het je, ik heb geen vinger uitgestoken naar Sophie.'

'Vinger! Ha, dat is een goeie, grappenmaker. Je moet bij het theater!'

'Ze was, ze is een knappe jonge vrouw. Maar ik... ik ken de betekenis van minderjarig, geloof me, alsjeblieft.' Hij klinkt als een jankende kat.

'Hou nou eens op met dat ge-alsjeblieft! Lieve hemel. Je klinkt als een mekkerend schaap. Wat denk je, dat ik hier voor mijn lol ben, vlak bij jouw stinkende lijf? Dat ik mijn tijd niet liever bij Sophie doorbreng? Nog één keer dat miezerige woord en ik ram mijn mes tussen je ribben, plak een briefje op de deur dat je voor drie maanden naar Zuid-Afrika bent en ik ben weg.' Páts!

47

Een pijnexplosie die niet van deze wereld is, giert door zijn vinger, zijn hand, het is alsof hij in brand staat en het verwoestende vuur zich razendsnel door zijn lijf verspreidt. Zijn hele leven bestaat uit pijn, er is niets anders. Laat het ophouden. Ophouden. O, goeie genade, ze heeft het gedaan. Zijn vinger. Hij ziet zwarte vlekken voor zijn ogen en denkt dat hij het bewustzijn verliest. Hij schreeuwt, ook al beseft hij vaag dat het moet klinken als nietszeggend gejammer. Pijn, o pijn, hij wordt gek, hij bloedt dood... Langzaam krijgt hij vat op zichzelf, al lijkt het een eeuwigheid te duren voordat hij zichzelf bijeen kan rapen. Elke keer als hij in- en uitademt, voelt het alsof iemand met een mes in zijn hand steekt. Hij probeert zijn ogen te openen. Het linker wil niet.

'Niet afhaken, hoor, of speel je nu gewoon de stervende Romeo?'

Laat dat mens haar mond houden, laat haar verdwijnen, in rook opgaan, alsjeblieft! Er moet een ambulance komen. En die vrouw, die vrouw is veel verder van huis dan hij had gedacht. Ze is gestoord, ze is compleet gestoord.

'Zeg, Ed, ik moet er ineens aan denken: heb je genoten van die varkenskop in je koelkast? Iets leuks gebrouwen van de wangetjes, of waren de maden je voor geweest? Ik dacht, je houdt nogal van dieren. Ik wil een kop, zei ik tegen de oude varkensboer in Epse, die ik ken van vroeger en die zelf zijn beesten nog slacht, tegen alle hygiëneregels in. Het is voor de biologieles van mijn man, legde ik uit. Een leugentje om bestwil. Ik ben speciaal voor jou helemaal naar Epse gefietst. Speciaal voor jou, eerlijk scharrelvlees!' Ze lacht. Spottend.

Hij kijkt naar haar, met één oog, en klemt zijn kaken op elkaar. Mond houden. Ze raakt opgefokt van zijn geluiden, dus hij moet zich stilhouden. Geen kik. Haar geen reden geven tot opnieuw schieten, niet nog zo'n ongelooflijke pijnuitbarsting. Hij hoort haar voetstappen. Iets verder weg. In de kamer? Ze zal toch niet... zijn vissen...

Hij richt zijn hoofd op zover hij kan en ziet haar niet. Zijn blik blijft rusten op zijn eigen, naakte lichaam. Bebloed. O, god. Hij schaamt zich en moet tegelijkertijd zorgen dat hij niet in paniek raakt. Ze zal hem toch wel losmaken voor ze weggaat? Hem toch hier niet zo achterlaten? Of misschien moet hij daar juist op hopen, omdat het zou betekenen dat hij nog leeft? Hij kreunt. Kan het niet helpen. De pijn is te heftig. Een paar van die ijzers uit dat nietpistool in zijn hartstreek en het is einde oefening. Hij bloedt als een met kogels doorzeefd beest. Wat als ze hem hier zo achterlaat? Wanneer zou iemand hem missen?

'Ik heb dorst. Wil jij ook iets?'

Hij schudt zijn hoofd. Ze kijkt niet eens, neemt een paar slokken whisky, trekt een vies gezicht en zet dan de fles aan zijn mond. Ga weg, trut! Hij houdt zijn lippen stijf op elkaar, maar ze knijpt zijn neus dicht. Op het moment dat hij naar adem hapt, voelt hij de hals van de fles in zijn keel. Hij kan het niet tegenhouden, hij moet kokhalzen, zijn maag wil door zijn strot naar buiten. Stop! Stop dan toch! Pas als de fles bijna leeg is, houdt ze op. Ze schudt de laatste druppels boven zijn gezicht uit de fles en dan plakt ze de tape weer over zijn mond. Hij probeert zich te focussen, zijn lichaam rustig te krijgen.

En dan is ze verdwenen. Hij hoort geen deur, en hoop leeft in hem op. Met zijn oren gespitst draait hij zijn hoofd, naar links, naar rechts. Hij kan de neiging tot overgeven bijna niet onderdrukken. Het kan niet. Mag niet. Hij zal stikken. Zijn keel staat in de fik. Hij rukt en trekt aan de tape om zijn handen. Voelt zich duizelig. Even denkt hij dat het stugge materiaal iets meegeeft, maar het lukt hem niet zich te bevrijden. Hij kijkt, ziet de kamer draaien, overweegt wat hij moet doen, wat hij kan doen, en ontdekt dan de schaar, ter hoogte van zijn borst. Met een uiterste inspanning die de tranen in zijn ogen doet springen, probeert hij omhoog te komen, rukkend, trekkend, vloekend. Tevergeefs. Een bekend geluid. Klaterend water. Het toilet. Hij laat zijn hoofd op het houten blad zakken en huilt in zichzelf.

Niemand zal hem missen. Zelfs zijn ouders niet, zeker niet als hij bekent hoe hij de ouwelui al een paar jaar besteelt. En zij maar denken dat hij uit bezorgdheid, uit liefde elke keer die reis naar het zuiden maakt. Die vrouw meent het niet, ze zal geen aangifte doen. Dan is ze er toch zelf ook gloeiend bij? Als hij de politie vertelt dat ze hem heeft overmeesterd, vastgebonden op zijn eigen...

Hij schrikt als ze onverwacht naast hem staat. Met een foto, die ze traag in zijn blikveld beweegt.

'Dit is Sophie. Kijk maar even rustig. Als je haar nu zou

zien, herken je haar niet meer. En ik weet wat er echt aan de hand is, Eduard. Je heb gas gegeven in plaats van op de rem te trappen. Je was bang dat ik erachter zou komen, dat Sophie wakker zou worden en mij alles zou vertellen. Je hebt Paul, lieve, volgzame Paul, voor je karretje gespannen, zodat hij je op de hoogte zou houden. Jullie lieten me zelfs volgen. Paul wist er gewoon van, van jouw viezigheid.'

Wat? Wat zegt ze toch allemaal?

Ze laat hem een andere foto zien. 'Zelfs deze twee ken je nu niet meer terug. Mijn jongste dochter en mijn zoon. Ze lijden namelijk ook onder de toestand, je hebt het leven van vijf mensen compleet verwoest, niet alleen dat van Sophie, maar dat van ons hele gezin.' Ze heeft de foto in de ene, maar, veel belangrijker, het mes in haar andere hand, en zijn blik is gefocust op dat wapen. Ze gaat het doen, ze gaat dat scherpe lemmet in zijn ribbenkast steken. Zijn leven is voorbij.

Ze tikt tegen zijn wang. 'Kijk!'

Met een schok is hij terug in de realiteit. Hij ziet het en vergeet zelfs een moment zijn pijn. Het jongetje keurt hij amper een blik waardig, maar dat andere kind, dat meisje... die donkere haren, een iets kleinere kopie van Sophie... dat jurkje! Rood, een rode jurk! Geen Sophie in een duivelskleur, maar in een vrolijk wapperende jurk. Hij heeft het eerder gezien, en op het moment dat hij zich dat realiseert, weet hij ook wanneer. Hij ziet het voor zich, en een misselijkmakend gevoel overvalt hem. Het ongeluk! Hoe moet hij in vredesnaam iets zeggen! Hij probeert geluid te maken, ondanks de tape op zijn mond, en spert zijn ogen zo ver mogelijk open.

In een snelle beweging rukt ze de strook los. 'Wat is er?'

Hij haalt een paar keer adem. 'Zij...'

'Wie, Lonneke?'

'Ja.'

'Ook een knappe meid, toch? Maar daar zul jij nooit met je poten aan zitten. Kijk, hier, wat er achterop staat: *Voor de liefste mama van de wereld.*'

'Ze was erbij,' fluistert hij. Hoort ze hem wel? Zijn hersens lijken te koken. 'Bij het ongeluk, die middag. Ze heeft het gezien.'

'Pardon? Lonneke bij het ongeluk? Je bent stomdronken.' Ze zwaait vinnig met het mes, en even is hij bang dat ze het in zijn borst zal steken. Dan ziet hij haar aarzelen.

'Het is waar,' zegt hij snel, knikkend naar de foto. 'Ik herken haar, hoe zei je…'

'Lonneke.'

'Ze was erbij, ik zweer het. Ik dacht dat het Sophie was, maar dat jurkje… een kopie van Sophie, maar niet in het zwart…'

Ze lacht. Die vrouw lacht hem gewoon uit. Hij ziet hoe ze het mes neerlegt en het nietpistool weer op hem zet. 'O, nee, wacht,' zegt ze. Nog steeds lachend.

Even meent hij iets te horen. Buiten? Zal hij gaan schreeuwen? Is ze weg? Wat als er nu een voetganger langskomt? Of een fietser? Hij wikt, weegt en zwijgt. De angst dat ze het mes gebruikt is groter dan de vage hoop op hulp. Het zal wel een vogel zijn, een van die rotduiven die altijd in zijn tuin bivakkeren en de boel onderschijten. Dan wordt onverwacht zijn neus dichtgeknepen. Hij wil alsnog schreeuwen, maar dan voelt hij dat er iets in zijn keel glijdt. Hij slikt en moet kokhalzen. Wat heeft ze…

'En nog een!'

Boven zijn hoofd spartelt een visje, dat ze met twee vingers in de lucht houdt. Tergend langzaam laat ze het beestje zakken. 'Vis is gezond. De juiste vetten. Verzadigd, toch? Of moeten ze juist onverzadigd zijn? Maar daar gaan we ons nu niet druk over maken. Laat 'm je smaken. Zeg eens, je hebt die dingen toch stiekem om vet te mesten en dan op te eten? Zoals een konijn dat je koopt voor Kerstmis?'

Hij heeft een kriebel in zijn keel, moet hoesten, maar als ze de tape over zijn mond plakt, heeft hij geen andere keuze dan te slikken. Duizelig, zijn hoofd suist. Het is niet waar. Het kan niet. Het kan toch niet waar zijn dat hij zojuist twee van zijn eigen vissen heeft opgegeten? Oranje. Groen, Jawel. Hij zag het. Lichtgevend. Hij voelt gerommel in zijn maag. De vissen? Ze... ze zullen toch niet leven, daarbinnen?

'Die tape plakt niet meer zo best,' hoort hij haar zeggen. 'Die visjes, hoe krijg je ze weg... Net zoiets als dat slangetje in Sophies keel. Heeft er weken in gezeten, zag er ook afschuwelijk uit, wist je dat? Ze hebben mij ook ooit zo'n ding door de strot moeten duwen, nou, ik kan je vertellen, dan weet je pas wat een neiging tot kokhalzen inhoudt.'

Vanuit zijn ooghoeken ziet hij haar een nieuwe strook van de rol tape afscheuren. Hij sluit zijn ogen en voelt hoe ze zijn mond dichtplakt.

'Weet je wat er hier aan de hand is, meneer Beelaerts tot Rijckeland? Je verzint uitvluchten. Je hebt Sophie het hoofd op hol gebracht, je hebt haar willen verleiden, misschien zelfs misbruikt, en uit angst dat ze alles zou vertellen, heb je haar opzettelijk aangereden. Je hebt haar willen vermoorden en je kunt niet wachten tot ze definitief haar ogen sluit.'

Vermoorden? Wat? Wat zegt ze? Hij ziet haar gezicht, dat zich over hem heen buigt. Hij wil niet kijken, hij wil niet dat ze de angst in zijn ogen ziet, maar hij kan niet anders dan kijken, moet zien hoe die donkere ogen haar waanzin uitspuwen.

'Acht maanden al, acht maanden in coma. Maar voor ze haar ogen opent, zul jij de jouwe definitief sluiten als je zo blijft liegen. Natuurlijk zal ze wakker worden, negen maanden zal haar coma duren. Negen. Een mooi getal. Ze gaat naar België, en dan wordt ze wakker.'

Hij hoort zijn hart bonzen in zijn borstkas, in zijn keel. Ze is tot alles in staat, hij had moeten schreeuwen toen het nog kon.

'Bewijs dan dat ik ongelijk heb. Dat kun je niet! Je hebt geprobeerd haar voorgoed het zwijgen op te leggen. Is ze bij je geweest? Nou?'

Bij hem geweest? Wat moet hij... Hij kan niet...

'Zeg het!' krijst ze. 'Ik wil het weten, nú, is ze bij je geweest?'

Hij probeert te knikken, maar heeft geen controle meer over zijn spieren. Hij beeft, tranen vertroebelen zijn zicht, en door een wazige, grijze mist ziet hij haar hand, die het mes pakt. Haar andere hand is ergens bij zijn dij. Angst beneemt hem nu ook de adem, en dan explodeert zijn lijf. Hij zweeft weg op de pijn, zo intens en onmenselijk dat die onmogelijk bij hem kan horen.

48

Vannacht droomde ik dat er mannen in hemelsblauwe jassen om mijn bed stonden, met messen en een zaag, en ze bespraken welke organen ze als eerste uit mijn buik zouden halen. Ik schreeuwde dat ik leefde, dat ze niet zomaar in me mochten gaan snijden, maar ze deden alsof ze me niet hoorden. Het geluid van de elektrische zaag joeg me zo'n angst aan dat ik mijn plas niet kon ophouden. Het hele bed kleurde daarna rood, maar de blauwe jassen zagen het niet. Ze zeiden dat ze moesten opschieten, omdat een verkeersslachtoffer in het bed naast me wachtte op mijn nier. Ik keek opzij en zag een man liggen. Zijn buik lag open en zijn organen kronkelden door de kamer. De mannen lachten, en toen ik omhoogkeek, schrok ik me wezenloos. Een van hen stak triomfantelijk een... een roodbruin, glibberig ding in de lucht, en toen ik omlaag keek, zag ik het gat in mijn buik. Gelukkig werd ik op dat moment wakker.

Ik haalde opgelucht adem, tot ik besefte dat ik die droom niet voor niets had. De gedachte overviel me als een ijzig koude douche. Ik heb niet alleen een wilsbeschikking, vanwege die schoolopdracht, ik heb ook een donorcodicil. Ik kreeg er geen cijfer voor, het had zelfs niets met school te maken. O, shit. Ik hoop niet dat ze mijn schoolproject vinden. In die map zit ook het codicil.

'Dag, meisje.'

Mijn vader? Is het nu alweer weekend, heb ik al zo veel tijd ver-slapen? Of... of is er iets met mijn moeder? Ik voel hoe mijn hart zich samen lijkt te knijpen en kan haast geen adem meer halen.

'Je zult wel verbaasd zijn dat ik hier nu ben,' zegt hij. 'Ach, wat bazel ik, je bent helemaal niet verbaasd. Je bent ver weg, verder dan wij begrijpen, in een wereld die wij niet kennen. Een schemerwereld, een voorportaal van de dood. Ik zou wel naar je toe willen komen, Sophie, als ik eerlijk ben. Het is niets meer, er is niets meer van over, van wat we ooit ons gezin noemden. Lonneke lijkt sinds jouw onge-luk ook anorexia te hebben, ik denk dat ze ons wil troosten door jouw plek in te nemen. Thijs is stil geworden, hij is zelfs al in geen maan-den ergens over gestruikeld, zo voorzichtig leeft hij. En je moeder... je moeder schijnt naar België te zijn, om een plek te regelen in het comacentrum, maar ze weet net zo goed als ik dat je daar nooit zult komen. Het is niet anders. Uiteindelijk zal zelfs de wereld vergaan, daar werken we met zijn allen op deze aardkloot hard aan mee, dus wie weet lopen we gewoon een stukje harder dan de rest.'

Ik hoor hem zuchten. Wat doet hij nu? Staart hij uit het raam? Hij praat wat voor zich uit, misschien niet eens tegen mij. Ik draai met mijn ogen, probeer ze snel heen en weer te bewegen. Kijk dan naar me, kijk dan! Je moet me helpen! Geen reactie. Hij ziet me niet. Hij kijkt zelden echt naar me, en de enkele keer dat hij dat wel doet en ik met mijn ogen rol, reageert hij niet. Net zomin als die arts. Het wordt hoog tijd dat ik hier weg... Dan pas besef ik wat hij zei. Ik niet naar België? Waarom niet? Mijn moeder heeft het me anders be-loofd, hoor. Ik zou naar het comacentrum verhuizen, daar kunnen ze me helpen, daar hebben ze vast en zeker dokters die wel in mijn ogen zullen kijken en constateren dat er leven in me zit. Ze heeft het be-lóófd! Doe me anders Hugo maar, alsjeblieft, als het zo moet gaan, heb ik liever iemand bij me die niets zegt, of desnoods een gedicht voor-draagt waar ik de helft niet van begrijp. Hugo is hoogbegaafd, en ik *hoop nog steeds dat hij me een keer zal horen, in telepathische zin. Ik wil naar België, je moet me een kans geven om mezelf te bewijzen. Ik oefen elke dag, probeer mijn gedachten om te zetten in levensechte bewegingen. Maar dat valt fucking hell niet mee! Die jeuk heeft me ook niks opgeleverd, is hooguit om gek van te worden. Ik schiet geen ene donder op, mijn spieren blijven dood. Dood. Ik ga dood, ze zullen me lossnijden en leeghalen. Ik ben bang, pap, zo bang, elk moment kan er iemand binnenkomen en beslissen dat ik geen vloeibaar voedsel meer krijg, geen bruine drab, geen water. Weg infusen, weg leven.*

België, ik wil naar België, ze heeft het beloofd! Ik wil niet dat ze organen uit mijn lijf snijden!

Mijn vader schuifelt langs mijn bed. Ik rol met mijn ogen. Kijk dan! Ik schreeuw, ik gil, ergens moet hij toch iets zien? Iets merken? Ik ben je dochter, je eigen vlees en bloed, pap, kijk naar me!

'*Je moeder leest je voor, hè, uit dit dikke boek. Eens kijken... Stephen King? Hoe komt ze daar toch bij? Die man heeft altijd verhalen met volledig ontoerekeningsvatbare monsters en een stapel lijken, toch? O, wacht,* Dodelijk dilemma. *Ja, daar heeft je moeder iets van verteld. Over een man die vier jaar in coma ligt, wakker wordt en dan een voorspellende gave blijkt te hebben. Ik had me niet zo gauw gerealiseerd dat het van die... King? Weet je wat, Sophie, dat boek neem ik mee, ik zal je bevrijden van spookverhalen aan je bed. Je moeder is... Weet je wat, ik vraag Hugo of hij gauw weer eens komt. Die jongen schrijft poëzie, echt, zo prachtig...*'

Wat hoor ik nu, zit mijn vader te huilen? Hè, ja, help mij even in een dip, toe maar, ik was al dagen veel te vrolijk. Als je weer geen muziek bij je hebt, me niet wilt zien en alleen komt met kutnieuws, rot dan alsjeblieft op!

Als hij werkelijk opstaat, krijg ik het benauwd. Ik zie een stukje van zijn rug. Laat me niet alleen, niet nu. Als ik niet naar België mag, dan, dan moet ik hier... o, fuck, ik zal hier... Nee toch, nee, pap, alsjeblieft, blijf hier, ooit nam je me op je schouders, hoog en

*veilig, je zou me altijd beschermen, weet je nog? Waarom nu niet?
Waar ben je? Je kon me vroeger altijd laten vliegen, dat weet je toch
nog wel? Ik wil weer vliegen, help me dan om los te komen van de
grond. Kom terug, alsjeblieft, laat me hier niet alleen. Ik wil niet
dood. Páp!*

49

Waarom Emma die middag besloot stiekem te kijken in het kastje waar haar moeder alle belangrijke papieren bewaarde, wist ze later niet meer precies. Waarschijnlijk was het een combinatie van dingen. Een spreekbeurt van een meisje uit haar klas over liefde, een blik van haar moeder, een naar gevoel. Ze wilde het maar liever zeker weten en niet langer rondlopen met buikkrampen vanwege een vaag vermoeden. Of misschien zocht ze juist bevestiging van wat haar moeder pas nog beweerde, dat ze het samen best gezellig hadden en dat ze met een beetje geluk binnenkort zouden verhuizen naar een huurwoning. Een kleinere woning dan voor de brand, maar toch. Een tuintje, geen geluid van bovenburen. Als haar moeders stem niet zo emotieloos had geklonken, zou Emma een sprankje vreugde hebben kunnen voelen. Maar haar moeder leek soms meer op een robot en ze kon op onverwachte momenten zo vreemd naar haar kijken. Zo, zo... van heel ver weg. Emma verlangde naar veilige, sterke armen. Op momenten dat haar moeder zo keek, durfde ze niets te zeggen of te vragen, laat staan haar moeder aan te raken. Misschien zocht ze die middag naar de bevestiging dat ze het zich inbeeldde of dat er in die blik geen enkele betekenis school, dat de oorzaak ervan lag bij de brand en dat uiteindelijk alles vanzelf goed zou komen.

Emma opende het middelste deurtje van de donkere eiken kast in de kamer. Achter een setje schaaltjes stond een blauwe mok met lepeltjes, en daarin bewaarde haar moeder de sleutel van het dressoir met geheime laatjes.

'Afblijven, Bas,' zei Emma, 'dit is niet voor kleine jongens.' Haar broertje draaide om haar heen, wilde de sleutel afpakken. Als ze alleen was, praatte ze gewoon met hem, maar als er iemand bij was, deed ze dat niet. Mensen keken haar dan bevreemd aan.

Ze aarzelde een moment toen haar oog viel op de familiefoto op het dressoir. Gekregen van haar oma, samen met een paar andere, die in een album waren geplakt. Een fotoalbum met vijf foto's, knap zielig, vond Emma. Ze bedacht dat ze nieuwe rolletjes moesten volschieten, zodat er weer een boek gevuld kon worden. Emma had wel een ander soort boek. Een plakboek, vol krantenberichten over de brand. Pagina's uit lokale en regionale kranten, met plaatjes van het zwartgeblakerde huis. En van de brandweermannen, die hun leven hadden gewaagd en daar een lintje voor kregen. Sindsdien was ze artikelen blijven uitknippen. Alleen stukjes die aantoonden dat er veel ergere dingen in de wereld gebeurden dan een huis dat in brand vloog.

Ze opende het dressoir, struinde de laatjes af en vond stapeltjes papieren. Met een bonkend hart keek ze ze door, want ze deed tenslotte iets wat niet mocht, en ze was toch een beetje bang voor wat ze zou aantreffen. Al bladerend kwam ze een huurcontract tegen, verzekeringsformulieren, loonstrookjes, kriskras verdwaald tussen andere papieren. Ze bekeek ze vluchtig, bedacht op elk geluid dat kon wijzen op haar moeders terugkeer. Morgen, zaterdag, mocht ze weer mee naar de slagerij van oom Willy, zoals ze de dikke slager mocht noemen, al was hij geen echte oom. Voor elk uur dat ze hielp met worstjes maken of dweilen, kreeg ze een rijksdaalder. Soms hielp Emma zelfs al mee met het grotere werk – vlees in stukken snijden of hakken – maar dan was oom Willy altijd in de buurt om haar in de gaten te houden. Ze hield van het bewerken van het vlees, vooral als ze zich inbeeldde dat het beest nog had geleefd voordat zij het met haar scherpe mes of bijl bewerkte.

En toen zag ze het. Het papier dat ze zocht, met het politielogo. Haar ogen vlogen over de getypte regels, sommige voorgedrukt, andere later ingevuld, en pikten de zinnen eruit die ertoe deden.

Mevrouw Bloemendal getuigde dat het vuur boven in een kantoorannex slaapruimte was ontstaan, met als oorzaak een brandende filtersigaret.

Getuigenis van mevrouw Bloemendal strookt niet met nader onderzoek door de technische recherche.

Geen nader onderzoek gewenst, verzekering van mevrouw neemt genoegen met rapport zoals wij in concept hebben opgesteld.

Oorzaak: kortsluiting. Door een defecte lamp in kamer vijf volgens bijlage.

Emma's hart dreunde zo hard tegen haar borst dat ze moeite had met ademhalen. Ze sloeg de pagina snel om, op zoek naar een plattegrond, en zag waar ze bang voor was. Op datzelfde moment hoorde ze de deur, en vrijwel onmiddellijk stond haar moeder in de kamer. Emma wilde iets zeggen, ontkennen, opstaan, de papieren onzichtbaar maken, maar was tot niets in staat. Met open mond staarde ze naar haar moeder.

'Wat moet jij…' De rest van haar moeders woorden verstond ze niet.

Even leek het alsof de wereld stilstond, of haar moeder was veranderd in een klomp ijs, stijf, onbeweeglijk, en toen kwam ze in actie. Ze rukte de papieren uit Emma's handen en kwakte ze terug in het laatje. Een moment van aarzeling, daarna toch het omdraaien van de sleutel. Dressoir op slot.

Met uitgestoken vinger stond haar moeder dreigend voor haar. 'Als je het ooit, ooit, nog één keer in je hoofd haalt om aan mijn spullen te zitten, jongedame, dan pak ik je bij kop en kont en gooi ik je het huis uit. Dan wil ik je nooit meer zien, begrijp je dat?'

Emma knikte. Zocht tevergeefs naar woorden.

'Is er iets wat je me wilt zeggen? Wilt vragen?'

Haar moeder keek haar afwachtend aan. Emma zag de woede in haar moeders ogen, maar ook de twijfel. Ze schudde haar hoofd.

Haar moeder haalde een paar keer diep adem. Ze pakte Emma's gezicht zacht tussen haar handen. 'Ik zie het aan je. Je bibbert over je hele lijf, je hijgt als een stoomlocomotief, en dat deed je ook al toen ik binnenkwam. Laten we één ding voor eens en altijd afspreken, en onthoud dat goed. De brand in ons huis was mijn schuld, en mijn schuld alleen. Als er al een lamp kapot was, dan had ik die moeten vervangen, begrijp je? Het was mijn verantwoordelijkheid als ouder. Of, zo we willen, die van je vader. Maar niet die van jou. Nooit. Is dat duidelijk?'

Emma knikte, had geen keuze. Kortsluiting. Mijn schuld, mijn schuld, echode een stem in haar hoofd.

Ze keek toe hoe haar moeder een bruin potje uit haar tas haalde, er een pil uit viste en die in haar mond stopte. Nog steeds geen veilige armen. Ze stond zachtjes op.

Kom, Bas, we gaan huiswerk maken, zei ze in zichzelf. Ze verdween naar haar kamer, waar de letters in het geschiedenisboek voor haar ogen dansten. 'We moeten eten, daarna weer huiswerk maken. Wie lust er geen rookworst?' Ze imiteerde haar moeders stem zoals ze die van vroeger kende. Vrolijk, een bijna zingende stem.

's Avonds kerfde ze in bed voor het eerst in haar arm. Met een aardappelschilmesje kraste ze net zolang in de huid van haar linkerarm tot ze een grote letter S had gemaakt. Ze staarde naar de druppels bloed op de sprei, die langzaam maar zeker een forse vlek vormden.

50

Alle handdoeken zijn doorweekt en Eduard bloedt als een zojuist geslacht varken. Ik loop de trap op, en in een kledingkast
op zijn slaapkamer vind ik baddoeken. Ik kijk om me heen, naar
het tweepersoonsbed, en als ik me voorstel dat hij hier Sophie
heeft verleid met zijn toneelteksten, haar de hemel in heeft geprezen om haar gewillig te maken, word ik overspoeld door een
golf van misselijkheid. Ik open een deur, en nog een, en vind de
badkamer. Ik houd mijn mond onder de kraan en drink. Dan
valt mijn oog op de verpakking van een flesje parfum. Ik herken Sophies merk, een te zware musk voor haar leeftijd, zeker
voor overdag, maar ze zweerde erbij. Zweert. De fles is nog half-
vol. Is Sophie zo vaak hier geweest? Tegelijkertijd besef ik dat
het dus waar is. Eduard met Sophie. Ik steek het flesje bij me.

Hij geeft nog steeds geen kik als ik terug ben in de keuken.
Ik verdenk hem ervan dat hij zijn ogen stijf dichthoudt om
mij voor de gek te houden. Ik voel me leeg, aangeslagen,
omdat dit hele gedoe me uiteindelijk geen enkele voldoening
heeft geschonken. Het machtsgevoel had me moeten helpen,
maar dat was een illusie. Het heeft Sophie geen stap dichter

bij de comakliniek gebracht, en hij blijft doodleuk alles aan elkaar liegen. Een onbeduidend, zielig mannetje. Ik hoor hem kreunen als ik een handdoek tegen zijn edele delen aan druk.

'Zeg, ik heb een stuk of wat passages van je toneelstuk gelezen, daarnet, toen jij een tukje deed. Heb je dit al aan iemand laten zien? Ik weet wel zeker van niet, want dan had je het allang in de prullenbak gedumpt. Het is slecht, Edje, ongelooflijk dat je zo veel onzin bij elkaar op papier krijgt. De vrouwspersoon, die je dood laat gaan, zo ongeloofwaardig, echt, het is werkelijk gênant, zo slecht.' Meteen de handdoek om zijn hand maar even verwisselen. Wat een zootje. Zijn vinger is niet meer te redden. 'Hallo, ik praat tegen je.' Ik tik tegen zijn wangen, die opvallend bleek zien, en hij opent zijn ogen. Lodderige, nietszeggende ogen.

'Ik laat je gaan, Ed, als je me nu de waarheid vertelt. Je was een tijdje buiten westen en je hebt al heel wat onzin uitgekraamd, maar er is nog hoop, als je stopt met die leugens van je.' Ik laat hem het flesje parfum zien. 'Je hoeft geen sprookjes meer te verzinnen. Sophie is hier geweest, nogal vaak zelfs.' Ik spray de musk rijkelijk in de lucht en schrik van de geur. Sophie is plotseling aanwezig. Sophie. 'Ze was hier, ze was hier!' Ik spuit een keer vol in zijn gezicht.

Hij draait zijn hoofd weg, mompelt iets onverstaanbaars.

'Weet je wat? Nu we toch hebben besloten open en eerlijk tegen elkaar te zijn, zal ik het goede voorbeeld geven.' Ik gooi de stapel papieren in de gootsteen, een uitsparing in het hakblok, vlak bij Eduards buik, en pak een doosje lucifers uit een keukenla. Als ik op het punt sta een lucifer af te strijken, voel ik een korte aarzeling. Vuur. Het zien van vuur beneemt me nog steeds de adem. 'Dit is wat een eerlijk mens doet met rotzooi, Ed.' Ik steek de lucifer aan en houd de vlam bij het papier. Ik hoor hem opnieuw kreunen.

Binnen een paar seconden brandt het papier, het vuur is gretig. 'Denk maar niet dat dit niet een definitief einde hoeft te zijn van je schrijfsels, want ook op je computer heb ik alles verwijderd. Ik weet hoe zwak het vlees kan zijn.'

'Niet... ik wist...'

'Even wachten tot het vuur is gedoofd. Dan mag je me alles vertellen. Ik heb trouwens ook de thermostaat van je aquarium uitgezet. Een slechte zaak dat je hier illegale dieren in huis hebt, maar wat me ook van je tegenviel, is dat je na het einde van je vorige vissenverzameling zomaar een nieuw blik opentrekt. Dat kunnen wij met Sophie ook niet, begrijp je? Stel dat zij dood zou...' Ik slik iets weg en zet de kraan open om de overgebleven, zwartgeblakerde stukjes papier weg te spoelen. Er is vrijwel niets overgebleven van het papier. Vuur vernietigt alles. Boeken, knuffels, meubels, herinneringen, dromen, alles.

51

Eduard vangt woorden op, andere zweven langs hem heen, vervliegen in een pijn die hij op afstand probeert te houden. Hij ruikt Sophie. Is ze hier? Hij hoort zijn eigen stem, van ver, murmelend, het schrapen van zijn keel, de scherpe, alles-overheersende pijn, hitte, de vrouw, langzaam komt hij tot de ontdekking dat hij het hiernamaals misschien heeft aange-raakt maar het niet heeft kunnen vasthouden. De herinnering komt terug, en met de gedachte aan eerdere momenten is daar ook de pijn. Is ze weg en heeft ze hem hier achtergelaten? Hij beseft dat er vuur was, en dan weet hij ook wat ze in de fik heeft gezet. Maandenlang moeizaam schilderen met woorden, hij wilde zijn kunstwerk nog signeren en dan opsturen naar uitgevers, in de overtuiging dat het geweldig was. Een traan kriebelt langs zijn slaap, of is het bloed? Bloed! De vissen. Sophies parfum. De nietjes. Zijn vinger. De werkelijkheid dringt tot hem door. Zijn toneelstuk, verbrand. Hij draait zijn hoofd iets opzij en ziet de vrouw, naast hem. Met een boze, afwachtende blik in haar ogen. Pijn, immense pijn. Hij hijgt als de vlammen in zijn onderbuik lijken aan te zwellen.

Hij had het hiernamaals moeten grijpen, met beide handen moeten vastpakken om nooit meer los te laten.

'Tijd voor je bekentenis, meneer Beelaerts. Zijn we er weer?'
Hij voelt klappen tegen zijn wangen. Koude handen. Een bekentenis? Wat, hoezo? Ze houdt een flesje voor zijn neus. Sophies geur. O, goeie genade, Sophie. 'Je bedoelt... je b-bedoelt dat parfum? Ik had het voor haar gekocht, voor de uitvoering. Ze was zo goed in die rol.' Hij kreunt van de pijn, zijn lichaam staat in brand, zelfs ademhalen is een onmogelijke opgave.

'Je liegt. Het flesje is gebruikt. Sophie is bij je geweest.'

'Nee, nee, sinds Sophie... ik spuit het af en toe in de badkamer. Het... het is zo'n mooie geur. Ik... ik heb het voor haar gekocht, maar mocht niet naar haar toe...'

Zijn adem stokt als ze het nietpistool op zijn voorhoofd zet. Even denk hij dat hij flauwvalt, zo licht wordt het in zijn hoofd.

'Ik wil de waarheid,' sist ze bij zijn oor. 'Als ik je nu nog op een leugen betrap, is het afgelopen, begrijp je dat? Ik schiet net zolang door tot je hoofd een zeef is, tot uit honderden gaten je bloed sproeit. Een fontein van bloed, jouw bloed, begrijp je?'

Hij gilt als de druk op zijn hoofd toeneemt.

'Niet doen, niet... alsjeblieft! Sophie... Sophie was verliefd op me, en ik vond haar prachtig, ze was een perfecte Julia.' O, god.

'En?'

'M-misschien was ik ook verliefd op haar...' Alsjeblieft, laat haar ophouden.

'Ja?'

'Maar... maar ik wist donders goed dat ze minderjarig was. Ik heb geen vinger naar haar uitgestoken.' Ga weg. Ga weg.

'Weet je dat zeker?'

'Ik… ik zweer het.'

'Geen vinger?'

'Geen vinger, en zij ook niet naar mij. M-maar ik heb te lang gewacht met zeggen dat er geen "ons" kon zijn, m-misschien, dat wel, t-toen werd ze woedend.'

'Je liegt. Sophie verliefd, ga weg. Je zegt het zelf, ze stak geen vinger naar je uit.'

'Z-ze was verliefd, ze bloosde… en… en ik zag het in haar blik.'

'Je liegt. Jij en je fantasie. Ze wilde je niet, en dat maakte je zo nijdig dat je gas gaf toen je haar op de fiets zag. Je gaat me toch niet wijsmaken dat het toeval was, Eduard, of wel?'

Toeval, toeval, geen toeval? 'Ik… ik lette niet op, dat geef ik toe. Paul en ik hadden gedronken, hij was overstuur, wilde bij je weg, maar je dat besparen…' Tranen over zijn wangen. Hij knijpt zijn ogen dicht. Ze zal schieten, o, goeie genade. Het is afgelopen. O, in vredesnaam. Help.

'Ik wil weten hoe ze voor je auto kwam.'

Hij opent zijn mond, happend naar adem. Als een vis op het droge. Vis. Duizelig. Zijn vissen. Zijn maag speelt op. Kan alsjeblieft, alsjeblieft, die pijn ophouden? Elke beweging, zelfs ademhalen, gaat gepaard met een explosie van felle steken, alsof hongerige piranha's happen vlees uit zijn lijf rukken.

'Eduard, niet meer net doen alsof je me niet hoort nu, kom. Mijn geduld raakt echt op.'

Geduld op. Die blik. De blik in die ogen. Dodelijk. 'Ik… altijd vijf uur naar huis… wekelijkse repetitie… vissen moeten voer hebben…' Begrijpt ze hem? Praat hij wel hardop? 'Niet opgelet, fout, was fout, toe, alsjeblieft, alsjeblieft. Ik hou het niet meer.'

52

'Edje, Edje, niet wegvallen, ik wil het weten, ik wil de waarheid nú van je horen. Als je braaf bent, zal ik hulp voor je regelen. Luister je naar me?'

Ik zie dat hij veel bloed verliest, de nieuwe handdoeken zijn alweer doorweekt, maar lieve hemel, een uitdaging moet hij aankunnen. Hij wil tenslotte acteur worden. Dan moet je wel tegen een stootje kunnen, ik heb Sophie niet voor niets verre gehouden van die harde wereld. Een schijnwereld, waar ze nooit tegen opgewassen zou zijn. Sophie. Ik moet naar Sophie, ze zal zich afvragen waar ik blijf. Ik moet iets verzinnen om haar naar België te krijgen. Ik moet een bank overvallen, haar gewoon in de auto leggen, ernaartoe rijden en daar naar binnen brengen. Dan zullen ze het niet in hun hoofd halen haar eruit te zetten, die mensen daar hebben een hart. Ik duw het nietpistool harder tegen zijn voorhoofd.

Hij huilt. O, hij is zo doorzichtig. Nu het er echt op aankomt, stelt hij minder voor dan een pissebed. Minder, erger dan niets. Een grote mond, maar o wee als er echt iets van hem wordt gevraagd. Wat heb ik toch een hekel aan die ordinaire mensen die zo nodig hun mening moeten geven, hun gal willen spuwen. Zo makkelijk, commentaar leveren, kritiek hebben. Slechte stuurlui die je niet eens aan wal duldt.

'Ik wil gewoon dat je bekent, Eduard, dat je bekent dat je met Sophie hebt gerotzooid. En dat je haar heb aangereden, doelbewust gas hebt gegeven, omdat je bang was dat ze je zou verlinken.'

Zijn ogen rollen raar in hun kassen, hij heeft geen gezonde kleur meer, een beetje de kleur die Sophie heeft, wit, melkwit, met een vage, blauwgrijze doorschijnendheid. Mooi voor een rol als lijk op de snijtafel voor een obductie. 'Eduard,' ik tik hem nog maar weer eens aan, 'Eduard, ik heb een mooie rol voor je.'

'Ik beken.'

Heb ik hem goed verstaan? Hij zegt het opnieuw, zelfs iets duidelijker. 'Ik beken. Ik beken alles wat je wilt.'

Ik glimlach en leg het nietpistool neer. 'Dus je vindt jezelf ook schuldig.'

'Ik beken. Bel nu. Alsjeblieft. Pijn.'

'Dat ga ik zo doen. Ik moet eerst genieten van dit moment.' Ik loop naar de koelkast en open de deur. Hij ligt er nog, de fles champagne. 'Fijn dat je die voor ons hebt bewaard, Ed.' Ik schud de fles en draai aan de kurk. Het kost me wat moeite, maar dan knalt die eraf. Plóf! Tegen het plafond. Het kostbare vocht stroomt over mijn handen, en ik zet de fles aan mijn mond. De koude bubbels prikkelen tegen mijn gehemelte. 'Hier, jij ook?' Hij draait zijn hoofd weg. Dan niet. Hij wil niet, de hypocriet, ik had het wel gedacht. Het kan me niet schelen. Zijn bekentenis is een overwinning. Voor mij. Van mij. Alle middagen op dat bankje heb ik alleen maar gewenst dat hij zijn schuld zou erkennen, verantwoordelijkheid zou nemen voor zijn gruwelijke daad.

'Ik beken,' zeg ik, met de fles aan mijn mond rond het eiland dansend. 'Ik beken, o, meneer Beelaerts, je moest eens weten hoezeer die woorden als muziek in mijn oren klinken. Ik beken, ik beken. Als je nou ook nog een ton op je spaarrekening had, zouden we nu samen een rondedans maken.' Ik pak de schaar om de tape waarmee zijn voeten zijn vastgebonden, door te knippen. 'Waar is je telefoon, Ed, ik bedoel, ik wil wel met jouw telefoon bellen.'

'Zo mooi,' hoor ik hem, bijna onverstaanbaar, prevelen, maar dan nog een keer: 'Zo mooi.'

'Waar heb je het over?'

'Niemand kon zo doodgaan als Sophie, zo mooi, zo echt. Mijn toneelstuk was voor haar, speciaal voor haar.'

'Doe niet zo idioot.' Opnieuw laait de woede in me op. Adrenaline giert door mijn maag, mijn longen, mijn hoofd, en daarbij verbleekt het gure herfstweer dat de boomtakken tegen Eduards ramen doet slaan, in een ritme waar ik geen touw aan kan vastknopen. 'Sophie leeft.'

'Ze speelde Julia niet, ze was het. Sophie. Ze wilde mijn Sophie zijn...'

'Nee! Sophie, hoe kom je erbij. Nooit jouw Sophie! Je hebt bekend, ze zou nooit van jou zijn. Nooit, hoor je.'

'Sophie. Sophie, zo lief. Ik zie je voor me...'

Voor ik goed en wel besef wat mijn handen doen – ik heb er geen controle over, ze gaan hun eigen gang – drukken ze het nietpistool opnieuw op zijn voorhoofd. Tussen zijn ogen, vlak boven de brug van zijn kromme neus. Ik hap zwaar hijgend naar adem, en dan haalt mijn rechterwijsvinger de trekker over. De scherpe knal voel ik tot in mijn botten. 'Tot ziens in de hel,' fluister ik en dan begin ik over mijn hele lichaam te beven.

53

De ritmisch ronddraaiende cirkels in de mist zijn van een schoonheid die Eduard nooit eerder heeft gezien. Een andere dimensie, op weg naar het hiernamaals. Foesj, foesj. O, het zal uiteindelijk allemaal toch waar blijken te zijn. Weg met de twijfel. Religie is een drug tegen doodsangst, dat was zijn overtuiging, maar kijk dan, dit is adembenemend echt, zo vlak voor zijn neus gebeuren de meest fantastische dingen, en hij is de regisseur van al dat moois. Een tovenaar! Hij laat oranje sterren dansen, hitst de slanke, lenige lijven op tot grootse prestaties. Ongeëvenaard, wat een meesterlijke vertoning.

Eindelijk, eindelijk speelt ze de rol die hij voor haar heeft geschreven, waar hij al die maanden naartoe heeft gewerkt, geleefd. Er was pijn, wat heeft het een bloed, zweet en tranen gekost, maar kijk nu. Bewonder die ogen, zo indringend, tegelijkertijd zo angstig, wat een passie in dat magere lijf, kijk hoe ze prachtig en overtuigend lijdt, verlangend naar de dood, naar een andere horizon. Zijn regie is meesterlijk, indrukwekkend, van een bovenaardse kwaliteit, die slechts een handjevol ware liefhebbers zal herkennen, zal doen watertanden.

Vaag is hij zich bewust van ruis, geluiden die weliswaar worden gefilterd en in slow motion zijn brein lijken te bereiken, maar juist de kleine bloedvlek op een jurk benadrukt hoe smetteloos wit en perfect het chique kledingstuk is. Haar geur. Musk, met een zweem van bloemen. Jasmijn, ja, zalige jasmijn.

Hij is uitverkoren, gezegend met een talent dat niet langer is bedekt door de stinkende deken van cynisch en opruiend gepeupel, nu is het zijn beurt, zijn moment van glorie. De vlag moet gehesen en hoog in top. Hij hoort zijn eigen hartslag. Ka-doef, ka-doef. Langzaam. En het suizen van bloed door zijn aderen. Een trage symfonie. Shht, stil nu, luister naar haar monoloog, die is van een ongekende en geniale schoonheid, dit tekstdeel heeft hem 's nachts wakker gehouden, het kan niet zo zijn dat iemand daar zomaar doorheen praat, dat is erger dan vloeken in de kerk. Vals gezang, stop ermee. Stilte. Dat is goed. Aandacht voor wat werkelijk belangrijk is. Ka-doef.

Haar beeld vervaagt, vertoont grijze vlekken, maar wacht, hij moet nog op het podium worden geroepen, om het applaus in ontvangst te nemen. Waarom zijn er geen bloemen? Er horen rozen te zijn. Dieprode, bloedrode rozen. Wacht. Wacht, nee. Iemand fluistert. Geen woorden. Een taal die hij niet verstaat. Te warm. Een explosie doet zijn hoofd uiteenbarsten. Een scherpe hitte overvalt hem, grijpt hem bij zijn strot. Iemand laat het doek zakken, en hij stijgt op, kijkt neer op zijn eigen lichaam, dat daar zo trots, zo voldaan buigt voor de menigte. Een sensationele ervaring, die hij wil delen. Sophie, waar is Sophie? Geen spoor van haar musk meer. Grijze wolken. Zwart. Niets. Dit moet ze zien. Hij heeft de zwaartekracht overwonnen, iets wat alleen voor de allergrootsten is weggelegd. Een teken. Ja, natuurlijk, een geweldige onderscheiding. Zijn naam zal worden bijgeschreven in het boek der eeuwige giganten, van grensverleggende kunstenaars en uitvinders. Het is onvoorstelbaar. Ka-doef. En dan hoort hij niets meer. De laatste noot van de symfonie is gespeeld, het publiek gaat naar huis. Maar hij zal voor altijd in hun herinnering blijven.

54

Iemand heeft een dikke deken over me heen gelegd, maar ondanks de extra laag warmte krijg ik het steeds kouder. Tot in mijn botten, koud, zo koud dat ik eigenlijk rillend in mijn bed zou moeten liggen. Maar nee. Niets beweegt, zelfs nu niet. Het verbaast me niet. Niet meer. Ik heb geprobeerd te voelen, te bewegen, om telepathische gaven te ontwikkelen. Zonder enig resultaat. Ik vecht nog steeds, bij vlagen, maar ik geloof niet meer in een overwinning. Ik ga verliezen, en het is zo kut te weten dat ik de wedstrijd ooit zelf ben begonnen. Ik mag niet klagen, niemand beschuldigen van oneerlijkheid, geen schuldige aanwijzen, ik heb het allemaal aan mezelf te danken. Ik heb gesmeekt, zelfs gebeden om hulp, maar niemand luistert. Ik ben helemaal alleen, door iedereen verlaten. Als ik daaraan denk, schiet er een verrotte pijn door mijn lijf, het holt me uit en maakt me ziek en het is net of ik, met het verlies van de warmte, in versneld tempo oud word. Ik ben zo moe.

Ik probeer me te focussen op wat er komen zal, nadat het hier is afgelopen. Ik hoop dat het leven, de warmte die uit me wordt weggezogen, zich op een andere plek verzamelt. Een tijdloze, rustige plek. Soms lukt me dat, op een ander moment ben ik zo verdrietig en opstandig dat ik de hele boel bij elkaar gil. Zonder ook maar een kik te geven. Wanhoop kropt zich in me op, een uitweg vinden is onmogelijk.

Met mijn linkeroog zie ik nu bijna niets meer. Donkergrijze wolken, waar af en toe een streepje licht doorheen komt. Rechts laat me nog niet in de steek, maar ik heb mijn ogen steeds vaker dicht, omdat mijn beperkte zicht zo onverbiddelijk benadrukt hoe mijn leefwereld hier krimpt, zo hard en meedogenloos dat het de moeite niet meer waard is.

Het lukt me een enkele keer nog om 's nachts even op reis te gaan. Dan verlaat ik het verpleeghuis en ga naar een fantastische plek, mooier dan ik ooit met eigen ogen heb gezien. Niemand stoort me, het is er warm en de kleuren zijn er overweldigend. Er is een wit zandstrand en als ik omhoogkijk, zie ik een blauwe lucht met een zon die zo fel schijnt dat ik mijn ogen tot spleetjes moet knijpen. Tussen de zonnestralen vind ik melodieën, zo zuiver dat ik wens dat ze voor eeuwig klinken. Het lukt me niet vaak meer om te ontsnappen.

Ik wil niet meer bang zijn, maar in plaats van bloed stroomt er doodsangst door mijn aderen. Ik probeer het te vergeten met muziek die ik in mijn hoofd heb verzameld, maar dat lukt me steeds minder. Ik haal de melodieën door elkaar, vergeet de teksten en schrik steeds vaker op als mijn lichaam eindeloos in een zwarte diepte valt, sneller en sneller. Het maakt me duizelig. Mijn moeder zal me komen redden, ze zal me niet in de steek laten, zeg ik tegen mezelf. Alleen, er gebeurt niks. Helemaal niks.

Ik wil haar zo graag zeggen dat het me spijt dat ik onaardig tegen haar ben geweest, dat ik zo vaak weg was. Ze moet weten dat het niet haar schuld was, maar dat het kwam door die verschrikking met Alain. Had ik het haar maar verteld. Ik heb het tegen niemand verteld. Ik schaamde me en ik was doodsbenauwd dat Alain iets zou zeggen op school. Zo dom, maar toen durfde ik dat gewoon niet. Eigenlijk moet ik Eduard dankbaar zijn, dankzij hem heb ik even *gedacht dat ik ooit misschien van iemand zou kunnen houden. Ik dacht dat hij me leuk vond, hij gaf me complimenten, vond me mooi. Toen hij me uiteindelijk afwees, verdween het witte strand onder mijn voeten en belandde ik in drijfzand.*

55

Buiten, met natte laarzen in het hoge gras, kijk ik om me heen. Ik ben leeg en moe, zo doodmoe dat ik met trillende benen tegen mijn bankje leun. De fiets ligt naast me op de grond. Vuur. Ik zie vuur. Langzaam dringt het tot me door. De stukken papier die ik heb aangestoken. Kleding die makkelijk vlam vatte. Mijn handen die ik heb gewassen, mijn trui die onder het bloed zat, die ik heb uitgetrokken, over Eduard heen heb gegooid. Eduard. Zijn leugens. Zijn bekentenis. Ik heb de trui ondergespoten met Sophies parfum en er toen de lucifer bij gehouden. De trui die mijn moeder jaren geleden voor me breide. Eduards gesmoorde gillen onder de tape, zijn ogen die uit hun kassen puilden van pure doodsangst. Hij zal eindelijk lekker ruiken, op weg naar zijn eeuwige bestemming. Even was ik bang dat het niet zou lukken. De regen was al een tijdje gestopt, maar alles is toch vochtig. Toen ik de eerste rookpluimen uit het riet zag walmen, kon ik opgelucht ademhalen.

Intens koud heb ik het, ik voel me alsof een ijzige winter in alle hevigheid in mijn lichaam binnendringt. Er is niemand komen kijken. Nog niet. De mensen zijn blind voor het vuur, ze kruipen diep weg in hun huizen, willen geen getuige zijn van dit oplaaiende spektakel.

In de verte hoor ik het schelle geluid van aanzwellende sirenes. Ik ben niet bang voor de vlammen, ik voel niets, alleen kou, wat misschien wel erger is. Eduards oude huis fikt als een met benzine doordrenkte lap. De vlammen laaien op tot ver boven het dak, en ik was vergeten dat een brand met zoveel geluid gepaard gaat. Heftige knallen, als kleine explosies, gevolgd door meer vuur, alsof ik elke keer het bewijs krijg dat het grote inferno zijn hoogtepunt nog moet bereiken.

Ik twijfel of ik mezelf zal aangeven, maar als ik bedenk dat ik daarmee riskeer dat ik Sophie niet meer kan bezoeken, is het antwoord niet moeilijk. Bovendien ben ik Eduard niets verschuldigd. Het is vreemd. Ik voel me raar. Alsof iemand mijn lichaam heeft ontleed, de woede van de zenuwen heeft geschraapt, de haat van de cellen heeft gespoeld en me daarna weer in elkaar heeft gezet. Zijn dood geeft geen voldoening, dit vuur evenmin, daar waar ik, realiseer ik me nu, waarschijnlijk had gehoopt op de ultieme vergelding. Ik weet niet wat ik dacht, daarbinnen in dat huis, misschien dacht ik helemaal niets. Ik voel niet eens een zweem van opluchting. Ik verlang alleen maar naar Sophie, naar haar babylijfje in mijn armen, en de kans om alles opnieuw te doen. Beter.

De sirenes komen dichterbij en ik pak mijn fiets. Weg. Weg van alles. Afgelopen.

Alsof het zo moet zijn, passeer ik de brandweerwagens op de rotonde waar Sophie verongelukte; net als ik naar rechts afbuig, komen twee wagens met grote snelheid aangereden.

Er zal niets te redden zijn, de brandweerlieden zullen hooguit ter preventie het huis van de buren kunnen natspuiten. Vlak voordat ik op mijn fiets stapte, stortte het rieten dak van de riante villa van meneer Eduard Beelaerts tot Rijckeland met een hels kabaal in.

Op dat moment voelde ik toch een kleine vreugdekreet in me opwellen.

56

Het is ongelooflijk hoe de wereld gevuld is met ellende, moord en doodslag. Ik liep achter met het nieuws en dus heb ik de afgelopen dagen – als ik niet naast Sophies bed zat – november bij de lurven gepakt. Er komt geen einde aan de artikelen die ik kan uitknippen, en ik kan met elke maand wel twee, drie plakboeken vullen, en dan lees ik ook nog in een artikel dat veel misdaden niet eens worden gemeld! Uit angst, schaamte of omdat het slachtoffer denkt dat de politie er toch niets aan kan doen.

Hoge babysterfte in ons land door slechte communicatie. Slechte communicatie, ja, daar weten we hier thuis ook wel raad mee. Hoe verzinnen ze het. Nee, dan India, waar in een van de armste deelstaten ouders door hun kinderen met melk – hoezo melk? Vergiftigd? – en modder – begrijp ik ook niet, wie accepteert in hemelsnaam een glas modder? – worden vermoord omdat die kinderen niet meer voor ze kunnen zorgen. Ik probeer me voor te stellen dat Lonneke mij een glas modder zou geven, en dat ik er dan in trap en het goedje op zou drinken. Ik zal wel iets gemist hebben. Een man die wordt veroordeeld tot zestien jaar cel en tbs omdat hij een andere man op een homo-ontmoetingsplaats heeft doodgestoken. Tien jaar eerder heeft hij zijn moeder vermoord, waarvoor hij dertien jaar en tbs kreeg. Wat doet zo'n idioot dan nu al buiten de hekken? Ik knip en plak. Er komt geen einde aan de artikelen die erom schreeuwen uitgeknipt te worden.

Over de brand heeft ook nogal wat in onze krant gestaan. Eerst de foto's van het zwartgeblakerde pand, met een verslag van een reporter die met eigen ogen had gezien dat er niets meer te redden viel, later over moeilijkheden met de identificatie van een slachtoffer, waarvan ze natuurlijk dachten dat het ging om de bewoner van het pand. Na twee weken las ik in een artikel dat de politie uitgaat van een afrekening in het criminele circuit. Zijn schilderijenhandel, dacht ik onmiddellijk, en een paar dagen later werd mijn vermoeden bevestigd. Hij schijnt doeken van meestervervalser John Myatt te hebben verkocht. Het onderzoek was in volle gang en er waren vooralsnog geen aanwijzingen in welke richting naar de verdachte of verdachten moest worden gezocht. Dat verbaast het rechercheteam trouwens niet; de mensen in dit circuit zijn gehaaid en laten zelden sporen na. Wel is er op een vreemde plek een stuk gereedschap aangetroffen dat wijst op de onnatuurlijk dood van B. tot R. te D. Ik weet het: een nietpistool! Als ze er een prijsvraag aan hadden verbonden, had ik eindelijk eens een boekenbon kunnen winnen. Dan had ik een nieuw exemplaar van Kings *Dodelijk dilemma* kunnen kopen, want dat is uit Sophies kamer gestolen. Verplegend personeel is tegenwoordig ook al niet meer te vertrouwen.

Ik heb alleen het eerste bericht, waarop het volledig uitgebrande pand zichtbaar was, uitgeknipt en ingeplakt. Toen ik het later opzocht, kon ik het niet terugvinden, ik bleek het stuk verkeerd om te hebben ingeplakt. Eduards ruïne zit voorgoed en onzichtbaar vastgelijmd aan een plakboekpagina. Dat is eigenlijk prima; Sophie hoeft dit niet te lezen. Ik heb haar er ook niets over verteld.

'Emma!'

Ik heb Paul al een paar keer horen roepen, en hij klinkt nu wel erg dwingend. 'Wat?' roep ik boven aan de trap.

'Kun je alsjeblieft even beneden komen?'

Hij gaat bij me weg. Zou het eindelijk zover zijn? Vind ik dat erg? Ik pulk wat opdrogende lijm van mijn vingers terwijl ik de trap af loop. Sophies toestand, dat is erg. Daarbij verbleekt elk ander probleem. Paul heeft niets gevraagd toen ik 's avonds terugkwam en zei dat ik niet naar Luik was vertrokken, omdat zo'n reis verspilde moeite zou zijn. Ik wilde erover nadenken hoe het verder moest, heb ik gezegd, en nu weet ik het. Die middag, in Eduards huis, heb ik het idee gekregen, en sindsdien weet ik wat me te doen staat.

'Wat is er?' vraag ik als ik de kamer binnen kom.

'Het is Lonneke.'

Wat is er met Lonneke? Mijn zwijgzame dochter. Ik heb tegenover haar en Thijs heel wat goed te maken, ik weet het, alleen niet nu. Het lukt me niet, ik kan het niet, ik heb al mijn aandacht nodig voor Sophie. Paul heeft me gerustgesteld, volgens hem redden onze twee jongste kinderen zich wel. Vooral dankzij zijn ouders, denk ik, en ik weet dat Paul er helemaal niet gerust op is en er door het hardop te zeggen zelf in wil geloven. Ik neem me elke keer voor samen iets te ondernemen, maar vervolgens vind ik mezelf naast Sophies bed. Sinds het ongeluk zijn we alle vier een andere weg ingeslagen en we kunnen elkaar met geen mogelijkheid meer bereiken.

'Lonneke wil iets met ons delen,' zegt Paul. 'Ze heeft er al die tijd niet over durven praten, maar kon het niet langer voor zich houden. Ze heeft het op school aan haar mentor verteld en hij drong erop aan thuis haar hart te luchten.'

Ik verstijf. Hij knikt Lonneke bemoedigend toe. Paul weet het al, realiseer ik me. Wat weet hij? Wat lees ik in zijn ogen? Hoop? Wanhoop? Lieve hemel, ik weet het niet. Zijn gezicht komt me bijna vreemd voor. Dan herinner ik me iets wat Eduard zei toen ik hem foto's liet zien van Sophie. En van Lonneke. Een ijskoude hand klemt zich om mijn hart.

'Het gaat over Sophies ongeluk,' zegt Lonneke. Haar stem klinkt dun. Breekbaar.

Ik weet zeker dat ik dit niet wil horen. Ik wil terug naar mijn plakboeken, slapen, morgen met Sophie naar Luik. Ik sta op en wil weglopen. Paul pakt mijn arm, houdt me tegen, dwingt me om te gaan zitten. Mijn lippen voelen kurkdroog aan, de koude hand om mijn hart begint te knellen. Ik voel mijn ademhaling onregelmatig worden.

'We zouden samen gaan winkelen,' zegt Lonneke, 'en ik was boos dat ze op het laatste moment afbelde. Ik fietste haar achterna toen we van school weggingen, en daar bij... bij die rotonde had ik haar ingehaald.'

Ik moet naar Sophie. November afwerken en dan aan Sophie laten zien wat ze allemaal heeft gemist. Het zal haar stimuleren.

'Ik heb het gezien. Het ongeluk. Sophie kwam keihard aanfietsen. En ze lachte.'

Het zal haar prikkelen als ik vertel dat we morgen naar België gaan, ik weet zeker dat ze daarop ligt te wachten.

'Ik... ik hoorde haar, het klonk heel naar. Die auto probeerde nog uit te wijken toen Sophie haar fiets ervoor gooide.'

Paul slaat een arm om Lonnekes schouders. Ik staar haar aan, ik hoor wat ze zegt, zie haar lippen bewegen, en tegelijkertijd ben ik niet in deze kamer.

'Ze... ze vloog door de lucht, en ik... ik was zo geschrokken. Ik zag dat er een mevrouw bij haar was, en daarna ben ik keihard weggefietst.' Lonneke snikt geluidloos, een traan loopt over haar wang. 'Ik dacht dat ze dood was.' Dan barst ze in huilen uit.

Het is niet waar. Ik heb het verkeerd verstaan. 'Zei je nou dat... Sophie...'

Paul droogt Lonnekes tranen. 'Toe maar. Het is goed dat het eruit komt, je hebt er al veel te lang mee rondgelopen.' Hij grijpt naast zich naar een stapel papieren op de salontafel en schuift die in mijn richting.

'Haar dagboek. De map met het project voor maatschappijleer. Je weet wat ik bedoel. Sophie wilde die middag zelfmoord plegen, Em, ik weet, het is vreselijk. Lonneke durfde het ons niet te vertellen, ze wist dat we er kapot van zouden zijn. Daarom heeft ze Sophies dagboek en die map uit haar kamer gehaald.'

Lonneke heeft altijd al een rijke fantasie gehad. Tekende rare poppetjes, droomde over monsters. Het kan niet. Sophie wilde leven, van begin af aan. Zocht gretig naar mijn borst, kon niet wachten om in de box overeind te komen.

'Wist jij hiervan?' Ik krijg bijna geen adem, de woorden klinken als zware zuchten.

Paul antwoordt niet. Hij loopt weg, is even later terug, geeft me een papieren zakje.

Ik adem erin, observeer hem.

'Nee. Ja. Misschien, denk ik nu, misschien heb ik een vermoeden gehad, even, soms heel even,' zegt hij dan, 'maar als dat al zo is, heb ik het niet willen geloven, net zomin als jij.'

Rustig ademen. In, uit. Waarom ga ik nu, hier ter plekke, niet op in het niets? Omdat het niet waar is. Omdat dit de ultieme beproeving is. Een test om te zien of ik genoeg van mijn dochter houd, voor haar wil strijden.

'Sophie heeft zelfs een wilsbeschikking opgesteld, Em,' zegt Paul. 'Die hoorde bij dat project voor school, maar evengoed. En uit de manier waarop kun je zien dat ze er wel degelijk serieus over heeft nagedacht.'

Als hij de map wil pakken, gris ik hem snel weg. Niemand, dit is van niemand, behalve van Sophie. Ik denk aan die aanbidder van haar. Hugo. Het euthanasieproject. Dan zou ze niet verder willen, had hij gezegd.

'Ik heb geprobeerd om het je te vertellen,' fluistert Lonneke. 'Met die pagina uit haar dagboek, weet je wel, met die songtekst van Suicide Commando. Ik dacht dat je het dan misschien zou snappen. Maar je was zo vreselijk van slag daardoor dat ik dacht dat het maar goed was dat ik mijn mond had gehouden. En ik... ik wilde óók niet dat Sophie doodgaat.'

Opnieuw tranen.

Ach, meisje toch. Ik kan me geen voorstelling maken van wat Lonneke al die maanden moet hebben gedacht, gepiekerd, getwijfeld. Mijn hart gaat naar haar uit, maar het lukt me niet om te zeggen dat het goed is. Intussen heb ik mijn ademhaling weer enigszins onder controle. 'Ik wil morgen graag met de auto naar Sophie,' zeg ik terwijl ik opsta. 'Het gaat stormen, zeggen ze.' Met Sophies papieren tegen mijn borst geklemd loop ik de kamer uit.

Ze begrijpen niets van mijn dochter. Daar moet je moeder voor zijn.

57

's Nachts zoek ik de IJssel op. Met Sophies dagboek en een zaklamp binnen handbereik staar ik over het donkere water. Er mag voor morgen dan storm zijn voorspeld, deze heldere nacht is er een zonder wind. Ik ril en trek mijn jas dichter om me heen. Het is bijna perfect stil op mijn plekje in het gras, waar mijn voeten het kabbelende water kunnen raken als ik mijn benen uitstrek. Ik begrijp niet dat ik de enige ben die de schoonheid van de nachtelijke IJssel graag opzuigt. Ik ben er blij om, dat wel. Waar ben je, Sophie? Laat me je stem horen als je er bent...

Sophies dagboek, met een glimmend, plastic omslag. Afgezet met kant. Zwart. Uiteraard. Mijn kleine Sophie. Die vroeger precies wist hoe ze haar haren wilde, de ene ochtend in een staart, een andere ochtend twee vlechten. Ze kon niet wachten tot ze die dingen zelfstandig kon doen. Een binnenkind, dat boeken verslond als dropjes, later opnieuw niet kon wachten tot ze in de bibliotheek tot de volwassenenafdeling werd toegelaten. Ze was stil, dacht veel na, maar met een gretigheid om te leven.

Ik zie haar kamer voor me, die middag van het ongeluk, zo opgeruimd, zo netjes, niets voor Sophie. In het licht van de volle maan blader ik door de pagina's, voorzichtig, uit angst voor haar woorden.

I hate this feeling of rejection, just want to be loved by you, lees ik. Meerdere tekstjes in het Engels. Songteksten, wellicht. Pogingen tot poëzie, afgewisseld met tekeningetjes. Met een gevoel van schaamte vanwege de inbreuk op haar privacy worstel ik me door de zinnen. *Julia, ik ben Julia, hij heeft mij de hoofdrol gegeven, nu heb ik echt een doel in mijn leven.*

Iets verderop is ze lyrisch over de repetities. Gek, ik heb daar nooit iets van gemerkt, zelfs gedacht dat ze soms een hekel had aan de extra uren die ze ervoor op school moest zijn en ik herinner me haar blik vol afschuw toen ze de jurk bij zich had die ze tijdens de uitvoering zou moeten dragen. *O, Eduard, je bent mijn Romeo, maar onze liefde mag niet zo onmogelijk zijn als die in het verhaal van Shakespeare, nooit, nooit!*

De laatste woorden zijn vet onderstreept. Hoe walgelijk het idee ook is, het bewijst haar wil om te leven. Ik wil niet meer lezen, ik krijg het er benauwd van, en ik heb het recht niet in haar diepste geheimen te wroeten. Als ik opsta en wegloop van het water, hoor ik haar, en een warm gevoel overvalt me. Zie je wel. Mijn Sophie. Ze roept me.

Het wordt niet echt licht, deze ochtend, donkere wolken haasten zich boven me als ik bij het verpleeghuis arriveer. Tijdens de korte rit heeft de auto nauwelijks op kunnen warmen en met verkleumde vingers loop ik over de parkeerplaats. Naar binnen, de gangen door, waar ik de krassen op de vloer kan dromen. Ik loop even Sophies kamer in, zet mijn tas bij haar neer.

'Ik kom zo terug, even iets regelen,' zeg ik. Ik loop naar het kantoor van de afdeling en herken de vrouw daarbinnen. Ik klop op de open deur om de aandacht te trekken. Ze draait zich naar me om.

'Mevrouw Korteling? U bent er bijtijds bij vandaag,' begroet ze me.

'Ik kom Sophie ophalen. We gaan naar de kliniek in België.'

Ze kijkt me verbaasd aan, haar hoofd een beetje schuin. 'O? Wel... staat er een ambulance voor de deur?'

Ik schud mijn hoofd. 'Ik breng haar zelf. Als ik op de regeltjes en formuliertjes moet wachten... u weet zelf hoe lang het nu al duurt.'

Ze volgt me, ik hoor haar haastige stappen als ik de gang weer in loop.

'Wat is precies de bedoeling?' wil ze weten.

'Ik wil dat iemand me helpt.'

'Om...?'

'Sophie moet op de achterbank van mijn auto.'

'Eh, juist. Wacht uw man bij Sophie?'

'Nee, waarom?'

'Mevrouw Korteling, ik kan Sophie niet zomaar aan u overdragen, laat staan haar loskoppelen van het infuus. Dat zorgt voor haar vochttoevoer, vloeibaar voedsel, medicijnen. Het risico dat ze loopt als we daarmee stoppen...'

'Interesseert me niet. De manier waarop ze nu wordt behandeld biedt ook geen enkel perspectief.' Wat denkt ze wel, het is mijn eigen dochter! We staan inmiddels in de deuropening van Sophies kamer en ik maak aanstalten om... ja, om wat eigenlijk? Kan ik dat infuus er zomaar uit trekken? En dan? Sophie optillen? Natuurlijk. Ze is zo licht als een veertje, dat lukt me wel.

'Als u mij het telefoonnummer van de kliniek geeft en de naam van de arts die haar ginds gaat behandelen, zal ik nu contact met hem opnemen. Dan kunnen we overleggen hoe we Sophies vervoer gaan regelen, akkoord?'

Ik bestudeer het infuus en draai aan een kunststof dopje, vlak bij haar pols, waar de naald is ingebracht.

'Mevrouw Korteling, dit kan echt niet. U hebt geen afspraak in die kliniek, is het wel? Uw man heeft me onlangs nog verteld dat er geen kans is dat Sophie daar behandeld gaat worden. Hoort u wat ik zeg?'

Ik laat me niets voorschrijven, we moeten hier weg, maar ze pakt me bij mijn armen. 'En nu is het afgelopen.' Ze trekt me met kracht naar links, weg van Sophie. Struikelend beland ik op de stoel naast het bed.

'Luister naar me. Ik kan dit niet toelaten. Als u nog één vinger naar haar uitsteekt, dan bel ik de politie. Sophie is onze verantwoording, en ik geef u geen toestemming haar hier weg te halen, niet zonder geschikt vervoer en overleg over de overplaatsing. Ben ik duidelijk genoeg?'

Ik doe een poging om op te staan, maar ze duwt me hardhandig terug in de stoel. 'Ik bel nú acuut extra mensen en dan laat ik u uit dit gebouw verwijderen. Ik ken uw geschiedenis, mevrouw, en geloof me, ik zal er persoonlijk op toezien dat u nooit meer een stap over de drempel zet van ons verpleeghuis. Wilt u een circus, hier, op de zondagochtend? Dan kunt u dat krijgen.'

Ik staar naar Sophies onbeweeglijke lichaam. Die vreselijke heks is weg, maar er staat een man op de gang. Ik wil opstaan, maar mijn benen willen me niet dragen, en ik voel me licht in mijn hoofd. Haar dagboek. Mijn weerzin negerend heb ik gelezen. En ik weet genoeg. Alle illusies kunnen voorgoed diep in de grond worden begraven, waar de wormen ze op zullen vreten. Eduard vertelde de waarheid. Sophie was verliefd, maar haar liefde werd niet beantwoord, Eduard hield haar op afstand, hij heeft zich keurig gedragen. Ze liep al langer met het idee rond zichzelf van het leven te beroven. Waarom heb ik daar niets van gemerkt? Ik ben haar moeder. Ik heb een man vermoord. Ik wil schreeuwen en ik duw mijn gezicht diep in de deken op Sophies bed. Zelfs het donorcodicil is er. Al die tijd heb ik me vastgeklampt aan dat comacentrum. De grond is onder mijn voeten weggeslagen en ik zak langzaam weg in een zompig moeras. Ik weet niet meer wat ik moet doen, ik weet niets meer, ik voel me met de minuut meer een vreemde aan haar bed.

'Sophie, geef me een teken, alsjeblieft, als je me hoort, laat me iets merken. Iets, wat dan ook. Ik beweeg hemel en aarde voor je leven, en nu lees ik dat je dat al die tijd niet hebt gewild.'

Niets. Er gebeurt niets. Ik leg mijn hand op haar arm, streel haar dunne, gerimpelde huid, de huid van een oude vrouw. Ik kan niet meer. Met elke zin die ik in haar dagboek las, elke regel waarin Sophie dood wilde, stierf er ook iets in mij, tot er een leeg omhulsel van me overbleef. Net als bij mijn dochter. Ik ben leeggezogen. Laat me nu maar wegzakken in dat moeras. De stilte zal ik verwelkomen als een oude vriend.

Ik leg de wilsbeschikking en het codicil in haar nachtkastje. De rest van de papieren stop ik in mijn tas, evenals het voorleesboek dat ik had uitgezocht: *Vlinders in een duikerspak*. We zouden er alleen maar verdrietig van worden, vrees ik, het enige wat ik van het verhaal weet, is dat het over een comapatiënt gaat die ontwaakt en een jaar later overlijdt.

Weg, ik wil hier weg, ik heb het benauwd. Op wankele benen, steun zoekend bij Sophies bed, en daarna bij deuren en muren, begeef ik me naar de uitgang.

Ik stap in de auto, me nauwelijks bewust van de stormachtige wind, en rijd weg. Gedachteloos, schakelend als een robot. Pas als ik niet verder kan, besef ik dat ik op de IJssel kijk. Mijn eeuwig stromende water. Als ik even later met mijn tenen het water kan raken – ik was hier toch pas nog? De geur komt me zo bekend voor – pak ik Sophies dagboek. Bladzijde voor bladzijde ruk ik uit het kaft, om vervolgens elke pagina in ontelbare kleine snippers te verscheuren en boven de rivier uit te strooien. De harde wind laat haar woorden, de vreselijke woorden, dansen, tot ze meters verder op het wateroppervlak terechtkomen. Even meen ik haar stem te horen, maar ik druk mijn handen tegen mijn oren en schreeuw. Ik zie hoe de stroom de papiersnippers meevoert en ik schreeuw ze na, tot ze uit mijn zicht verdwijnen en mijn keel schor is. Ze is weg, ze is niet meer van mij. Ze is al maanden niet meer van mij. En dan zak ik door mijn benen. Tranen stromen over mijn wangen en pas als ik ze met de rug van mijn hand wil wegvegen, besef ik dat ik huil. Voor het eerst sinds Sophies ongeluk, voor het eerst in negen maanden. Sophie. Mijn Sophie.

58

Impressions of death
the last seconds of your life

Volgens Paul is dit een lievelingsnummer van Sophie. *So many questions.* Hij zegt dat ze het vaak op haar iPod afspeelde. Wie ben ik om het tegen te spreken? Ik zou mijn oren willen dichtmetselen, het is vreselijke muziek, waarvan de haren op mijn armen overeind gaan staan. Maar ik zwijg. Ik heb me erbij neergelegd. Het is niet anders, ik heb verloren, aan alle kanten verloren. Sinds ik Sophies dagboek heb gelezen en de papiersnippers heb laten meevoeren door de wind en het water, kan niets mijn interesse nog wekken. Ik heb me tot het uiterste ingespannen om er te zijn voor Lonneke en Thijs, maar ik faal. Ik heb nooit anders gedaan dan falen. Als kind, als moeder.

tell me what do you feel
tell me what do you see
do you see the light, the light of eternity
or is it just darkness, purgatory in hell

Pas de laatste dagen dringt ten volle door wat ik de afgelopen maanden heb gedaan, al herinner ik me lang niet alle details en brengt het geen enkele emotie in me naar boven. De huisarts was verheugd dat ik uit mezelf bij hem kwam voor advies en medicatie. Ik heb hem in die waan gelaten, mijn enige doel was om niets meer te voelen en daar slaag ik wonderwel in. Sophie wil zo niet verder leven, en dat heb ik te respecteren. Wat maakt het uiteindelijk allemaal uit? We zijn druk bezig euthanasie te plegen. Wij, als gehele mensheid. Mijn dochter is aan het versterven, zoals dat met een afschuwelijk woord heet. Het infuus is verdwenen. Met toestemming van de huisarts en van een specialist, die in eerste instantie aandrong op een onderzoek voor we een beslissing zouden nemen. Ik wilde erop ingaan, Paul niet. Als ze voor het leven kiest, zal ze ons dat laten merken, zei hij. Ik heb niet geprotesteerd. Ik verdien haar leven niet.

De verpleeghuisarts komt de kamer binnen, knikt naar me, drukt een stethoscoop op Sophies borst. 'Haar hartslag vertraagt,' fluistert hij. 'Als iemand nog afscheid wil nemen, moet daar niet te lang meer mee worden gewacht.'

Lonneke en Thijs hebben gisteren afscheid genomen van hun zus. Paul kon het niet aanzien, is weggelopen, maar ik ben naast Sophie blijven zitten. De laatste uren wil ik alleen met haar zijn. Dat is het enige wat ik heb geëist. Ik wijk niet van haar zijde.

Is there a heaven
Or is it just the hell
Is there a god to believe in
Or is it just the devil

Ik heb tegen haar gezegd dat ik het begrijp, dat ze mag gaan, dat het altijd al haar leven is geweest, waarmee ze mag doen wat ze zelf wil. 'Ik heb me ermee bemoeid,' zei ik, 'maar alleen omdat ik je wilde helpen, het beste voor je wilde. Het spijt me dat we met ruzie uit elkaar zijn gegaan, maar je weet dat ik van je hou. Misschien wel veel te veel.'

Ik moet niet zeuren, ik moet trots zijn, want ik laat uiteindelijk mijn liefde voor Sophie niet zwaarder wegen dan haar eigen wil. Het was doodstil in haar kamer, en ik verwachtte bijna dat ze zou gaan lachen om mijn stupide zinnetjes. Ik denk aan mijn moeder. Haar liefde voor mij. Ik denk aan mijn liefde voor Sophie. Hoe kan liefde ooit te veel zijn?

So many questions
stay without an answer
So many doors
stay without an entrance

59

Muziek, ik hoor weer muziek, indringend mooi, en ik herken de woor-
den. Jurgen. Ben je daar? Weet je nog, Jurgen? Ik wilde dood, ik
wilde niets meer voelen, ik verlangde naar rust, zwart, iets beters, iets
mooiers. Ik wil de kracht die ik had terug, de wil om er een einde aan
te maken. In plaats daarvan vond ik een soort oerinstinct om te over-
leven, en ik heb me volledig geconcentreerd op bewegen. Tevergeefs.

Het leven stroomt uit me weg. Koud, zo intens koud. Ik ben bang
voor wat er komt, bang dat het niets te maken heeft met wit licht en
eeuwige rust. Help me. Laat me hier niet doodgaan, niet nu, niet zo.
Mijn moeder ziet me niet, ze lijkt verdronken in zichzelf. Staart we-
zenloos voor zich uit. Arme mam. Mammie. Ze danst voor mijn ogen,
zo lichtjes in mijn hoofd. Mag ik me nog een keer veilig in je schoot
opkrullen, mam, mag ik nog even die rups zijn in mijn warme, vei-
lige nestje? Pak me vast, alsjeblieft. Ik heb het zo koud en ik heb
dorst, zo'n dorst. De muziek dringt bijna tastbaar tot me door. Mijn
muziek. Muziek die ik zo vaak heb gehoord dat ze me begeleidt op
deze doodstocht? Gedachten krioelen tussen de tonen door. Vreemde ge-
dachten, tegelijk zo vertrouwd, alsof ik nu zomaar zou kunnen op-
staan, mijn ratten een knuffel geven en naar school gaan. Examens.

School. Zo aards. Angst knijpt mijn keel dicht. Ze zullen me toch niet opensnijden terwijl ik nog niet dood ben? Jurgen, kom je me een stukje tegemoet? Steek je handen naar me uit, dan kan ik die pakken.

Herinneringen. Een uitzicht, op paps schouders, ik toren hoog boven de mensen uit en pets stiekem op een rozig, kaal hoofd. Ik zie hoe een jongen een kikker wil opblazen met een rietje, een ander staat er lachend bij te kijken. Woest stort ik me op de twee en ik vervloek ze met een heksenspreuk voor ze me de sloot in duwen.

Waar is Hugo? Zijn woorden, zijn ontroerende woorden zijn aan me blijven kleven. Ik had op hem verliefd moeten worden. Ik weet het zeker, ik voel het aan het zinderen van de lucht, hoor het aan het zingen van de wind, het timbre van je zucht. *Had hij me maar eerder een gedicht gestuurd, wie weet was ik dan op hem gevallen, en niet op Eduard. Eduard. Voel je niet schuldig, het spijt me dat ik jouw auto heb uitgekozen. Ik wilde je straffen omdat je me niet wilde zoenen, omdat je me afwees. Ik denk dat je mij en het ongeluk allang bent vergeten.*

Ik voel me duizelig, dacht aan Eduard en zag Hugo's gezicht. Denken lukt niet zo goed meer, maar ik heb echt geprobeerd om te bewegen, echt mijn best gedaan, pap zei altijd dat het dan genoeg was, maar nu geldt dat niet.

Ik draai trage pirouetten, tuimel in verstilde beelden de duisternis in, en dan wordt het weer licht, een sneeuwdeken van woorden en beelden, door elkaar heen buitelend om uiteindelijk op te lossen in het niets. Een wirwar van gedachten en kleuren in doodse stilte. Ik ploeter door duisternis, glijd weg in zompige moerasdrek. Ron en Har rennen speels door de buizen van hun kooi. Ze lachen naar me. Kom maar. Even aaien. Warmte. Leven. Maar ik stuiter elke keer de diepte weer in. Het diepe niets. Is dit de dood? Gevoelloos maar niet gedachteloos? Zwart, nee, niet zwart. Licht, ja toch, licht? Ik hoor water, langzaam kabbelend water, of het is de wind, een briesje, ergens in de verte.

Ik wilde zo graag. Leven. Voelen. Goedmaken. Ik voel… mijn vingers, ik bewoog, toch? Was het echt? Mam, kijk… help! Het is… nee, er is niets. Alleen maar verbeelding, leegte, gewichtloosheid, of toch? Kijk nou, mijn vingers, kijk, ik… Ik wil niet. Wil niet. Ik moet bewegen, leven. Oma, ben jij dat? Kabbelen, suizen, een klein, traag bonzen, steeds trager. Faalt alles, dan rest enkel mij de dood. Julia. Geen Julia. Ik zoek mijn moeders hand, maar vind die niet. Nergens. Niets.

60

Als haaien stoppen met zwemmen, gaan ze dood. Als mensen stoppen met denken, geldt in feite hetzelfde. Paul heeft er vrede mee, al heeft hij nooit zo veel tranen van zijn gezicht geveegd als de afgelopen dagen. Wat heeft hij vaak gedacht dat zijn gezin ten dode was opgeschreven, dat ze in navolging van Sophie langzaam wegteerden. Maar samen naast Sophies kist – hij, Emma, Lonneke en Thijs – denkt hij dat ze ondanks het verdriet toch opnieuw een eenheid kunnen vormen. Dat is wat ze juist op dit moment zijn. Voor eeuwig verbonden door het verlies. Laat er iets goeds voortvloeien uit ons leed, bidt hij in stilte, voorzichtig meevarend op het geloof van zijn ouders. Hij vindt het niet langer onvoorstelbaar dat mensen een geloof aanhangen. Troostvoer in slechte dagen. Hij had al afscheid genomen van het leven zoals hij dat kende, probeerde te wennen aan dagen alleen, maar Sophies einde kan nu een nieuwe start betekenen voor hen vieren. Laat het zo zijn. Amen. Hij legt een zwarte roos op de kist. Hij grijpt Thijs' hand. En die van Lonneke. Zijn kanjers.

Samen hebben ze de taak opgevat Sophies oude hobby op te

pakken. In opperste concentratie knippen ze keurig netjes berichten uit de krant. Lonneke knipt, Thijs plakt. Er mogen alleen positieve nieuwsberichten in, hebben ze samen besloten. Ze willen er wel hun eigen draai aan geven, zei Lonneke, en ze liet hem zien wat ze had uitgeknipt. Vrolijke foto's van kinderen op sleetjes. IJspret. Volgens Thijs een prachtig woord.

Emma heeft toegezegd dat ze hulp accepteert. Niet alleen van medicijnen, maar echte hulp. Hij heeft het niet gevraagd, en zij heeft het niet bekend, maar hij vermoedt dat ze Eduards huis in brand heeft gestoken. Ze stonk naar rook, die avond, toen ze thuiskwam, en ze had een verwilderde blik in haar ogen. Hij is continu in conflict met zijn geweten. Enerzijds wil hij haar confronteren met zijn vermoeden, haar overhalen een bekentenis af te leggen bij de politie. Anderzijds lijkt de doofpot hem beter, met misschien een kans om hierdoorheen te komen, hun relatie te redden. Bovendien zijn er de kinderen. Hoe beschadigd zullen zij raken als hun moeder als crimineel wordt bestempeld?

Emma maakt een apathische indruk, alsof het allemaal niet tot haar doordringt. Hij heeft geprobeerd haar te troosten, haar eraan te helpen herinneren dat Sophie het altijd al in zich had, dat destructieve. Wist ze niet meer dat Sophie als baby zelfs niet wilde drinken aan Emma's borst? En later, op de lagere school, meesters die bezorgd waren omdat Sophie altijd alleen op het schoolplein zat, met een boek? En al die keren dat ze ruziemaakte met klasgenoten? Met jongens of meisjes die ze niet eens kende?

Hij heeft diep vanbinnen soms vermoed dat Sophie een doodswens had, denkt hij nu achteraf, maar dat niet willen erkennen. Er waren signalen, al heeft hij ze niet willen zien. Niet écht willen zien, er geen conclusies aan willen verbinden. Hij heeft in ieder geval nooit overwogen Emma iets te vertellen over zijn onwezenlijke veronderstelling, nooit overwogen haar op te zadelen met onnodig leed. Want dat was het, hoopte hij. Heeft hij daar goed aan gedaan? Was het laf? Hij weet het niet. Hij zegt wel eens dat de meeste mensen enorm stom zijn, en dat de rest moet oppassen omdat het hoogstwaarschijnlijk besmettelijk is, maar als hij eerlijk is, heeft zijn brein de afgelopen maanden ook flink gehaperd.

'Dag, meisje,' fluistert hij en hij raakt nog even de kist aan. 'Ik hoop dat je de rust hebt gevonden die je al zo lang graag wilde.'

61

Betsy Trotwood is de oudtante van David Copperfield. Een lange, statige dame, en vandaag kruip ik in haar huid. Ze hebben me in een jurk gehesen die jaren geleden voor mij en mijn rol als Betsy is ontworpen, een weelderige creatie die zo uit de negentiende eeuw had kunnen komen. Zachte stof die strak om mijn taille sluit. Thijs is vandaag Tiny Tim, de kreupele zoon van de klerk op Scrooge' kantoor, en Lonneke veegt met een heksenbezem zingend de straten schoon. Ik zit allesbehalve op Dickens te wachten, maar ik mag 's nachts niet meer op pad, en ik wil naar mijn zwijgende rivier.

Deventer lijdt al weken aan het Dickensvirus, een jaarlijks terugkerende en hardnekkige aandoening. Dit weekend worden mensen van ver buiten de stadsgrens besmet; het oude centrum loopt zo vol dat er niemand meer bij kan, en voetje voor voetje schuifelen de toeristen door de besneeuwde klinkerstraatjes. Om met een nostalgische blik naar honderden verklede volwassenen en kinderen te kijken die zingen, dansen of gewoon door de straten kuieren. Alsof alles tweehonderd jaar geleden zo benijdenswaardig en romantisch was.

Mijn laatste uitspatting, voor ik geacht word me over te leveren aan therapie, behandeling, mogelijk een opname. Ik ben moe, vreselijk moe, en soms krijg ik het zo benauwd dat zelfs ademen in een zakje nauwelijks helpt. 's Avonds zitten we weer samen aan tafel, alsof het nooit anders is geweest. Vier borden, viermaal bestek. De vijfde stoel is op enig moment verdwenen, en als ik daaraan denk, in mijn eten prikkend, dan kan ik wel gillen.

Ik slenter de straten door, buigend, handen schuddend. Later trek ik mijn jas over de mooie jurk aan, mijn voeten zijn ijskoud ondanks twee paar sokken in de oude puntlaarsjes. Het is waterkoud, de zon heeft onze stad vandaag niet kunnen vinden. Mensen kijken naar me, ik weet zeker dat ze aan me zien dat ik een slechte moeder ben. Dat ik mijn dochter heb laten doodgaan. De rol van Betsy past niet bij me, ik was daarentegen vast en zeker een goede miss Havisham geweest. Met elke stap die ik zet, met elke minuut die ik leef, voel ik me verder van Sophie verwijderd.

Terwijl de dag zich langzaam terugtrekt en plaatsmaakt voor schemering, de aankondiging van de nacht, keer ik de drukte opgelucht de rug toe. Dreigende wolken begeleiden me via de Nieuwe Markt naar het water. Ondanks mijn pijnlijke voeten loop ik over de kade, noordwaarts, naar mijn vertrouwde stukje IJssel, waar gras de kade en het water scheidt. Mijn rivier, berustend, elke dag weer anders en toch zo vertrouwd.

Ik trek mijn laarsjes en sokken uit. De sneeuw heeft zich opeengepakt tot een harde korst, waarop mijn voeten slechts een oppervlakkig spoor achterlaten. De waterkant, een niemandsland tussen leven en dood. Ik loop en sluit mijn ogen, waardoor ik alles scherper zie dan ooit. Natte voeten, benen, de jas en de jurk worden loodzwaar. Het water voelt nauwelijks kouder aan dan ik me al voel, het omsluit me als een veilige moederschoot. Ik had niet anders verwacht en loop door. Voorzichtig, om het water zo min mogelijk te beroeren, en intussen de vochtige geur opsnuivend.

Paul zei dat we ervoor moeten knokken, dat we moeten zorgen dat Sophies dood niet voor niets is geweest. Ik begrijp hem niet. Waar kan haar dood in hemelsnaam ooit goed voor zijn? Ik ben er alleen maar slechter van geworden, ik heb me zelfs verlaagd tot een onvergeeflijke en uiterst verwerpelijke misdaad. Ik had dood moeten gaan en niet Sophie. Sophie, mijn Sophie, waarom wilde je toch niet meer verder leven? Ik heb het fout gedaan, alles zo fout gedaan. Onvergeeflijk, onomkeerbaar.

Ik aarzel als ik een slok water binnenkrijg, maar ik loop verder mijn rivier in. Ze verwelkomt me, ze neemt alle gevoelens weg en zal me doen vergeten. Verder. Dieper, tot ik geen bodem meer onder mijn voeten voel. Mijn hoofd verdwijnt onder water. Ik open mijn ogen, in de hoop op een teken, een aanwijzing. De IJssel zal me nooit in de steek laten. Het water stroomt. *Panta rhei, kai ouden menei*. Alles stroomt en niets blijft. Maar ik zie vrijwel niets. Vlak voor me een wazig donkergroen met daarin traag bewegende vuiligheid, er is niets moois aan. Ik ervaar geen serene stilte, mijn hoofd lijkt elk moment uit elkaar te kunnen barsten. Ik verzet me tegen het afschuwelijke gevoel dat ik stik en dwing mezelf naar de bodem te zakken. Tot ik met een hand achter mijn jas blijf steken. Ik heb iets vast, iets wat lichter grijs oogt in het troebele water. Ik laat het los, maar in een reflex grijp ik er opnieuw naar, en dan besef ik dat mijn lichaam omhoog beweegt. Omhoog. Richting zuurstof, richting het leven. Mijn spieren zijn nog niet helemaal gevoelloos. Ik haat het dat ik naar adem happend boven water kom. Opnieuw een lafaard.

Ik kan de foto niet stilhouden in mijn trillende hand, maar een korte blik erop zegt me genoeg. Lonneke en Thijs. En achterop hun woorden, nu vlekken, maar ik weet wat er stond: *Voor de liefste mama van de wereld.*

Ik hoor mezelf ineens. Mijn krijsen, mijn gegil, ver over het water echoënd. Lonneke. Thijs. Ik laat hun namen weerklinken over het water, tot de kou tot diep in mijn longen doordringt en er geen geluid meer uit mijn keel komt. Ze weten dat ik van ze houd. Ze weten het. Toch? Heb ik het ze wel verteld? En alsof ik word getroffen door de bliksem, schiet de vraag door mijn hoofd. Als ik van ze houd, wat doe ik dan hier? De IJssel grijpt me bij de keel en schudt me wakker. Letterlijk, want ik beef als een rietje. Een paar keer ga ik kopje-onder, en het kost me een immense krachtsinspanning niet opnieuw naar de bodem te zakken. Ik kan me met grote moeite van mijn jas ontdoen. De foto heb ik in mijn vuist gedrukt. Niet van het water, nee, hij is van mij. Overeind blijven, stap voor stap, het koude water uit. Het moet, al wil een deel van me niet bewegen, niet verder, niets. Ik moet. Ik moet.

Hijgend en klappertandend trek ik mezelf het water uit, op het door sneeuw bedekte gras. Ik lig, mijn armen en benen wijd gespreid. Ik leef. Boven me zie ik de donkere hemel, waar de poolster zich bij vlagen laat zien tussen de overtrekkende wolken. Sophie? Ik spits mijn oren, kom overeind om beter te kunnen luisteren, maar het blijft stil boven het water. Geen roepen, geen echo, niets.

62

De vrouw staat met de boodschappentas in haar hand, klaar om het zebrapad over te steken. Het is guur decemberweer, al weken zo koud dat de sneeuw maar niet wil verdwijnen, en waar gestrooid en geveegd is, stapelt de grijze drab zich op. Ze verlangt naar de lente nu het jaar ten einde loopt. En zoals zo vaak denkt ze terug aan die warme dag in maart waarop het meisje vlak voor haar ogen verongelukte. Alweer bijna een jaar geleden, wat gaat de tijd snel. Ze heeft de overlijdens-advertentie gelezen, uitgeknipt, en sindsdien overvalt haar elke keer als ze hier wil oversteken een gevoel van intense droefenis. Een pijnscheut in haar maag, waarna ze diep moet ademhalen.

Ze had de moeder graag nog eens gesproken, om te vertellen hoe het was, die middag, hoe ze het ongeluk heeft ervaren. Soms blijft ze hier extra lang staan, vlak bij de speciale stoep-tegel waarin de naam van het meisje is gegraveerd. Sophie. Ze blijft staan in de hoop de moeder nog eens te treffen. Of om-dat haar benen gewoon weigeren haar direct te gehoorzamen. Ze worden stram, haar oude benen, maar de wandeling naar

de supermarkt zal ze blijven maken. Elke dag. Als een bede-
vaartstocht. Haar gedachten zijn bij Sophie. Als ze naar huis
loopt, weergalmt de naam in haar hoofd, bij elke stap die ze
zet. Sophie. Sophie. Een naam die ze een dochter van haarzelf
had willen geven. Teder, en toch met geestkracht. Van oor-
sprong Grieks, Sophia, levenswijsheid. Het arme kind, veel
levenswijsheid heeft ze niet kunnen opdoen, al heeft ze misschien tijdens haar maanden in coma voor jaren wijsheid gezien en opgedaan. Wie weet per slot van rekening wat er door
zo'n verstild hoofd gaat?

Ze zal de moeder nog eens een kaartje sturen. Het condo-
leancekaartje waarop ze heeft geschreven dat ze altijd contact
met haar mag opnemen, is vast maar met een half oog gelezen
en terechtgekomen in de ongetwijfeld enorme stapel innige
deelnemingen.

Als ze langs de stoeptegel komt, blijft ze even stilstaan en
slaat een kruisje.

'Het spijt me dat ik tegen je heb gelogen, maar ik wist het
niet. Ik dacht echt dat alles in orde zou komen. Ik heb elke
week een kaarsje voor je gebrand,' fluistert ze.